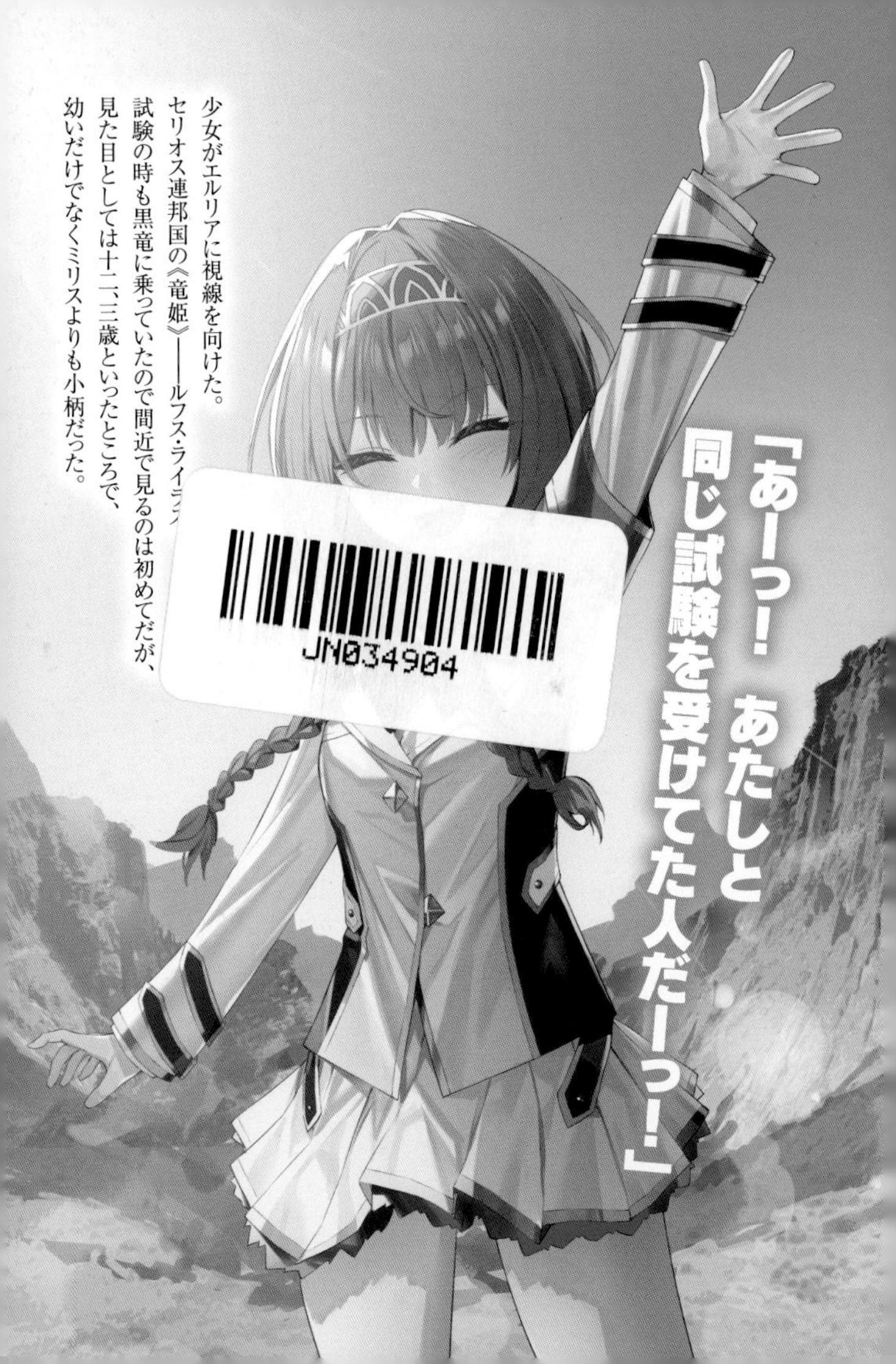
「あーっ！　あたしと同じ試験を受けてた人だーっ！」
少女がエルリアに視線を向けた。
セリオス連邦国の《竜姫》――ルフス・ライ
試験の時も黒竜に乗っていたので間近で見るのは初めてだが、
見た目としては十二、三歳といったところで、
幼いだけでなくミリスよりも小柄だった。

「もう、色々と恥ずかしい……っ」
レイド・フリーデン
かつて『英雄』と呼ばれた規格外の強さを誇る青年。現在はエルリアの婚約者として魔法学院に在籍している。
エルリア・カルドウェン
かつて『賢者』と呼ばれた魔法士の始祖たる美少女。千年前の約束を叶えるためレイドに結婚を申し込む。
愛しているか決定戦』開幕!?

「ふんっ！　わたくしは幼い頃から
エルリアと過ごしていますものっ！
エルリアの好きな物から嫌いな物、
お昼寝で紅茶をこぼした回数と
銘柄まで答えてみせますわっ!!」
クリスティア・
フォン・ヴェガルタ
ヴェガルタ魔法王国の第一王女。
幼い頃から友人であるエルリアの
ことが大好き。
第一回『どちらがエルリアを

「動物が撫でられないなら――
わたしを撫でれば良いと思う」
そこには――真っ白な猫耳を生やしたエルリアがいた。
ご丁寧に尻尾も生やして、ゆらゆらと揺らしていた。

英雄と賢者の転生婚 2

～かつての好敵手と婚約して
最強夫婦になりました～

藤木わしろ

HJ文庫
1032

口絵・本文イラスト　へいろー

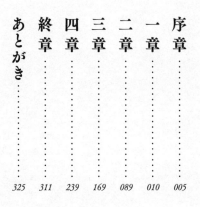

序章

前世における母との記憶《きおく》は少ない。

表立って仲が悪かったというほどではないが、母親はエルリアに対して冷たかった。

会話をするのは最低限、親子らしい会話は何もない。

だからこそ、エルリアは魔法《まほう》研究に没頭《ぼっとう》した。

それが子供だったエルリアの考えた、親の関心を引く方法だった。

すごいことをしたら母親に褒《ほ》めてもらえる。

そんな純真な子供心から行っていたことだった。

しかし……それも母親を遠ざけた要因だったのだろう。

幼いエルリアが大人のように魔術《まじゅつ》を学んで習得していく様だけでなく、『魔法』という新たな技術を開発しようと研究に没頭する姿は異質なものに映ったのだろう。

そうして、母親と会話をする機会は日を追うごとに減っていった。

それに対して、父親と交《か》わした会話は多かったように思える。

「おとうさん、この本、読んでみたい」

それは父親が持っていた魔術関連の学術書だった。

父親は頻繁《ひんぱん》に家を空けることが多く、家に居ても部屋に籠《こも》っているばかりだった。

顔を合わせる機会も、母親と比べたら圧倒的《あっとうてき》に少なかった。

そんな父親のことを知りたいと、幼いエルリアは子供ながらに思ったのだろう。

それでも父親は困ったように頭を掻《か》きながら笑った。

「うーん……エルが読んでも、たぶん難しくて分からないと思うよ？」

「うん、わかんない」

「だよねぇ」

「だけど、わからないから読まないのは違《ちが》うと思う」

「……エルはなかなか深いことを言うねぇ」

そして父親は困ったような表情のまま、エルリアに学術書を読み聞かせてくれた。

父親の膝《ひざ》の上に乗り、エルリアが分からない言葉や意味を尋《たず》ねると、子供にも分かりやすいように言葉を選びながら丁寧《ていねい》に教えてくれた。

そして父親がいない時には書斎《しょさい》に入って学術書を読み漁《あさ》るのが日常になり、帰ってきた時には父親の前で魔術を披露《ひろう》して見せるのが習慣になった。

そんなエルリアの姿を見て、父親は嬉《うれ》しそうに笑ってくれた。

「エルは本当に努力家だね」

そう言って頭を優《やさ》しく撫《な》でてくれた。

「うん、がんばった」

「そうだねぇ。まさか――こんなに早く魔術を理解するとは思わなかったよ」

目の前にそびえたつ巨木《きょぼく》を見上げながら父親が言う。

それはエルリアの魔術によって為《な》されたものだった。

多様な触媒《しょくばい》を用意し、それらが相乗効果を生み出すように配置し、正しい順番で魔力《まりょく》が流れるように陣《じん》を組み上げた……エルリアの自信作だった。

「これで、わたしはおとうさんに下剋上《げこくじょう》を申《もう》し込《こ》む」

「……どこでそんな言葉を覚えたんだい？」

「本に書いてあった」

「そういえば学術書は全部読んだから、他の本を読み始めたって言ってたねぇ……」

「全部読んだし、全部覚えた」

幼いエルリアがふふんと自慢《じまん》げに胸を反らすと、父親は困ったように頭を掻いていた。

「下剋上を申し込まれたからには、僕《ぼく》も受けて立つしかないなぁ……」

「ばっちこい」

「……エルは会う度《たび》に色んな言葉を覚えてくるねぇ」

そうして、父親がぽんとエルリアの頭を叩《たた》いた時——


エルリアが生み出した巨木の横に、全く同じ巨木が生み出された。


地面を突《つ》き破《やぶ》り、周囲の木々を薙《な》ぎ倒《たお》しながら巨木が天上に向かって伸《の》びていく。

その巨木をエルリアが眺《なが》めていると、父親は少しだけ誇《ほこ》らしげに笑った。

「さてと、これだったら僕の方が高いかな」

「……おとうさん、子供相手におとなげない」

「それを言われたら僕は何も言い返せないなぁ……ッ‼」

「だけど、どうやったの？」

子供だったとはいえ、エルリアは魔術についての基礎《きそ》や原則を全《すべ》て理解していた。

しかし——今しがた父親が行ったのは、それらの理論とは異なる手法だった。

「おとうさん、どうやったのか教えて欲《ほ》しい」

「うーん……それはちょっとできないかな」

父親は普段《ふだん》と変わらずに苦笑《くしょう》を浮《う》かべていた。

しかし、父親が教えることを拒《こば》んだのは初めてだった。

だからこそ、エルリアはぷくりと頬《ほお》を膨《ふく》らませる。

「おとなげない上に、おとうさんは意地悪だった……」

「僕の父親としての評価が急落していくなぁ……」

だけど、と父親は言葉を続けた。

「これは僕が教えるよりも、エルが自分で見つけ出した方が良いと思うんだ」

「……わたし？」

「ああ。エルに答えを教えるのは簡単だけど、それだと自分で考えて新しい物を探究するという面白《おもしろ》さが無くなるだろう？　だからこれからは魔術じゃなくて、新しい物を作り出すということに努力を向けてみるといいかもね」

そうして、普段と同じようにエルリアの頭を撫でてから――

「君の願いを叶《かな》える――『魔法』とでも呼ぶべき技術を作り出せるようにね」

幼いエルリアに向けて、穏《おだ》やかな笑《え》みを浮かべながら告げた。

一章

「まず俺《おれ》が『英雄《えいゆう》』って呼ばれていた人間で」

「それで、わたしは『賢者《けんじゃ》』って呼ばれていたエルフで」

肩《かた》を並べ合いながら、レイドとエルリアは告げる。


「「千年後に転生して――今は色々あって、婚約者《こんやくしゃ》になった」」


そう、ウィゼルとミリスの二人に対して包み隠《かく》さず告げた。

それは傍《はた》から見れば荒唐無稽《こうとうむけい》な言葉にしか聞こえないだろう。

しかし、レイドたちの言葉を聞いた二人は――

「「なるほど、とりあえず色々と納得《なっとく》した（しました）」」

あっさりと受け入れていた。

思っていた以上に軽い反応だったので、思わずレイドたちも顔を見合わせる。

「……いや、そんな簡単に納得していいのか？」

「逆に訊《き》くが、なぜオレたちが納得しないと思ったんだ」

「ですよねぇ……明らかにレイドさんとエルリア様は規格外にブッ飛んでますし、むしろ理由があったことに私たちは心から安心しています」

「その通りだ。現在に至るまでの過程はおいておくとして、二人が突然《とつぜん》変異によって得体の知れない力を持った存在ということではなく、その過去において身に付けた明確かつ根《こん》拠《きょ》に基づいた力だと知れたことで安心したとさえ言っていい」

　神妙《しんみょう》な面持《おもも》ちで二人が何度も頷《うなず》く。散々な言われ様だ。

「で、レイドさんの言う『英雄』ってなんですか？」

「話の流れで考えると、『賢者』に近しい存在とは理解できるが……」

「千年前に『アルテイン』っていう国があってな。それで土地やら資源を巡《めぐ》ってヴェガルタと常に争っていて、その中で『賢者』と唯一《ゆいいつ》渡《わた》り合っていたってのが──」

「それが、レイドっていう『英雄』だったの」

　ふふん、とエルリアが少しだけ誇らしげに胸を反らす。食い気味だったところを見ると、ずっと言いたかったことが言えて嬉しかったのだろう。

　しかし、やはり二人の反応は芳《かんば》しくなかった。

「アルテイン……英雄……どちらも聞き馴染《なじ》みのないものだな」

「まぁ英雄っていう言葉そのものは理解できますけど……『賢者』と渡《わた》り合っていたくらいなら、歴史に名前が残っていても不思議じゃないですよね？」

「ミリス嬢《じょう》の言う通りだ。少なくとも『賢者』に関連した戦などは史実として残っているし、アルテインという国が亡国になったとしても名前や逸話《いつわ》は残っているはずだろう？」

「そこらへんは俺たちも調べた。だけどアルテインの名前は残ってないし、俺たちが知っている戦の内容についても書き換《か》えられているか、丸ごと消されちまってたんだよ」

歴史書の中にはレイドたちの知る戦についても記されていた。

しかし戦の大筋や発端《ほったん》については合致《がっち》しているものの、相手国がアルテインではなく他国に変わっていたり、そもそも戦自体が起こっていなかったりしていた。

カルドウェンが保有している蔵書、学院内に保管されている教員が閲覧《えつらん》できる書物、一般《いっぱん》流通している歴史書と比較《ひかく》してみたが、どれも同じ内容が記されていた。

「一応、エルリアや学園長から聞いた話だと、エルフたちの間では俺の名前と『英雄』って存在が伝わっているらしいんだけどな」

「へぇー、それってどんな話なん――にゅっ⁉」

「……伝わっているという事実だけ分かれば大丈夫《だいじょうぶ》」

「は、はひ……わかりまひた？」

エルリアがミリスの頬を摘《つ》まんでみょんみょんと引っ張る。やはり自分たちの話が後世で恋物語《こいものがたり》になっていると知られるのは恥《は》ずかしいらしい。

しかし、そちらについても「伝わっているだけ」という状況《じょうきょう》だ。

エルフの間で伝わっている話は明確な史実ではなく御伽話《おとぎばなし》や創作物としての扱《あつか》いであり、歴史的信憑性《しんぴょうせい》は低いという見解になっている。

「それで今度は国全体の歴史じゃなくて、魔装具《まそうぐ》のような技術体系の歴史、魔獣《まじゅう》たちの生態系変化の過程って形で範囲《はんい》を狭《せば》めて、各分野における情報の伝わり方を調べてみて、そこにある差異から何か手掛《てが》かりを探そうとしている最中ってわけだ」

「……なるほど、そういった話であればオレは適任だな」

ウィゼルの生家であるブランシュ家は魔装技師として古い歴史を持つだけでなく、王家に対して魔装具を献上《けんじょう》してきたという経緯《けいい》もある。その過程で一般人《いっぱんじん》では知り得ない情報を手に入れ、何かしらの形で後世に情報を伝えたという可能性も否定できない。

それを聞いて、ミリスがおずおずと手を挙げる。

「ええと……私ってそこらへん一般人代表みたいな感じなんですけど、何かお役に立てることってあるんですかね……？」

「まぁ一般の目線から見た意見が欲しいこともあるからな。それとお前が羊と仲良く暮らしていたノアバーグってのは、俺の時代だとアルテイン領だったんだ」

「はえー、もしかして昔は田舎《いなか》じゃなくて栄えていたりしたんですか?」

「いや俺の時代にも山しかなくて、極《ごく》一部の遊牧民が立ち寄る秘境って扱いだったな」

「あぁ……つまり私は千年前からエリート田舎民になる運命だったんですね……」

その事実を知って、ミリスが悲しげに遠くを見つめていた。おそらく祖先たちが羊たちと戯《たわむ》れている光景を思《おも》い浮かべているのだろう。

「でも、秘境っぽいから良いと思う」

「エルリア様、田舎どころか秘境扱いされると私も心が折れますよ……ッ!?」

「そうじゃなくて、そういうところだったらエルフたちと同じような口伝、他にも詩吟《しぎん》とか舞踊《ぶよう》みたいな形で情報を残してある可能性があるってこと」

ミリスをぽんぽんと宥《なだ》めながらエルリアは言う。

エルフたちが口伝によって伝承を残していた以上、一部の民族の間で僅《わず》かながらに口伝として継承《けいしょう》している者たちがいるかもしれない。

それこそ……千年前のレイドに旗手として仕え、その子孫であるアルマが手記を受け継《つ》いできたように、何かしらの手掛かりを残しているかもしれない。

可能性としては薄《うす》いところではあるが、第三者が意図的に情報を消している以上、その穴を見つけるために全ての可能性に当たっていく必要がある。

「情報収集だけじゃなくて、集めた情報を精査することも考えると人手が足りない。だから信頼《しんらい》できる二人に俺たちのことを話して、改めて協力してもらいたいと思ったわけだ」

「……オレたちを信頼に値すると評価してもらえたのは嬉しいが、信頼できる人間にしか話せない内容というのも確かだな」

「まぁ、千年前の人が転生しているなんて信じられませんもんねぇ……」

「それだけではない。何者かが意図的に歴史を改竄《かいざん》しているのなら、その事実に気づいた者に対して危害を加える可能性があるということだ」

実際、相手はそれに近しい動きを見せた。

学院の試験中に現れた『武装竜《ぶそうりゅう》』と呼ばれる魔獣の出現。

それらについては不可解な点が多く、いまだに犯人は特定できていない。

それだけでなく、現代において『武装竜』は絶滅《ぜつめつ》している魔獣だ。

それが――レイドたちと同じように時を超《こ》えて現れた。

「……ま、それもあったから俺たちも話すか迷っていたんだけどな。間違《まちが》いなく二人を俺たちの事情に巻き込む形になるだろうしよ」

友人になったとはいえ、二人はレイドたちの事情とは完全に無関係の人間だ。

そんな二人を危険に晒《さら》すようなことはしたくない。

それでも二人に話を打ち明けたのは――

「だけど、自分たちで守れば問題ないってことで落ち着いた」

「あまりにも心強い言葉だな」

「……確かに二人が一緒《いっしょ》にいる時点で、安全は保証されているようなものだな」

現代においても規格外の力を持っているレイドとエルリアであれば、二人に何かしらの脅威《きょうい》が襲《おそ》ってきても確実に守り切ることができる。

そして……それは自分たちの力を過信しているのではなく、自分たちの実力と過去に築いた経験に基づいた上での判断だ。

「俺たち以外にもアルマがいるし、そっちにも事情は説明してあるから大丈夫だろうさ」

「あ、だからレイドさんとアルマ先生って仲良さそうだったんですか？」

「ああ。アルマの祖先ってのが元々俺の旗手をやっていた部下だったんだよ」

「ほうほうっ！　それなら安心ですねっ！」

そう言いながら、ミリスが満面の笑《え》みでエルリアの肩を叩く。しかし当人のエルリアが不思議そうに首を傾《かし》げているので、あまり気にしなくて良いものだろう。

「そんなわけで、巻き込んで悪いがよろしく頼《たの》む」

「オレについては気にしないでくれ。レイドの能力については出会った時から興味があったし、新たな魔装具を開発する上でも良い刺激《しげき》になるだろう」

「数少ない友人の頼みですからねっ！　お手伝いと賑やかしは任せてくださいっ！」

「……二人とも、ありがとう」

快く引き受けてくれた二人を見て、エルリアが微笑《びしょう》を浮かべる。

そうして、二人との話がまとまった時——がらりと教室のドアが開かれた。

「くぁぁ……はーい、今日も授業始めるわよー」

アルマが大きく欠伸《あくび》をしながら教室に入ってきた。

しかし……そんなアルマに続いて、もう一人の女性が教室に入ってくる。

綺麗《きれい》な茶髪《ちゃぱつ》を後ろで結《ゆ》い上げた女性。

その姿には見覚えがあった。

「あれって……確か、俺たちの入学試験を担当してくれた人だったよな？」

「うん。色々と教えてくれる良い人だった記憶がある」

そして二人が教壇《きょうだん》に登ってから、アルマが軽く手を叩く。

「はい注目ー。今から新しく来た先生が面白い挨拶《あいさつ》をしてくれるわよー」

「え、え？　面白い挨拶って……手から鳩《はと》とか出せばいいですか……っ!?」

「変なところで真面目《まじめ》発揮するんじゃないわよ」

アルマがべしりと手刀を入れると、女性が「あうっ」と小さく悲鳴を上げる。

困惑《こんわく》する生徒たちを見て、アルマが軽く咳払《せきばら》いをする。

「みんなも知っての通り、先日の試験中に介入《かいにゅう》した第三者が魔獣を放って生徒たちを襲う事件が発生した。その関係で各クラスに教員が追加されることになったわ」

「フィリア・テレジア一級魔法士です、皆《みな》さんよろしくお願いします」

フィリアと名乗った女性がぺこりと頭を下げてから、アルマは説明を続ける。

「あたしも担当教員は続けるけど、特級魔法士っていうこともあって何かが起こった時には状況確認《じょうきょうかくにん》と指示のために動く必要がある。だからフィリアを補佐《ほさ》に置きつつ、あたしが離《はな》れている時にはクラスを任せるって感じになるかしらね」

「すみません、私ではアルマちゃんに及《およ》びませんが――うぁっ!?」

「あんたも一級魔法士なんだからシャキっとしなさい。あとアルマちゃん言うな」

「学生時代の癖《くせ》が……ごめんなさいアルマちゃ――はうぁっ!?」

フィリアが慌《あわ》てて言葉を発する度、アルマがべしべしと頭を叩いていた。その様子を見る限り二人は互《たが》いに知っている仲なのだろう。

「そんじゃフィリア、あたし学院長に呼ばれているから後は任せるわね」

「わ、分かりました……昨日アルマちゃんに教えてもらった通りにやってみますっ！」

「はいはい。あとアルマちゃん言うな」

去り際にぺーんとフィリアを叩いたところで、アルマがレイドたちを手招きする。

「レイド、エルリア、あんたらも学院長に呼ばれているから一緒に来なさい」

「分かった。それじゃサクっと話でも聞いてくるか」

「レイド……今日の晩御飯《ばんごはん》、どうする？」

「俺か？　気分的には肉を食いたい感じだな」

「ん、それじゃわたしはお魚にする。はんぶんこ」

「あんたたち呼び出しに慣れすぎでしょう……」

そうアルマに呆《あき》れられながら、レイドたちは教室を後にした。

◇

既《すで》に何度も足を踏《ふ》み入れている学院長室。

アルマに先導され、レイドたちが踏み入れた直後——

「――本っっっ当に申し訳ないッ!!」

土下座する幼女に出迎《でむか》えられた。

「あー……学院長、とりあえず話が見えないんですけど」

「もうボクは怒《おこ》られたくないんだっ！　だからもう最初から謝《あやま》ることにしたっっ!!」

「その謝る理由について詳細《しょうさい》を聞かせてもらえますかね」

「まずは怒らないって約束してっ！　ボクは頑張《がんば》ったからっ!!　ちゃんと他の人たちに睨《にら》まれながらもレイドくんは悪くないって説明したんだからっっ!!」

瞳《ひとみ》に涙《なみだ》を浮かべながら、エリーゼが駄々《だだ》をこねるようにばんばんと床《ゆか》を叩く。かろうじて僅かに残っていた学院長としての威厳《いげん》さえ全力で投げ捨てるような様子だ。

そんなエリーゼの様子を見て、アルマが頭を掻きながら溜息《ためいき》をつく。

「……ま、前回の件で色々と上の方から言及《げんきゅう》されちゃったもんでね」

「……あれだけ派手なことをすればそうなるよなぁ」

『武装竜』は魔法を無力化する性質を持っていたことから、教員たちですら対処が困難であり、特級魔法士であるアルマでさえも魔法の威力《いりょく》を大幅《おおはば》に削《そ》がれていた。

そんな魔獣を一掃《いっそう》するためとはいえ、レイドの一撃《いちげき》によって地形を丸ごと変えてしまったのだから、何かしらの処分が下っていても不思議ではない。

おそらく、そのあたりもエリーゼが掛《か》け合ってくれたのだろう。

「やりすぎたところはあるけど、レイドくんは生徒だけでなく教員も守って、エルリアくんは事前にアルマちゃんを通じて教員と生徒を安全な場所まで避難《ひなん》させた。それらの行動を踏まえて、王家から二人に褒賞《ほうしょう》をあげるべきだってボクは提案したんだよ……」

ぐじぐじと目元を拭《ぬぐ》ってから、エリーゼが再び頭を下げる。

「だけど……王家だけじゃなく、魔法士協会からも却下《きやっか》されちゃってさ……」

「まぁ、そちらについては俺も当然の判断だと思います」

この世界は魔法至上主義の世界だ。

その頂点であるヴェガルタ魔法王国を統《す》べる王家、そして象徴《しょうちょう》とも呼べる魔法士たちを管理している魔法士協会がレイドの存在を認めるはずがない。

「魔法を使えない、魔法とは明らかに異なる力を使う……そんな人間が、学院に所属する教員どころか、特級魔法士さえ手を焼いた魔獣を一撃で倒したことを公にすれば、今まで築き上げてきた『魔法』という存在が揺《ゆ》らぐことになります」

だからこそ、レイドの功績は却下された。

王家や魔法士協会からすれば、賢者の生まれ変わりとして幼少時から頭角を見せていたエルリアの功績にするのが無難で最良の結果だと言えるだろう。

「出自も平民、使っている力も不明瞭《ふめいりょう》、その上で詳細不明の魔獣が突如《とつじょ》として現れたのなら、俺を容疑者と考え、自作自演の可能性があると言った人間も出たはずです」

「た、確かにそんな意見の人もいたけどっ！　ボクは全部否定して――」

「しかし明確な証拠《しょうこ》はない。ただ生徒と教員たちを守ったという事実は間違いないので、その功績と周辺の土地を破壊《はかい》した件を相殺《そうさい》することにしたんでしょう。向こうとしても犯人が見つかっていない以上、余計なことで気を揉《も》みたくないでしょうからね」

「……えと、確かにそんな感じで話はまとまったね」

「こちらとしては、その決定に対する異議はありません。異議を唱えれば俺自身の力について説明を求められるでしょうし、俺自身は満足のいく説明を行えません。その状況で異議を申し立てても、先方に悪印象を与《あた》えることにしかなりませんからね」

「ボクが説明する前に結論まで全部言われちゃったよっ!!」

説明役を奪《うば》われたせいか、エリーゼがぺんぺんと再び地面を叩いていた。なんとも感情が忙《せわ》しない幼女だ。

「……だけど、レイドくんは本当にそれでいいのかい？」

「ええ。学院長は俺を庇《かば》ってくれたわけですし、その気持ちだけで十分です」

「それじゃエルリアくんは――」

「………………」

「ものすごく不満そうな顔してるッッ!!」

エルリアは納得がいかないと言わんばかりに頬を膨らませていた。

「それじゃ、わたしの功績もいらない」

「え……いや、それは色んな人たちが困るというか——」

「わたしがやったことにするのはいい。だけど功績とか評価はいらない。それをやったら、わたしがレイドの功績を奪うことになる」

「別にいいじゃねぇか。もらえるもんはもらっとけよ」

「やだ」

エルリアがぷいっと顔を背《そむ》ける。この様子だと何を言っても受ける気はなさそうだ。

それをエリーゼも感じ取ったのか、こほんと咳払いをしてから頷いた。

「わかったよ、先方にはエルリアくんの意思を伝えておくとして……もう一つ、今回の一件でレイドくんに対して改めて決定したことがあるんだ」

そう告げてから、エリーゼは表情を改めた。

「レイドくんの実力はボクだけでなく、王家、魔法士協会も認めざるを得ない。だけど、正式に認めるためには君の能力が不明瞭なままだと難しいってことになった」

たとえ明確な実力があったとしても、レイドの扱っている力が魔法と異なるのであれば、魔法士として認めることは難しい。

「だから君を魔法士として扱うか、それとも新たな能力を持つ者として別枠《べつわく》を設けるのか、それを見極《みきわ》めるために詳細を調査することになった」

「……具体的にはどのような形になりますか？」

「現在クラスを受け持っているアルマ・カノス特級魔法士が君に付いて、能力の詳細を調査、並びに評価する形になるね。そして通常の生徒たちが受ける試験内容の評価は魔法に関連した実力に偏《かたよ》っていることから、魔法士協会が別途《べっと》に設けた試験が課せられる」

その言葉の意味は一つだ。

その力が魔法と異なるのであれば、レイドの存在を認めるわけにはいかない。

それならば、達成することが不可能な試験を与えてしまえばいい――

「――君の試験は、全て特級魔法士によって実施《じっし》されることが決定した」

現行魔法における最高位とされる第十界層の魔法を行使し、その圧倒的とも言える力で超大型魔獣《ちょうおおがたまじゅう》さえも討伐《とうばつ》してみた最高峰《さいこうほう》の魔法士と認められた者たち。

それを相手にするのがどれほどの困難であるか、同じ魔法士として理解しているからこそ、エリーゼはくしゃりと表情を歪《ゆが》ませる。

「ボクは最後まで反対したんだ。そんなの認める気が無いって言っているのと同じで――」

「分かりました。その条件で構いません」

「レイドくんッッ!!　まだボクが喋《しゃべ》ってるッッ!!」

「俺は最初から難しい立場だと認識《にんしき》していましたし、後援《こうえん》となったカルドウェン家の当主からも『他者を黙《だま》らせるほどの実力と結果を示せ』と命じられています。そして――それらを力で捻《ね》じ伏《ふ》せてこいとも言われていますす」

そう答えながら、レイドは不敵な笑みを浮かべる。

前世からレイドは強者と相対することに対して喜びを感じていた。

英雄と呼ばれ、化け物と呼ばれ、自分と並び立つ者がいない孤独《こどく》を紛《まぎ》らわせていた。

だからこそ……自分と同じ強者であったエルリアに強く惹《ひ》かれた。

それは今でも変わらない。

それこそがレイド・フリーデンという人間を構成した原点。

「特級魔法士であれば――その相手として一切《いっさい》の不足はないでしょう」

そんなレイドの笑みを見て、エリーゼが気圧《けお》されるように息を呑《の》む。

そして、静観していたエルリアの方に視線を向けた。

「エ、エルリアくんはそれでいいのかい？」

「ん、わたしからも言いたいことがある」

「だよねっ！　もしもレイドくんが試験に落ちたらカルドウェン家の面目《めんぼく》とかに──」

「わたしも特級魔法士の人たちと戦いたい」

「エルリアくんッ!!　今は話をややこしくしたらダメだからッッ!!」

「だって、アルマ先生と戦った時も楽しかったし……他の人たちも同じくらい強いなら、色々な魔法も見られてすごく楽しそうだと思った」

エルリアの中でも何かのスイッチが入ったのか、瞳を輝《かがや》かせながら何度もふんふんと頷いていた。やはり似た者同士、考えることは一緒ということなのだろう。

「だからレイド、はんぶんこしよう」

「おー、それだと数もちょうどいいな。特級魔法士九人、一人は監視役《かんしやく》だから除外、それで残り八人を半分にすれば総合試験の四回分でピッタリだ」

「我ながら天才すぎる発想」

「待って……学院長のボクを置いて二人で盛り上がらないで……ッ!!」

エリーゼが床に突っ伏《ぶ》したまま唸《うな》り声《ごえ》を上げる。本当に気苦労が絶えない幼女だ。

「んぅぅ……確かにエルリアくんも制限を掛けたところで十分と言えないし、将来的には特級魔法士になるから今の内に経験を積ませるってことを考えれば通りそうだけど……」

目を回しているエリーゼを見かねてか、アルマが溜息と共に口を開く。

「そろそろエリーゼの胃に穴が空きそうだし、一度退室した方がいいかしらね？」

「うん……だけどね、最近お医者さんから良い薬をもらえたんだぁ……」

「薬漬《くすりづ》けの幼女とか笑えないからお大事にね」

ぽんぽんとエリーゼの頭を叩いてから、アルマはレイドたちを連れて部屋を出た。

そして、しばらく三人で廊下《ろうか》を進んだところで――

「――どうよ、上手《うま》くやったもんでしょ？」

振《ふ》り返りながら、アルマがにかりと笑った。

その言葉を聞いて、レイドも笑みを浮かべながら頷き返す。

「ああ、上出来だ」

「ふふん。そりゃ英雄様に仕えていた人間の子孫だもの」

「新しくクラスに来た教員はどういった繋《つな》がりなんだ？」

「フィリアは学院時代にあたしと同期だった子で、実力だけじゃなくて信用も置ける子よ。少なくとも、何かが起こっても対処を任せられるくらいにはね」

「なるほどな。そりゃ良い人間を見繕《みつくろ》ってくれた」

レイドの監視《かんし》や能力について調査などを行うなら、アルマ以上の適任はいない。

担当教員としてレイドの能力を間近で観察しつつ、レイドの能力によって不測の事態に陥《おちい》ったとしても、特級魔法士という実力者であれば単独で対処ができる。

そして先日の犯人も見つかっていない、その目的や勢力も不明であるため、レイドだけでなく複数の事態に対応できる特級魔法士か近しい実力者に限られてくる。

だからこそ――アルマには話し合いの場で「レイドの監視役」を担《にな》うように進言させ、他に信用できる人間を担当教員として置くように伝えておいた。

「これで俺とアルマがやり取りを交わす大義名分ができたし、特級魔法士っていう立場のある人間なら俺たちと違って各方面の対応や処理も早いだろうからな」

「まぁ、いくら名家カルドウェンの人間と言っても機密情報や調査内容なんて簡単に開示するわけにはいかないもの。そのあたりの調べ物はあたしに任せてちょうだい」

「おう。思う存分頼《たよ》りにさせてもらうぞ」

「はいはい。そりゃもう閣下の仰《おお》せのままに」

そう互いに笑いながら言うと、エルリアが納得したようにふんふんと頷いた。

「そういえば、レイドは他の人を使うのも上手だった」

「これでも将軍閣下だったもんでな。それに、どこかの賢者様が偉大《いだい》な魔法を使える軍隊を作ったから、こっちも他の人間を上手く使わないと対処しきれなかったもんでよ」

「うん。だからレイドはすごい」

エルリアがてちてちと手を叩きながら褒め称《たた》えていると、アルマが咳払いをする。

「……話を続けてもいいかしらね？」

「なんで話を途中《とちゅう》で止めたんだ」

「あんたたちが二人の世界に行きかけたからよ」

「なんだそれ？」

「レイド、もしかしたら魔法による多次元特異空間の展開論の話かもしれない」

「……ああ、うん。これは話を続けた方が賢明《けんめい》そうね」

呆れたように溜息をついてから、アルマは話を再開した。

「とりあえず、これで閣下の処遇《しょぐう》については確定ってところね。閣下の能力調査については進捗《しんちょく》を報告するから、他に知っていることがあれば教えて欲しいんだけど——」

「飯食って身体《からだ》を鍛《きた》えたらこうなったぞ」

「……こんな答えされたら、そりゃエリーゼも頭を抱《かか》えるわね」

エルリアの話では「魔力の規格が違う」とのことだったが、その原因についても心当たりはないので、レイドとしては何も答えようがないというのが現状だ。

「エルリアちゃんとしては、閣下の能力ってどんなものだと考えているの？」

「ん……強《し》いて言うなら、何らかの要因でレイドが特異な魔力を得たことで、それで肉体が崩壊《ほうかい》しないように肉体そのものが異常に強くなった感じだと思ってる」

「……つまり、頑丈《がんじょう》なのは副産物でしかないってこと？」

「うん。だからレイドは純粋《じゅんすい》に強い人間」

「ただの強い人間は地図を書き換えたりしないのよねぇ……」

「それは確かに肉体の力だけじゃなかったけど……わたしが実際に見た限りだと、身体から溢《あふ》れ出た魔力を剣《けん》に乗せて力任せにぶつけたって印象でしかなかった。それこそ魔法《まほう》どころか魔術《まじゅつ》ですらない」

こくこくと頷きながら、エルリアが自身の考えを述べていく。

「逆に言えば『ただ魔力をぶつけただけ』で、そんな威力が出るくらい高密度で複雑な魔力ってことになる。だから魔力の密度で劣《おと》るわたしたちの魔法も打ち消される」

「魔力の密度で劣るって……それって『賢者』の魔力さえ超えているってこと？」

「うん。少なくとも――現在見つかっている六種の魔力質以上の密度、つまりわたしや他の魔法士たちでさえ確認《かくにん》できなかった、未知の魔力質が大量に含《ふく》まれていることになる」

魔法を扱う上で必須《ひっす》となる、魔力質における六つの系統色。

赤、青、緑、黄、黒、白という六種の特色を持つ魔力を人間は有しており、それらの特色に合わせた術式を組み上げて『魔法』という存在を作り上げる。

そして人間は最低でも一種、最大で六種の性質を持っているというのが魔法における基礎であり、この千年間で新たな魔力の系統色が見つかったという報告もない。

「言葉で聞くとすごい感じだが……俺としては不便なだけってのがな」

「うん。わたしがレイドと同じ魔力を持っても、たぶん同じことを言うと思う」

「そうなのか？　『加重乗算展開』とかで大量の魔法を使っていたから、お前だったら便利に扱えそうだと思ったんだけど」

「たぶん、わたしでも扱いきれない。目的の魔法に必要な魔力を抽出《ちゆうしゆつ》するだけでも大変そうだし、余計な魔力が混じったら魔法そのものが発動できなくなる」

「器用なエルリアでそれなら、俺には無理って話だな」

要はぐちゃぐちゃに出された絵具を、狭《せま》いパレットから目的の色だけを見極めて選び出し、なおかつ他の色と混ざらないようにしなくてはいけないといった感じだろう。

「あと、その魔力《まりょく》はレイドが生来持っていたものじゃないと考えてる」

「……俺が生まれた時から持っていたわけじゃないってことか？」

「うん。レイド、子供の頃《ころ》に何度も熱を出したって言っていたから」

確かに、幼い頃のレイドは頻繁《ひんぱん》に熱を出して寝込《ねこ》んでいた。

そんな病弱な自分が嫌《いや》で身体を鍛えようとして、再び熱を出して寝込んで……そんなことを繰《く》り返している内に、いつの間にか今のような強靭《きょうじん》な肉体になっていた。

そして、アルマが何かに気づいたように顔を上げる。

「もしかして……異種魔力に対する適合反応ってこと？」

「うん。わたしはそう考えてる」

「それって……確か自分の魔力質とは異なる魔力が体内に流れた時、一時的に身体が拒否《きょひ》反応を起こすみたいな感じだったか？」

「あら、意外と勉強熱心じゃないの」

そう言って、アルマが笑いながらレイドの頭をぽんと軽く叩いてくる。

魔力とは、血液が循環《じゅんかん》する際に生じる力であるとされている。

そして体内に流れる主要な血管の配置は変わらないが、細い静脈《じょうみゃく》については形状や経路が個人によって異なり、その差異や配置傾向《けいこう》によって魔力の性質が決定する。

しかし……輸血等によって一時的に魔力質の異なる血液が混ざった場合、その魔力に慣れていない身体が軽度の拒否反応を起こすといった現象だ。

それは一時的な反応でしかなく、異なる魔力は血液循環によって本来の魔力質に染まっていき、やがて時間経過によって身体に適合していくといった内容だったはずだ。

「発熱は拒否反応として現れる主な症状《しょうじょう》。だから可能性としては高い」

「理屈《りくつ》としては分かるが……それだと色々とおかしくなるって話か」

「うん。絶対におかしい」

レイドがそれらを発症《はっしょう》したのは幼少時の話だ。

当時にはエルリアも魔法理論を完成させていただろうが、それらは世間一般に普及《ふきゅう》していた知識ではなく、魔法という存在そのものも知れ渡っていない。

そして――

「――誰《だれ》かが、レイドに対して意図的に別の魔力を流したってことになるから」

本来なら存在しない魔力を流されたことで、レイドの身体には拒否反応が起こった。

それは間違いなく、第三者の手によって引き起こされたことになる。

「子供は体内の血管が未成熟で形成途中。だから、その時期に異なる魔力が体内に入ってきたら……順応や適合ではなく、魔力質が変わるっていう報告も見たことがある」

「そうね。重傷を負った子供に一定以上の輸血を行ったら、以前とは異なる魔力質が発現したっていう報告をあたしも見たことがあるわ」

しかし、そう語る二人の表情は険しい。

「それは今だからこそ分かることで、千年前だと話は変わってくる」

「そうね……しかも複数回に亘《わた》って拒否反応が起きているってことは、その度に大量の血液を入れ替《か》えていたってことになるわよね？」

「……いや、病弱ではあったけど怪我《けが》なんてしたことなかったぞ？」

「うん。だから魔力だけをレイドの身体に流したってことになる。だけど……それは現代の技術でも確立できていない。しかも現代では発見されていない魔力を流していて、その全《すべ》てがレイドに適合することを知っていたことになる」

そして、エルリアは静かに目を細めながら告げる。

「まるで――遠い未来の誰かが、レイドに力を与えたみたいに見える」

それは本来ならあり得ないことだ。

だが――あり得ないことが重なっているのならば必然とも言える。

千年前にもレイドたちの知らない何かが起こっていたとしても不思議ではない。

しかし、その中で一つ確かなことは――

「ま、そのおかげで今の俺《おれ》があるんなら何も言わねぇさ」

「…………いいの？」

「おう。この力が無ければ時代的に考えて野垂れ死んでいただろうし、そのおかげでお前と出会えて楽しい人生を送れているって考えたら、そいつに感謝してもいいくらいだ」

「…………そっか」

そう言って笑うレイドに釣《つ》られるように、エルリアも小さく笑みを浮《う》かべる。

確かに孤独な人生を歩むことにはなったが、その人生を恨《うら》んだことは一度もない。

その並外れた力によって歩んだ人生が『レイド・フリーデン』という人間を形成したのだから、その力を恨んだり否定したりすることは間違っている。

「どちらにせよ、現状では俺の意思で制御《せいぎょ》できているわけだし、何か大きな問題が起こっているわけでもない。それなら他の事に注力した方が無難だろうな」

「そうね。今の話を小出しで報告していけば、時間も稼《かせ》げるでしょうし、閣下について調べるのはそれからでも遅《おそ》くないと――」

そこまで語ったところで、アルマが「あ」と小さく声を上げた。

そして、徐々《じょじょ》に表情が青ざめたものに変わっていく。

「そういえば、閣下に渡しておけって言われてたの忘れてた……っ‼」

「……………俺に渡すもの？」

そうレイドが訊《き》き返すと、アルマが懐《ふところ》から便箋《びんせん》を取り出す。

上質紙を用いた便箋。

そして……その封蝋《ふうろう》には、誰もが知っている紋章《もんしょう》が刻まれている。

「閣下に対して——王家から直々にお声が掛かったって感じかしらね？」

そう、アルマは笑みを引きつらせながら答えた。

◇

翌日、レイドたちは学院を休んで王城に向かっていた。

夕陽《ゆうひ》が差し込《こ》む魔導車の中で揺られながら、レイドが深々と溜息をつく。

「アルマのやつ……まさか招待状を預かっておいて忘れるとはな……」

「アルマ先生もおっちょこちょい」

エルリアが同調するようにふんふんと頷《うなず》く。

アルマが招待状を受け取ったのはレイドたちの処遇を決めた時であり、当人も「学院ならいつでも渡《わた》せるし大丈夫《だいじょうぶ》か」と安心しきっていたせいで完全に忘れていたらしい。

そして慌ててカルドウェンの邸宅《ていたく》に向かい、当主であるアリシアに前日まで連絡《れんらく》をしなかったことを咎《とが》められ、バタバタと準備を進めて今に至るというわけだ。

「まぁ聞いた話じゃ王女様の個人的な呼び出しってことだったし、時間も夕刻だったから時間に余裕《よゆう》があったのが唯一《ゆいいつ》の救いってところだな……」

「……だけど、あんまりパーティーは好きじゃない」

そう言って、エルリアがぷくりと頰《ほお》を膨《ふく》らませる。

「個人的な呼び出しなら制服でも良かった」

「そういうわけにはいかないだろ。相手は王族なんだから」

今日のエルリアはカルドウェンの邸宅で徹底的《てっていてき》に着飾《きかざ》られて、濃紺《のうこん》のパーティードレスに純白のケープを羽織り、長い銀髪《ぎんぱつ》も綺麗に結い上げられている。普段《ふだん》よりも少しだけ大人びた雰囲気《ふんいき》といった印象だ。

しかし慣れない格好のせいか、エルリアはそわそわと落ち着かない様子だった。

「ドレスは動きにくいし、髪《かみ》が崩《くず》れちゃうから動き回れない」

「お前は王城で何をするつもりなんだ」

「何もしないけど、常に戦闘《せんとう》を想定するという心構えがある」

「せっかく髪まで整えてもらって可愛《かわい》くしてもらったんだ。それを崩したらもったいないし、今日はおとなしくしておこうな」

「……………それなら、おとなしくする」

落ち着かない様子のエルリアだったが、褒《ほ》めたことで多少機嫌《きげん》が直ったのか、ほんのりと頬を染めながらこくこくと頷いてくれた。

そんなエルリアに対して苦笑《くしょう》を返していた時――魔導車《まどうしゃ》が城門の前で止まった。

運転手がドアを開き、外に出たところでレイドは顔を上げる。

「……まさか、俺がここに来る日が来るとはな」

王都の中央に座する、見上げるほど巨大《きょだい》な王城。

それは千年前から変わらない、ヴェガルタという国を象徴する城だ。

小高い山を削《けず》り、切り開いた上に築城された巨城。

王都のどこにいても目に入るようになっていることから、民たちにとっては国の象徴であり、そして王家は民を見守り続けてきたという両者の関係性も垣間見《かいまみ》える。

そんなヴェガルタの聖域とも呼べる場所に、かつて敵国に属していた自分が足を踏み入れる機会があるとは思ってもいなかった。

そんな王城の姿をレイドが見上げていた時――

「――お待ちしておりました、エルリア・カルドウェン様」

城門の前で待機していた老齢《ろうれい》の執事《しつじ》が、レイドたちに向けて恭《うやうや》しく頭を下げる。

「そしてそちらはレイド・フリーデン様でお間違いないでしょうか」

「はい。本日は王女殿下《でんか》から御招《おまね》きをいただき、参上させていただきました」

「ご丁寧《ていねい》にありがとうございます。私は王女殿下の世話役として務めております、執事長のセルバスと申します。以後お見知りおきくださいませ」

再び頭を下げるセルバスに対して、レイドも軽く頭を下げる。

そしてエルリアもレイドの背に隠《かく》れながら、顔だけ覗《のぞ》かせてちょこんと頭を下げた。

「エルリア様も御変《おか》わりがないようで何よりでございます」

「…………ん」

「……すみません。どうにも人見知りする性分《しょうぶん》でして」

「ええ、存じております。エルリア様は幼少期から王女殿下とお付き合いがありまして、いつも来訪される際にはアリシア様の後ろに隠れておられましたから」

そうセルバスは和《なご》やかに笑うが、目上である王家に対しても態度が変わらない姿を見て、母親であるアリシアが幾度《いくど》となく胆《きも》を冷やしたのが容易に想像できる。

しかも、どことなく普段の人見知りとは違《ちが》った様子だ。

レイドの袖《そで》をきゅっと掴《つか》みながら背に隠れているのは変わらないが、なぜか妙《みょう》に警戒《けいかい》しているというか、きょろきょろと周囲を見回している。

「……セルバス、彼女《かのじょ》はどこ？」

「御《ご》安心《あんしん》ください。王女殿下は城内にて待機していただいております」

「………本当に？」

「ええ。私の魔法を使って直々に繋ぎ止《と》めておきましたから」

セルバスが慇懃《いんぎん》な態度のまま頭を下げるものの、何か妙な言葉が聞こえた気がする。

しかしその言葉を聞いて、エルリアは胸を撫《な》で下ろしてからレイドの隣《となり》に立った。

「……ん、セルバスの魔法だったら安心できる」

「それは勿体《もったい》なき御《お》言葉《ことば》でございます。賢者《けんじゃ》の生まれ変わりと称《しょう》される実力のエルリア様から、魔法をお褒めいただけるとは恐悦至極《きょうえつしごく》にございます」

そう朗《ほが》らかに笑ってから、セルバスは二人を先導するように城門へと向かった。

「それでは城内にご案内致《いた》します。既に御《お》二方《ふたかた》をお迎《むか》えする準備は終えており――」

そんなセルバスの言葉と共に、城門が物々しい音と共に開かれた時――

レイドの真横を、金色の何かが過ぎ去っていった。

その少し後、ガラガラと派手な衝突音《しょうとつおん》が背後から聞こえてくる。

「………は?」

思わずレイドが振り返ると、エルリアが再びレイドの背を盾《たて》にして隠れている。
しかも、青ざめた表情でガタガタと震《ふる》えていた。

「おい、どうしたんだエルリア?」

「レイド……っ! 今すぐ走って逃《に》げて欲《ほ》しい……っ!!」

「いや逃げるって何から逃げるんだ?」

必死に懇願《こんがん》してくるエルリアに対して、レイドは訳が分からず首を傾《かし》げる。

しかし、セルバスは困ったように顎《あご》を撫でながら目を細めていた。

「ふむ……今回は五分三十五秒で脱出《だっしゅつ》されたようです。これは新記録ですね」

「ええと……脱出してきたというのは?」

「もちろん、王女殿下でございます」

セルバスが淡々《たんたん》と答えた直後……背後にある暗がりから人影《ひとかげ》が歩いてきた。

夕陽を浴びて煌《きら》びやかに輝く白金色の髪。

活発な印象を受ける吊《つ》り上がった眉《まゆ》と、蒼空《そうくう》に似た薄青《うすあお》の瞳。

「――もうっ！　ようやく来てくれましたわね、エルリア!!」

そして、少女は腰《こし》に手を当てながら声を張り上げた。

この国において、その姿と名前を知らぬ者は存在しない。

無何有の地を開拓《かいたく》して家名を冠《かん》した『ヴェガルタ』という国を立ち上げ、豊富な資源を用いた交易によって大国に至り、大陸の半数以上を占《し》めていた帝国《ていこく》アルテインと鎬《しのぎ》を削り合った後、その後も何十代にも亘って王家は国を統治し続けてきた。

だからこそ、唯一無二《ゆいいつむに》の王家として地名を冠することが許されている。

そんな偉大な血筋に名を連ねる現王の愛娘《まなむすめ》。

ヴェガルタ魔法王国第一王女――クリスティア・フォン・ヴェガルタ。

「まったく、学院を卒業して自由になったのに、何度呼んでも来ないんですからっ！」

そう言いながら、クリスティア王女はぷりぷりと怒りながら歩み寄ってくる。

「本当に――ずっと会いたかったんですからあああああっっ!!」

突然《とつぜん》その身体を加速させ、エルリアに向かってシュバァッと抱《だ》きついた。

そしてエルリアに頬ずりをしながら恍惚《こうこつ》とした表情を浮かべる。

「んんーっ！　このモチモチの肌《はだ》っ！　サラサラの髪っ！　学院に閉《と》じ込められていたせいで三年間も補給できなかったエルリア成分が一気に補充《ほじゅう》されてる気分ですわっっ!!」

「クリス……毎回わたしから謎《なぞ》成分を摂取《せっしゅ》しないで……」

嬉々《きき》とした表情の王女殿下とは対照的に、エルリアは何もかも諦《あきら》めたような表情で王女からの頬ずりを受け入れていた。

レイドが呆気《あっけ》に取られていると、セルバスが申し訳なさそうに頭を下げた。

「お見苦しい姿を見せてしまって申し訳ありません。王女殿下はエルリア様を前にすると、少々我を失ってしまうものですから」

「……まぁ、話を聞く限り久々にお会いしたようですからね」

「ええ。幼少期からエルリア様を実妹《じつまい》のように可愛がっておりまして、あまりにもエルリア様が好きすぎる故に王から『学院を卒業するまで帰省を禁ずる』と厳命されたほどです」

それはもう嬉《うれ》しそうにキャッキャとはしゃいでいる王女を見て、幼少期から二人がどのような関係を築いてきたのか想像できる。

そんな二人の様子を傍観《ぼうかん》していた時、王女はキッと鋭《するど》い眼光をレイドに向けた。

「あなたがレイド・フリーデンですわねっ⁉」

「お初に御目《おめ》に掛かります王女殿下、私は先日カルドウェンの――」

「面倒《めんどう》だから挨拶《あいさつ》は省きなさい！」

「…………失礼致しました、レイド・フリーデンです」

「あとエルリアの婚約者《こんやくしゃ》であるなら、わたくしをクリスと呼ぶのも許可します！　だからあなたについても呼び捨てにさせてもらいますわっ‼」

「御配慮《ごはいりょ》いただきありがとうございます、クリス王女殿下」

「よろしい！　これで面倒な会話を挟《はさ》まなくて済みますわねっ！」

クリス王女がむふんっと満足そうに頷く。王女ということで勝手に貞淑《ていしゅく》なイメージを抱いていたが、むしろアリシアと近しい豪胆《ごうたん》な性格らしい。

そんなレイドの想像通り、クリス王女はびしっと指先を突《つ》きつけてきた。

「わたくしはあなたを半分しか認めていませんわっ！　レイド・フリーデンッ‼」

「……………半分とはどういった意味でしょうか？」

「だって婚約《こんやく》は認めておかないとエルリアに嫌《きら》われてしまいますものっ!!」

「なるほど。では残り半分は私の実力に疑念を抱いているということでしょうか」

そうレイドが先読みして答えると、クリスが僅《わず》かに驚《おどろ》いてから表情を正す。

「ええ。魔法が使えない身でありながら、エルリアに匹敵《ひってき》するという実力を持っているなど、わたくしとしては信じられないことですもの」

それはヴェガルタの王族という立場だけでなく、幼少期からエルリアのことを見てきた者としての言葉なのだろう。

「カルドウェン当主アリシア、並びに直接手合わせをしたガレオンの証言、そして特級魔法士アルマ・カノスの魔法を素手《すで》で受け止め、先日の一件では危険指定区域を丸ごと消失させた……これらを魔法も使わずに実現したなど、信じられるはずもないでしょう？」

「率直《そっちょく》な感想を述べますと、『何を馬鹿《ばか》なことを言っているんだ』となりますね」

「あら、自覚はあるようですわね？」

「それで実力を見るために、我々を呼びつけたということでよろしいでしょうか」

「……なんだか、妙に慣れた対応をされている気がしますわね？」

「慣れてはおりませんが、今後は増えるだろうという心構えではおりました。なにせ不明瞭な力ですし、魔法に関して精通している方ほど疑念を抱く方は多いでしょうから」

クリス王女に限らず、どれだけ伝聞や報告を耳にしようと実際に見るまで納得《なっとく》しないという人間は少なからずいるものだ。

今までは学院内での話に留《とど》まったが、先日の一件については王家といった国の重鎮《じゅうちん》、そして魔法士協会にも報告がいって広まっている。

そしてレイドに対する疑念だけでなく、レイドの能力を今までに報告されていない未知の魔法と考え、知的探求心から一目見たいと考える者がいても不思議ではない。

「浅学《せんがく》な私では理解が及《およ》ばなくとも、類稀《たぐいまれ》な才を持つエルリアやヴェガルタが誇る優秀《ゆうしゅう》な魔法士たちであれば、この力を解明することができるかもしれません。ならば能力を披露《ひろう》することを厭《いと》わず、さらなる魔法技術の発展に繋がる御助力《ごじょりょく》になればと考えた次第《しだい》です」

「むぅ……これは思っていた以上に出来た人間ですわね」

「うん、すごいでしょ」

レイドが褒められて嬉しかったのか、エルリアが嬉しそうにふんふんと何度も頷いて見せる。とりあえず生気を取り戻《もど》してくれたようで何よりだ。

しかし、クリス王女はエルリアを抱きながら勝ち誇ったように笑った。

「ですが……わたくしが認めていないのは実力だけではありませんわ──」

「それでしたら……私の出自に問題があるといったところでしょうか？」

「いいえ。確かに王族の傍系《ぼうけい》であるカルドウェンが平民を婿《むこ》に迎えるなど前代未聞《ぜんだいみもん》ではありますけれど、それらは出自が霞《かす》むほどに相応《ふさわ》しい評価を得れば済むこと。現にあなたの力については多くの者たちが注目していますもの」

そしてクリス王女は言葉を切ってから──

「わたくしが試《ため》すのは──あなたのエルリアに対する『愛』ですわっ‼」

そう、威風堂々《いふうどうどう》と小っ恥《ぱ》ずかしいことを宣言した。

◇

セルバスに先導され、レイドたちは城内に通された。

そこは──煌びやかな装飾《そうしょく》と意匠《いしょう》の施《ほどこ》された大広間だった。

おそらく本来は貴族や豪商《ごうしょう》といった上流階級に属する者たちの社交場として使われたり、王家の人間が内々で祝事などを行う際に使用される場所なのだろう。

そんな場所にレイドたちは粛々《しゅくしゅく》と通された後──

「――第一回『どちらがエルリアを愛しているか決定戦』ッッッッ!!」

クリス王女が高らかに宣言した瞬間《しゅんかん》、会場が歓声《かんせい》と拍手《はくしゅ》によって大きく沸《わ》いた。

それはもう大盛り上がりだった。

会場に集まっている人々はドレスや宮廷服《きゅうていふく》ではなく平服に身を包んでいたり、その中には給仕服《きゅうじふく》といった仕事着の人間もいる。おそらく城内に勤めている人々なのだろう。

そんな城内勤めの使用人や兵士たちの大半が集まっているのか、会場内では多くの人々が料理や酒を手にして盛り上がっていた。

しかも、明らかに手が込んでいる大掛《おおが》かりな雛壇《ひなだん》まで用意されていた。

その壇上《だんじょう》に立ちながら、レイドは隣の席に立つクリス王女に声を掛《か》ける。

「……クリス王女、これは何でしょうか」

「『どちらがエルリアを愛しているか決定戦』と先ほども申したでしょう?」

「そちらではなく、なぜこんなに人が集まっているのでしょうか」

「ちょうど城内勤めの者たちを集めて慰労会《いろうかい》を行う予定がありましたの。ですから余興として、わたくしがあなた方を呼んで企画《きかく》と準備を行いましたのよ」

「……部外者である私やエルリアが交じって余興になるのでしょうか？」

「ええ。エルリアは幼い頃から王城に出入りしていましたし、城内に長く勤めている者たちほどエルリアのことを知っておりますもの。そんなエルリアがいきなり婚約したのですから、その婚約者に関心が向くのは当然でしょう？」

そうクリス王女は集まった者たちを眺《なが》めながら言う。

確かに視線の多くはレイドに向けられているように見えた。

「あなたも今後はカルドウェンという名家に加わる身です。自分たちの上に立つ者がどのような人格や人間性なのか、それを他者に周知してもらう良い機会でしょう」

出自は田舎《いなか》の平民、そして能力も不明瞭《ふめいりよう》で得体が知れない。

そんな人間が国を支えてきた大家に婿《むこ》入りすると聞いて、少なからず不安を覚える者たちもいることだろう。

だからこそ、学院の人間や魔法士、一部の上流階級だけでなく、城内の人間という一般《いっぱん》に近しい者たちにレイドの人柄《ひとがら》を周知させるべきだと考えてくれたのだろう。

「あなたについては既《すで》に調べてありますわ。出身の村や学院内における素行と評判、魔法が使えない烙印《らくいん》を押《お》されても自分にできる形で村に貢献《こうけん》するなど……それらの結果を見た上でエルリアに相応しくないと喚《わめ》くほど、わたくしは幼く愚《おろ》かではありませんわ」

そうレイドのことを評価しながら、クリス王女は静かに頷く。

そして、その頭がどこまでも沈《しず》んでいく。

「まぁ、個人的にはエルリアを奪《うば》われた気分ですけれども……ッ!!」

「……それは、なんというか申し訳ありません」

「別に構いませんわ。エルリアがあなたを選んだのは事実ですし……皆《みな》の前であなたを持ち上げるつもりもなければ、愛を試すといった言葉にも偽《いつわ》りはありませんもの」

クリス王女が口元に含みのある笑《え》みを浮かべると、拡声魔具を手にしたセルバスが壇上に登って進行を始めた。

「今回はエルリア様が好きすぎて奇行《きこう》も多いと有名なクリスティア王女殿下、そして今回めでたく婚約者となったレイド・フリーデン様の両名による対決となります。司会と進行につきましては、僭越《せんえつ》ながらこのセルバスが務めさせていただきます」

「待ちなさいっ！　わたくしの紹介《しょうかい》に悪意を感じますわっっ!!」

「城内に勤めている者たちにとっては周知の事実にございます。そして皆が知っているからこそ、婚約者のレイド様が健闘《けんとう》される姿に大きな期待が寄せられております」

クリス王女の抗議《こうぎ》を無視して、セルバスが粛々と進行する。その妙に慣れている様子からして、こういった催《もよお》しの際に司会を務めることが多いのだろう。

「そして――勝者こそ、エルリア様の理解者と言えることでしょう」

会場にいる人々が壇上のレイドに注目する中、雛壇が照明魔具で照らし出される。

その頂上に据《す》えられた豪奢《ごうしゃ》な椅子《いす》。

そこには――顔を真っ赤にして俯《うつむ》いているエルリアが座《すわ》っていた。

耳まで赤くしながら、きゅっと身を縮めてぷるぷると震えていた。

「もう、色々と恥ずかしい……っ」

「恥ずかしがっているエルリアもかわいいですわよーッ!!」

「クリス様、進行を遮《さえぎ》ってエルリア様に声援《せいえん》を送るのはお控《ひか》えください」

エルリアの下に駆《か》けつけようとしたクリス王女に対して、セルバスがすぐさま魔法によって生成した鎖《くさり》で縛《しば》り上げていた。とても王女とは思えない扱《あつか》いだ。

「それではレイド様、意気込《いきご》みの方をよろしいでしょうか」

「ええと……はい。まだエルリアとは出会って間もない身ですが、婚約者として彼女の期待だけでなく、会場の皆様の御期待《ごきたい》に沿えるよう努めます」

「素晴《すば》らしい意気込みをありがとうございます。それではクリス王女殿下もどうぞ」

「ふんっ！　わたくしは幼い頃からエルリアと過ごしていますものっ！　エルリアの好きな物から嫌いな物、お昼寝《ひるね》で紅茶をこぼした回数と銘柄《めいがら》まで答えてみせますわっ!!」

「その能力は今後国のために活《い》かしていただけると幸いです」

鷹揚《おうよう》に頷いてから、セルバスが再び進行に戻る。

「回答権は御二方の座席にある魔具のボタンを押し、早く点灯させた方に与《あた》えられます。そして問題の読み上げ、回答の正否判定はエルリア様に行っていただきます」

「わ……わたしが、するの？」

「お手数を掛けて申し訳ありません。しかし物静かなエルリア様の御声《おこえ》をなるべく多く聞きたいという要望もあったため、ぜひ問題の読み上げと判定をお願いできればと」

「わ、わかった……」

「それでは回答の正否につきましては、お手元のボタンにてお願い致します」

セルバスが深々と頭を下げながら、事前に用意していた問題をエルリアに手渡《てわた》す。

しかし緊張《きんちょう》のせいか、目をぐるぐると泳がせながら質問状に目を通している状態だ。

そして、エルリアはゆっくりと息を吸《す》い込んでから――

「第、一みょん――」

やはり噛《か》んだ。

問題文に辿《たど》り着くことすらできないほど見事な噛みっぷりだった。

そんなエルリアの姿を見たクリス王女がダァンッと勢いよく魔具を殴《なぐ》りつける。

「エルリアがかわいいですわねッッ!!」

「クリス様、まだ質問が読み上げられておりません」

「今のはわたくしの本能が発してしまった個人的な感想ですわッ!!」

「なるほど。ですが次からは回答権を剥奪《はくだつ》させていただきます」

二人がそんなやり取りを交《か》わす中、エルリアは質問状で真っ赤になった顔を隠しながらぷるぷると震えていた。このままではエルリアが羞恥心《しゅうちしん》に負けて倒《たお》れてしまう。

「……すみません、読み上げはセルバスさんにお任せしていいですか？」

「ふむ……やはりまだ人前で話すのは苦手でしたか。それでは読み上げについては私が行い、回答の判定についてはエルリア様にお任せしましょう」

予定変更《へんこう》にも速《すみ》やかに対応し、セルバスはそのまま質問状を読み上げる。

「それでは第一問、エルリア様のしゅ――」

そして読み上げるよりも早く、クリス王女が魔具を点灯させた。

「――――読書。本だけでなく、主に魔法《まほう》研究の論文も好んで読んでいますわ」

その答えにエルリアがこくこくと頷いた瞬間、会場に正解音が鳴り響《ひび》いた。

再び観客たちが沸く中、クリス王女が得意げに胸を反らす。

「ふふん、これくらいの問題でしたら、最後まで聞く必要もありませんわね？」

「…………そのようですね」

クリス王女に対して言葉を返しながらも、レイドは内心で焦《あせ》っていた。

今のは単純な知識や記憶力《きおくりょく》というものではない。

問題文はエルリアが作成したものではないので、その内容は他者にも分かる内容であると推測することができる。

その上でクリス王女は問題文を読み上げるセルバスの口の動きを見て、『しゅ』から続く先の言葉を『趣味《しゅみ》』と確認してから回答した。

その僅かな動きを捉《とら》えることはレイドにも可能だが……おそらく口の動きだけでなく、読み上げの抑揚《よくよう》といったセルバスの癖《くせ》も推察材料にしている。

そして――間違《まちが》いなく、魔法も使っている。

初めて会った際、クリス王女は異常な速さでエルリアに抱きついた。

それに近い魔法をレイドは以前にも見たことがある。

それと同種の魔法であると考えるなら、セルバスの口の動きや抑揚といった材料から問題を推測し、十分に熟考した上で先読みすることが可能だろう。

つまり、クリス王女は本気で勝ちに来ている。

「まさか婚約者でありながら、結果を出せずに終わるなんてありませんわよね？」

レイドに向かって不敵な笑みを向けながらクリス王女が煽《あお》ってくる。

ただの催しではなく、真剣勝負《しんけん》としてこの場に臨《のぞ》んでいる。

そんな彼我《ひが》の戦力差と戦況《せんきょう》を真面目《まじめ》に考察してしまうほどにレイドは焦っていた。

自分でも何を考えているのだろうと思いながらも、この戦いに負けるわけにはいかないという逼迫《ひっぱく》した空気が漂《ただよ》っていた。

なぜならば——

「…………………」

最上段に座るエルリアが、じぃーっとレイドを見ていた。

それはキラキラとした期待の込められた眼差《まなざ》しだった。

エルリアがものすごく正解して欲しそうな顔をしている。

しかも目を合わせると、まるで「レイドだったら答えられる」と激励《げきれい》するようにふんふんと頷き返してくれている。

だが、戦況は極《きわ》めて不利だ。

早押《はやお》しでは決してクリス王女には勝てない。

そして問題文が確定する前に押して間違えれば、エルリアは確実に落胆《らくたん》する。

そんな思考をしている最中にも――

「第二問、エルリア様が寝《ね》――」

「ぬいぐるみ。お気に入りは黒くて大きな犬で、名前はヴァリーですわ」

正解音が鳴り響き、クリス王女が正解を重ねていく。

今までに数多《あまた》の戦いや絶望的な状況《じようきよう》を乗り越《こ》えてきたが、これほどまで勝利の道筋が見えない状況は味わったことがない。

そして、再びエルリアの方に視線を向けると――

「…………………」

ちょっとだけ不満そうな表情になっていた。

むぅーっと唇《くちびる》を尖《とが》らせていた。

しかし、よく見ると視線の行き先はレイドではなくクリス王女に向けられている。

おそらく魔法を使っていることはエルリアも気づいているだろうし、長年の付き合いから本気で勝ちに来ているということにも気づいたのだろう。

「……セルバス、わたしが問題出してもいい？」

「私は構いませんが、またエルリア様が可愛らしく噛んでしまう可能性が――」

「あ、あれは問題文を読んだから……っ！　わたしがこの場で考えた問題を言うだけだったら、ちゃんと噛まずに言える……っ！」

「左様でございますか。それではエルリア様に出題していただきましょう」

必死に弁明した結果もあってか、再びエルリアの手に拡声魔具が手渡される。

「えと……第、三問……」

少しだけ声を震わせながらも、噛まずに問題を口にする。

「わたしが、すごく疲《つか》れている時に好きな味付けは何？」

「……やけに具体的な問題ですわね」

「そんなことない。ふと頭に浮かんできた問題」

クリス王女が何かを察しながらも、エルリアはふるふると首を振《ふ》って押し通した。

そして、当然ながらレイドも気づいた。

エルリアは――誰《だれ》が見ても明らかなほど、レイドに有利な問題を出すつもりだと。

その証拠《しょうこ》に「これなら大丈夫！」と、自信満々な表情でレイドに視線を送っており、一部始終を眺めている会場の人々も察したような表情をしている。

そんな中、レイドはいつになく重い手を伸《の》ばしてボタンを押した。

「……塩を振りまくったしょっぱい味付け」

「！」

ピンポンピンポンと、エルリアが嬉しそうに何度も正解音を鳴らした。

ものすごく嬉しそうだった。

そしてエルリアが続け様に問題を出していく。

「第四問、わたしが学院の食堂でごはんを選ぶ時、何を基準にしてる？」

「俺が選んだ物と別のメニューにする。理由は後で半分ずつ分け合うから」

「第五問、ミリスと大浴場に行った後、わたしは何をする？」

「食堂に寄って氷菓《ひょうか》か甘味《かんみ》を二人分買って、部屋に戻ってから俺と一緒《いっしょ》に食べる」

「第六問、わたしは寝る前に何をする？」

「ベッドの上を転がって、寝返《ねがえ》りを打っても俺に当たらない距離《きょり》を確かめる」

「くッ……!!　問題と回答で仲良しアピールをされていますわ……ッ!!」

「そしてレイド様も間違えることなく確実に答えていますね。学院生活における二人の仲睦《むつ》まじい様子が目に浮かんでくるようです」

「きっと二人の時には『あーん』とかしていますわねっ！」

「調査資料によりますと、食堂といった大衆の面前でもされているようです」

「それはダメでしょうっ!!　口を無防備に開けてスプーンを入れた後、もむもむと丁寧に口を動かすエルリアの姿を見たら全人類があまりの可愛さに卒倒《そっとう》しますわよッ!?」

「それはクリス様だけですが、御学友《ごがくゆう》の方々もほっこりされていることでしょうね」

そんな二人のコメントを聞いて、観客たちがくすくすと笑みを零《こぼ》している。

普段は気にしていなかったが、さすがに大衆の面前だと気恥《きは》ずかしい。

そんなレイドの様子を察してか、セルバスが鷹揚に頷いてから口を開く。

「それでは次が最終問題となります。正解数としては既にレイド様の勝利となっておりますが、これはエルリア様への愛を競《きそ》う催しなので一問でも多く正解していただきましょう」

そう前置いてから、セルバスがエルリアに向かって出題を促《うなが》す。

しかし……エルリアは何かを考えるように軽く俯いていた。

「エルリア様？　いかがされましたか？」

「……ん、何を出そうか考えてた」

そう答えてから、エルリアはゆっくりと口を開き——

「——わたしが、好きなのは？」

そんな短い問い掛けをしてきた。

一瞬《いっしゅん》、レイドだけでなくクリス王女も呆気に取られていた。

今までのように、レイドだけが分かる問題かと思っていたので反応が遅《おく》れた。

だが、レイドはすぐさま我に返ってボタンを叩《たた》きつけ——

「——ぬるめのミルクティー」

そう回答を口にした。

しかし……ブブーッと初めて不正解の音が響き渡る。

「おや……これはレイド様が不正解だったようですね。それではエルリア様、正解の方を教えていただいてもよろしいでしょうか？」

セルバスが正解を促すと、エルリアは静かに首を横に振る。

「正解は、言わないでおく」

「なるほど、あえて正解は口にしないということでよろしいでしょうか」

「うん、内緒《ないしょ》」

頬を少しだけ赤く染めながら、エルリアは問題文で口元を隠す。

しかし、はっきりとエルリアの視線はレイドに向けられていた。

そしてレイドと視線が合うと、エルリアは嬉しそうに目を細めてから――

「――内緒」

そう、レイドに向かって再び告げた。

◇

無事にクリス王女の用意した余興を乗り切った後。

レイドたちは会場に降り、慰労会に参加していた人々と挨拶を交わしていた。

「エルリア様、この度はご婚約おめでとうございます」

「ん……ありがと」

祝福の言葉に応《こた》えながらも、エルリアは普段通りレイドの背中に隠れていた。

しかし城内で働いている人間とは多少なりとも面識があるようで、普段よりも三割増しで身体が出ているように見えたし、緊張しているような様子もない。

そして挨拶に来てくれた人々もエルリアの性分を知っているためか、なるべく短めに挨拶を済ませて気を遣《つか》ってくれていた。

しかし……今のエルリアを見て、誰もが口にした事があった。

「以前と比べて、エルリア様はずいぶんと明るくなられましたね」

「………そう？」

「ええ。今日のように王女殿下が無茶《むちゃ》なことをされても、エルリア様は平然としておられることが多かったのに、今日は色々な表情を見せてくれましたもの」

そう中年の女性は柔《やわ》らかい笑みと共に語る。

「それに問題で他の方の名前も口にされておられましたが、御学友の方ですか？」

「うん。ミリスっていう面白《おもしろ》い子と、ウィゼルっていう魔装技師の子も友達になった」

「あらあら、素晴らしい御友人《ごゆうじん》ができたようで何よりです」

「うん。二人ともすごく良い子」

微笑《ほほえ》んでいる女性に対して、エルリアも小さく笑みを作りながらこくんと頷《うなず》く。

「これは、レイド様に感謝しなければいけませんね」

「………私ですか？」

「ええ。幼い頃《ころ》のエルリア様は王女殿下以外の方とは交流を持たれませんでしたし、こうして色々な表情を見せてくれるようになったのもレイド様の影響《えいきょう》なのでしょうね」

「いえ……元よりエルリアは多くの方々に慕《した》われていました。そこに彼女が目を向け始めたというだけで、私の影響は微々《びび》たるものでしかありませんよ」

「あら、私たち相手にまで御謙遜《ごけんそん》なさらずとも良いでしょう？　先ほど見せてくれた御二人《おふたり》の仲睦まじい様子を見ていれば、レイド様のおかげだと誰もが分かりますもの」

その言葉にレイドが苦笑《くしょう》を浮《う》かべると、女性は控えめな笑い声を漏《も》らす。

「それでは……御二人の向かう先が幸に溢《あふ》れておりますように」

笑顔《えがお》のまま頭を下げながら、女性はレイドたちの前から静かに退いて行った。

そうして挨拶に来る人間が途切《とぎ》れたところで、レイドは軽く息を吐《は》く。

「最初は妙な事に駆り出されたと思ったが……ここまで感謝されるのは予想外だ」

「うん。レイドがみんなに褒《ほ》められて、わたしもすごく嬉しい」

「あと、お前がみんなから心配されまくっていたことも知った」

「………それも、予想外だった」

祝福の言葉に加えて、ほぼ全員が幼少期のエルリアによる人見知りエピソードを語り、それらについて色々と気を揉《も》んでいたことを言い、それを変えてくれたレイドに感謝の言葉を伝えるというのが一連の流れになっていたほどだ。

社交の場ではアリシアの背中にずっと隠《かく》れていた、クリス王女が無理やり連れ出さないと外に出なかった、同年代の子が声を掛けただけで驚いて転んだ、兵士が声を掛けたら逃げられた、メイドが着替《きが》えを手伝おうと部屋に入ったらベッドの下に隠れていたなど。

いくら類稀な才能を持っているとはいえ、そんなエルリアの姿を常日頃《つねひごろ》から見ていれば皆が気に掛けるのも頷けるというものだ。

「それを考えたら、今のお前はだいぶ成長した後だったんだなぁ……」

「うん。今ではちゃんと学院を一人で歩ける」

「そうだな。ちゃんと歩けて偉《えら》いぞ」

少しだけ誇らしげなエルリアだったが、今もレイドの袖に掴まっているせいで説得力の欠片《かけら》もないのが悲しいところだ。

そんなエルリアに苦笑を向けていた時、クリス王女がこちらに近づいてくる。

「二人とも、お疲れ様《さま》でしたわね」

「いいえ。本日は良い機会を与えていただき、本当にありがとうございました」

「……不意打ちで騙《だま》すような形で参加させたのに良い機会と言えるあたり、本当にあなたはお人好《ひとよ》しなんですわね」

クリス王女が呆《あき》れたような表情を浮かべるものの、すぐに表情を改める。

「ですが……あなたがエルリアに対して真摯《しんし》に接していることは理解できましたわ。それにエルリアも、あなたのことを信頼《しんらい》していることが確かに伝わってきましたもの」

そう、何か吹《ふ》っ切れたようにクリス王女が微笑《びしょう》を浮かべる。

「あなたになら、きっとエルリアのことも任せられるでしょう」

長い間、友人として見守ってきた者としての言葉を伝える。

「わたくしはヴェガルタの王族として、今後は国をまとめる者としての日々に追われます。今までのようにエルリアの姿を追ってばかりもいられないでしょう」

そしてレイドの肩《かた》にポンと手を置いてから――

レイドの手に、大きなレンズの付いた魔具《まぐ》を手渡してきた。

「…………これは？」

「写映魔具ですわ」

「それは見れば分かりますが」

「これで学院でのエルリアを写して王城まで届けてくださるかしら」

「すみません、私が自分の魔力《まりょく》を使うと魔具が壊《こわ》れてしまうので無理ですね」

「あら、魔装具だけじゃなくて魔具もダメなんですの？」

「魔具類についてはエルリアに魔力を入れてもらっているので、この写映魔具の魔力についてもエルリアに入れてもらうことになりますが――」

「わたしは絶対に入れない」

「むぅ……わたくしの代わりにエルリアの姿を収めてもらおうと思いましたのに……」

エルリアがブンブンと全力で首を振る姿を見て、クリス王女は残念そうな表情で写映魔具をセルバスに向かって放《ほう》り投《な》げた。

「それじゃ口頭で構いませんから、定期的に王城へと赴《おもむ》いてエルリアの様子を報告してもらいますわ。わたくしが培《つちか》ってきたエルリア愛ならば想像力だけで補完できるでしょう」

その言葉自体は王女としてどうなんだと言いたくなるところだったが、クリス王女の意図らしき部分については理解できた。

「つまり、私個人が王城に赴くための理由作りということでしょうか?」

「察しがいいですわね。平民という出自のあなたが一人で赴くと他家から顰蹙《ひんしゅく》を買う可能性もありますし、毎回カルドウェンの縁者《えんじゃ》を傍《そば》に置くわけにはいかないでしょう?」

エルリアの婚約者としてカルドウェンの末席に加わったとはいえ、レイド自身の立場が弱いことには変わらない。

元よりカルドウェンは女性当主という慣習があるため、たとえ伴侶《はんりょ》であっても他家から見れば当主と同等に接することもないだろう。

しかし――『王女殿下《でんか》の友人』という立場であれば話は変わる。

定期的に王城へと出入りすれば、エルリアだけでなくレイドも王女殿下と親しい間柄《あいだがら》であるということを周知させることができる。

そうすれば上流階級の者たちが出席する社交界の場であっても、露骨《ろこつ》にレイドを貶《おとし》めるような者たちを排除《はいじょ》することができるだろう。

「それにわたくしでしたら、『エルリアが大好きすぎる』ということで名が知れ渡《わた》っていますので、あなたを城内に招いたところで余計な疑念を生むこともありませんもの」

「他家が納得するほど周知されているとは相当ですね……」

「それほどわたくしのエルリアに対する愛は深いということですわねっ‼」

そう誇らしげに語りながら、クリス王女がむぎゅりとエルリアを抱きしめる。それによってエルリアが再び諦めた表情をしていたが、嫌っている様子ではないので大丈夫《だいじょうぶ》だろう。

「まぁ、本当はここまで手厚く世話を焼くつもりはありませんでしたけれど……二人に対して手を貸すように言われてしまったものですから」

「……手を貸すように言われた？」

「ええ。その方に二人を会わせるのも、今日の目的の一つということですわ」

そう告げてから、クリス王女はレイドたちを導くようにバルコニーへと向かっていく。

既に空は群青色《ぐんじょういろ》に染まっており、星々が瞬《またた》いて月が浮かんでいた。

しかし、そのテラスに人影《ひとかげ》は見当たらない。

そこから見えるのは、眼下の王都で生活する人々の灯火《ともしび》だけだ。

だが――レイドは既に察していた。

エルリアは実の母親であるアリシアに対しても怯《おび》えたような視線を向けるほど、幼少期は他人に対して敏感《びんかん》な反応を見せていた。

だが、他者の話を聞いた限りクリス王女だけは幼いエルリアと親しく過ごしていた。

その理由は想像に難《かた》くない。

おそらく……エルリアは自分がよく知る人間の面影《おもかげ》や魔力を感じたのだろう。

だからこそ、エルリアはクリス王女をすぐに信用することができた。

そして王城を訪《おとず》れた際、クリス王女は魔法を使ってエルリアに飛びついた。

それは、かつてレイドも戦場で目にしたことがある魔法だ。

自身だけでなく世界の理に対しても干渉《かんしょう》し、本来は触《ふ》れることすら敵《かな》わない概念《がいねん》領域に足を踏《ふ》み入れて意のままに操作する、まさしく『魔法』と呼ぶに相応しい力だった。

レイドの覚えている限り、その魔法を使っていた人間は一人しかいない。

『賢者《けんじゃ》』の弟子《でし》としてエルリアの傍《かたわ》らで魔法を学び、師の亡《な》き後《あと》も理念を正しく引き継《つ》ぎ、千年後の現代に魔法技術を普及《ふきゅう》させて魔法至上主義の礎《いしずえ》を築き上げた人物――

「――ずいぶんと楽しそうでしたね、アルテインの英雄《えいゆう》」

そう、明らかにクリス王女とは異なる口調で声を掛けてきた。

だからこそ、レイドも千年前と同じように言葉を返す。

「そんな怖《こわ》い顔しなくてもいいだろ――ティアナ嬢《じょう》ちゃん」

王族でありながら『賢者』の弟子として共に戦場へと赴き、師から学んだ魔法技術と血筋による稀《け》有《う》な魔法を持ち、その後は王位継承権《けいしょうけん》を捨てて『カルドウェン』という偉大《いだい》な賢者の姓《せい》を継いで現在における世界の基盤《きばん》を確立させた偉人《いじん》。

それが――ティアナ・フォン・ヴェガルタという人間だ。

「若い頃は男前だったようですね。私と戦っていた頃には枯《か》れ朽《く》ちた巨木《きょぼく》のような見た目だったので、こうして目《ま》の当たりにしても本人とは思えません」

「そうかい。こっちもジジイに負けて毎回ベソかいていた小娘《こむすめ》が出てきて驚いたぜ」

「……相変わらず腹立たしい男ですね」

じろりとレイドを半眼で睨《にら》んでから、クリス王女の姿をしたティアナが息を吐く。

「とにかく、雑談をするためにクリスを使って呼び出したわけではありません」

「お前は転生したわけじゃないのか？」

「ええ。あなた方からすると過去の世界――約千年前の世界から自分の魔法によって意識を飛ばし、クリスの身体《からだ》を借りて対話しています」

ティアナが使っていた魔法。

それを――レイドは『時間跳躍《ちょうやく》』と呼んでいた。

自身の肉体を『時間』という名の別世界に移す魔法。

その『時間』の中で動けるのはティアナだけで、他者には一切干渉《いっさいかんしょう》できない。

そして『時間』という概念そのものであることから、本来なら不可逆である時の経過が存在しておらず、意識だけを移せば無限に等しい思考時間を得ることができる。

後半についてはレイドの推測ではあったが、まるで未来視のように動きを読んでいた節があったことから半ば確信しており、相手にした時もずいぶんと手を焼いた記憶《きおく》がある。

「なるほどな。『時間』の中に入るには肉体そのものを魔力で変質させて運動量に応じて魔力を消耗《しょうもう》するけど、意識だけなら消耗も抑《おさ》えることができるってわけか」

「……あなたが魔法について饒舌《じょうぜつ》に語っている姿を見ると、複雑な気分になりますね」

「おかげさまで、転生してから魔法を学ばせてもらったんでな。それとお前が魔力を消耗して度々《たびたび》ブッ倒れていた『高燃費』な理由も分かってスッキリした」

「その『高燃費』って言うのはやめてくださいっ!!」

何かが癇《かん》に障《さわ》ったのか、ティアナが威嚇《いかく》するようにキッと睨んできた。

ティアナの『時間跳躍』はレイドから見ても対処が難しいものだったが……『時間』の中で肉体を動かすのは魔力の消耗が異常に激しいのか、移動できるのは十秒程度、しかも使う度に魔力を消耗して動きが鈍《にぶ》り、五回も使えば倒れてしまうような代物《しろもの》だった。

何度かレイドに食《く》って掛かってきた時も魔力不足でブッ倒れ、そんなティアナを回収に来たエルリアが魔力活性薬をコポコポ飲ませていた姿を見たことがある。

それを見たレイドが『魔力がぶ飲み高燃費娘《むすめ》』と言ってからかったのが始まりだったが、先ほどの様子を見ると少し気にしていたらしい。

「しかし意識だけとはいえ、千年分も意識を移動させて大丈夫なのか？」

「本来だったら意識だけでも莫大《ばくだい》な魔力を消耗して、『時間』の中を移動している間に魔力が尽《つ》きて倒れているでしょうね」

ですが、とティアナは僅《わず》かに表情を曇《くも》らせる。

「私が意識を飛ばせているのは、この世界に通じる『穴』が存在していたからです」

「…………『穴』？」

「ええ。そのおかげで千年という長い道中を省くことができて、少しの時間であれば意識だけをこちらの世界に飛ばすというだけでなく、私と魔力の波長が近いクリスの身体であれば肉体を借りて動くこともできます」

「……もしかして、その『穴』って俺《おれ》たちが原因だったりするのか？」

「その可能性もあります。転生魔法の詳細《しょうさい》については不明ですが……エルリア様だけでなく、あなたまで同じ時代に転生したということを考えると、その『穴』が何かしらの影響を及《およ》ぼしたか、転生の行き先が千年後に指定されていたことも考えられるでしょう」

千年前に生きていた二人が、千年後の世界で再会する。

それはある意味で偶然《ぐうぜん》と言えるが、一つだけ確かなことがある。

「つまり――お前以外にも『時間』の中を移動した奴《やつ》がいるってことだな」

その『穴』はレイドたちが転生する以前からあったと考えていい。

二人が全く同じ時代に転生した理由が『穴』に起因するなら、転生魔法が発動する前から『穴』が存在していたということになる。

もしくは、それを狙《ねら》って『穴』を穿《うが》った可能性もある。

どちらにせよ、第三者の意図によって二人は転生させられたということだ。

「少なくとも『時間』の中にあった穴は往来が可能であることから……千年前にも何者かが転生、もしくは時間跳躍をしたということになります」

「その『穴』ってのは、お前でも開けられるような物なのか？」

「私にはできません。『時間』という領域は非常に複雑で、私も魔法で立ち入ることはできますが……領域自体に干渉し、望んだ時間に跳躍するなど不可能なはずです」

そうティアナは断言する。

その不可能とされることさえ、第三者は可能としている。

そして――千年前に時間跳躍を行い、レイドたちの転生を行った。

だが、その目的が分からない。

それほどの離《はな》れ業《わざ》ができる存在なら、レイドたちを転生させる必要もないはずだ。

「エルリア、お前からも何か考えついたことがあったら――」

思考が煮詰《につ》まり、隣《となり》にいるエルリアの助けを借りようと思って視線を向けると――

そこには、不思議そうな表情で首を傾《かし》げているエルリアがいた。

「クリスが……実はティアナだった……？」

それだけをぼんやりと呟《つぶや》きながら、エルリアがぐるぐると目を回している。

頭の上に「？？？」と大量の疑問符《ぎもんふ》が浮かんでいるような状態だ。

そんなエルリアの様子を見て、レイドは訝《いぶか》しみながらティアナに視線を向ける。

「……おいティアナ嬢ちゃん、エルリアに話してなかったのか？」

「え、いや……こっちに来られるのは一〇分くらいだけですし、誰が関与《かんよ》しているか分からないのでクリスにも最低限のことしか説明していなくて、あとエルリア様が言っていたようにレイド・フリーデンも転生しているのか調べていたりとかで……」

ティアナが目を泳がせながら理由を語るものの、どこか様子がおかしい。

その様子を見て、ティアナ本人だと確信したエルリアが静かに目を細める。

「もしかして、いつもクリスがわたしに抱《だ》きついてきたのって……」

「ま、待ってくださいっ！　大半はクリス本人ですっ!!　私はたまに代わってもらって幼くて可愛《かわい》いエルリア様を愛《め》でたり、抱き心地《ごこち》を確かめたりしたくらいですからっ!!」

「あと、お泊《とま》りした時にはクリスが色々な服を着せてきた覚えがある」

「それも違《ちが》いますっ！　私はエルリア様に似合いそうな服とかをクリスに勧《すす》めておいて、後になって写映魔具で撮《と》った画像を見せてもらっていたくらいで……っ!!」

「クリスが『ですわ』って言うようになったのも……」

「それは本当に無関係ですッッ!!」

見るからに焦った様子で、ティアナが自白するように暴露《ばくろ》していく。

レイドは千年前には敵だったので、二人の関係性については深く知らない。

だが、これだけは確信を持って言える。

クリスとティアナは血筋や魔力が近かっただけではなく……エルリアが好きというところまで一致《いっち》していたということだ。

「ティアナ、お説教」

「はい喜んでッッ!!」

「……お説教なのに喜ばないで欲《ほ》しい」

「そんなの喜ぶに決まっているじゃないですか」

そう、ティアナは笑みを浮かべながら言う。

「だって……また、エルリア様と話せているんですから……っ」

瞳《ひとみ》から溢れた涙《なみだ》が白い頬《ほお》を伝って流れていく。

ティアナがいる千年前の世界では、既《すで》にエルリアは亡くなっている。

もう二度と言葉を交わすことができない存在となっている。

「エルリア様の亡き後……私はその喪失《そうしつ》感からエルリア様の姿を一目だけでも眺《なが》めたいと願って、自分の魔法で過去に跳躍する方法を探していました」

そうして藁《わら》にも縋《すが》る思いでエルリアの面影を求めたことによって、ティアナは『穴』の存在を見つけ出すことができたのだろう。

そして『時間』の世界で穴を見つけ出し、その先で一人の少女を見つけた。

「エルリア様の面影を持った子供を見て……私はその未来を実現するために、賢者の後を継ぎました。英雄を失って瓦解《がかい》したアルテイン軍の残党と協力して帝国《ていこく》アルテインを討《う》ち滅《ほろ》ぼし、今はエルリア様の作り上げた魔法技術を普及することに努めています」

それは師に対する信頼もあったのだろう。

自分の信じた偉大な『賢者』であれば、たとえ『転生』という人智《じんち》を超《こ》えた方法であろうと実現して未来に生きているかもしれない。

そう信じて、ティアナは敬愛する師が生きる世界を実現するために尽力《じんりょく》した。

「本当はすぐにでも声を掛《か》けたかった……ッ！　エルリア様が生きていた十年前のように、私の名前を呼んで笑い掛けて欲しかった……ッ‼」

きっと、ティアナはすぐにでも言葉を交わして確かめたかっただろう。

しかし何者かが自分を遥《はる》かに凌《しの》ぐ技量で『時間跳躍』を行っていたことを知り、エルリアの死や転生が作為的《さくいてき》なものであると考えて自身の存在を隠して動き、レイドが同じように転生しているという事実を確認《かくにん》するまで正体を明かさずに過ごしてきた。

ただ、クリスを通して誰よりも敬愛した師のことを見守り続けていた。

「だから――ッ」

「うん」

そう短い言葉を返してから、エルリアは泣きじゃくるティアナを抱きしめる。

「わたしのために頑張《がんば》ってくれてありがとう――ティアナ」

師を想《おも》って尽力した弟子を労《ねぎら》うように、その頭を優《やさ》しく撫《な》でる。

「ティアナは、すごく頑張ってくれたんだね」

「はい……はい……っ！」

「わたしが死んで十年だったら、もうすっかりお姉さんになってるね」

「もう、今ではエルリア様の身長を追い越してしまいました……っ」

「それなら、今はすごく美人さんになってそう」

「はいッ……エルリア様に見せられないのが、残念で仕方ないくらいです……っ」

互《たが》いに抱き合いながら、失っていた時間を埋《う》めるように二人が他愛《たあい》ない言葉を交わす。

そして……目を赤く腫《は》らしながら、ティアナはゆっくりと身体を離した。

「すみません……そろそろ、向こうに戻《もど》らないといけない時間になりました」

「うん。次はいつ会える？」

「魔力活性薬をがぶ飲みすれば明日でも大丈夫です……」

「ですが、話をするためにはクリスの身体を借りる必要があるので……彼女《かのじょ》から今後の予定について聞いてから、しっかりと打ち合わせをして日程を決めておきます……」

「打ち合わせできるんだ」

「はい……彼女とは魔力の波長が近いせいか、会話程度なら魔力の消耗も少ないんです」

エルリアに頭を撫でられて落ち着いてきたのか、ティアナがずびりと鼻をする。

本当なら、師弟《してい》同士の会話を終わらせてやりたかった。

だが――ティアナには訊《き》かなくてはいけないことがある。

「ティアナ、そっちに戻る前に一つだけ訊かせてくれ」

本来なら失われていたとして諦《あきら》めていた情報。

それをティアナであれば答えることができる。

「どうして――エルリアは命を落としたんだ」

そんなレイドの問いに対して、ティアナは目元を拭《ぬぐ》ってから顔を上げる。

しかし……ティアナの表情は何とも言えない複雑なものだった。

「それについては、明確に答えられません」

「……どういう意味だ？」

「意外と早い」

「エルリア様の死因については答えられますが、それがどのようにして引き起こされたのか、それが第三者による犯行なのか分からないという意味です」

そう前置いてから、ティアナはエルリアの死について語る。

「エルリア様が見つかったのは私室としても使っていた研究室であり、そこには魔法研究の資料や技術といった機密情報が保管されていたため、衛兵と多様な魔具を張り巡《めぐ》らせて厳重な警備下に置いていました。ですが……室内に争った形跡《けいせき》や研究結果を奪《うば》った様子もなく、エルリア様は眠《ねむ》るように部屋の中央で横たわっていました」

当時の光景を思い出し、ティアナは一度言葉を詰《つ》まらせながらも――

「そして――エルリア様は、魔力を全《すべ》て失って亡くなられていたのです」

それが、ティアナから告げられた死の真相だった。

◆

ティアナが去った後、クリスは何事も無かったように意識を取り戻した。

それまでの会話は聞いていなかったようだが、ティアナの方から会話することを聞いていたようで「あら、お話は終わりましたの？」と不思議そうに訊き返してきた。

そして――

「――エルリアとお泊りなんて久々ですわ～～っ‼」

ベッドの上で、クリスは嬉《うれ》しそうにぼふぼふと枕《まくら》を振り回していた。

「前回のお泊りは千日以上前ですし、これはもうお泊り記念日ということで国民に御触《おふ》れを出して喜びを共有しなければいけませんわねっ‼」

「クリス、国の記念日は無闇《むやみ》に増やしちゃいけない」

興奮するクリスとは対照的に、エルリアは枕を抱きながら首をふるふると横に振った。

なぜかクリスは自分との出来事を記念日にしたがる。

今は王女なので戯言《たわごと》で済んでいるが、王位に就《つ》いたら本当に記念日を制定して毎日が記念日になってしまいそうな勢いだ。

「だけど、クリスがティアナと知り合いだったのは驚《おどろ》いた」

「知り合いという言い方も不思議ですけれど……わたくしとしては子供の頃からあるもう一つの人格みたいなもので、まさか偉大な先祖の一人とは思っていませんでしたもの」

そう困ったようにクリスは笑う。

「しかも、わたくしのエルリアに対する趣向《しゅこう》と考えを全て理解して肯定《こうてい》してくれていましたから、別人格というより会話ができる自分みたいな感覚でしたわね」

「……うん、二人は本当にそっくりだと思う」

魔力の気配だけでなく、クリスは接し方などもティアナに似ていた。

エルリアのことを常に気に掛け、何かと姉のように世話を焼きたがる節があった。

だからこそ、エルリアも見知らぬ他人ではなく、知っている誰かと考えて自然と受け入れて接することができたのだと思う。

「違うのは『ですわ』って口調くらい」

「ああ、それはキャラ付けですわよ」

「その返答は想定してなかった……」

「だって『変な口調のおかしな王女』だったら、わたくしがティアナ様と会話をして変なことを言い出しても普通《ふつう》のことだと思って他の方々は気にしないでしょう?」

そんな理由を語ってから、クリスは深々と溜息《ためいき》をつく。

「なにせ『もう一人の自分』と会話をしていると言っても、父上や母上はわたくしの言葉を信じようとはしませんでしたし、毎日医者を紹介《しょうかい》されてうんざりだったんですもの」

その気持ちはエルリアにも理解できた。

レイドを捜して欲しいと掛け合った時、両親は真っ先に医者を呼んだ。

それは今でこそ当然の反応だと理解できるが、それがきっかけでエルリアは口を閉ざすようになり、一人で現代について考察しながらレイドの行方《ゆくえ》を追うようになった。

それがクリスにとっては『口調を変える』という方法だったのだろう。

「それで今ではわたくしが妙《みょう》なことをしても皆《みな》は『普段《ふだん》通り』と認識《にんしき》してくれますし、城内だけでなく王都の者たちも愉快《ゆかい》な王女様ということで慕ってくれていますし、わたくしが王位に就いた後も国民からの人気も堅《かた》いので王政も安泰《あんたい》ですわね」

「意外と考え抜《ぬ》かれた戦略だった」

「王族だからと胡坐《あぐら》をかいていたら国は廃《すた》れてしまいますもの。先祖が連綿と血筋と共に継いできた国を守り、その頂点に立つ者として努力するのは当然の義務ですわ」

そう語りながらクリスが誇《ほこ》らしげに胸を反らす。言動は奇抜《きばつ》であっても、そんな真面目《まじめ》なところが施策《しさく》に表れているので多くの人々から慕われているのだろう。

そんなクリスをぼんやりと眺めていると、不意に頬をぷにっと引っ張られる。

「にゃ、にゃに？」

「……なんだか元気がないように見えますわね？」

「ん……そうなの？」

「エルリアを見続けて十八年のわたくしが言うんですから間違《まちが》いないですわ」

「わたしが生まれるよりも前に見られていた……」

「冗談《じょうだん》はさておき、ティアナ様との会話で何かありましたの？」

「……うん。少しだけ気になることがあった」

それは――当然、自分が死んだ状況《じょうきょう》についてだ。

エルリアは自分が死んだ状況を覚えていない。

魔法《まほう》の研究をしていて、息抜《いきぬ》きのために休憩《きゅうけい》をして、大好きなぬるめのミルクティーを飲んで、そこから頑張ろうと立ち上がったところまでは覚えている。

そこでエルリアの記憶は終わっていたが、それでも深く気にしてはいなかった。

研究のために根を詰めていたこともあって、自分でも知らない内に疲労《ひろう》が溜《た》まり、それが原因で倒《たお》れて死んでしまったのだと思っていた。

だが……実際は違っていた。

魔力が全て失われるなど本来ならあり得ない。身体機能に影響が出るほど魔力量が下回れば、人間は魔力の回復を優先して意識を遮断《しゃだん》し、魔力量が戻るまで休眠《きゅうみん》状態に陥《おちい》る。

つまり膨大《ぼうだい》な魔力を一度に消費するような行動を取っても、先に意識が途切れてしまうので魔法を発動させることもできない。

そして状況的《じょうきょうてき》に他者が魔力を奪ったとも考えにくい。

当時の警備状況はエルリアも覚えており、人目に付かず侵入《しんにゅう》するのが困難というだけでなく、たとえ疲労していたとしても後《おく》れを取るようなことはないという自負がある。

自分の死因は判明したが、その動機が分からない。

そうしてエルリアが考《かんが》え込《こ》んでいると、クリスが再び頬を引っ張ってくる。

「ほら、あんまり難しい顔をしていると可愛い顔が台無しですわよ？」

「…………にゅ」

むにむにとエルリアの頬をほぐしてから、クリスは表情を改める。

「わたくしはティアナ様から聞いた以上のことは尋《たず》ねませんわ。わたくしには王女という立場がありますし、深く知ってしまったら態度を改めなくてはいけませんもの」

ティアナは最低限のことしか話していないと言っていたが、きっとエルリアの正体については察していることだろう。

それをエルリアの口から聞いてしまえば、今までのような『友人』としてはいられない。

だからこそ、クリスは何も訊かずにエルリアのことを抱きしめる。

「わたくしは何があろうと、あなたの友人として在り続けますわ。あなたが本当に辛《つら》い時であっても……ずっと味方として傍で支えることができるように」

子供の頃から、クリスはこうしてエルリアのことを抱きしめてくれた。
一人で千年後の世界に転生して、誰《だれ》も知る人間がいない世界で、誰にも理解してもらえないという孤独《こどく》を感じていた時も……自分だけは味方だと示すように抱きしめてくれた。
それはまるで――

「――本当に、二人はそっくり」

いつも自分に味方してくれた弟子の姿と重なって映った。

二章

クリス王女から呼び出しを受けた次の日。

レイドとエルリアは学院を休んで情報をまとめていた。

まず……魔力が消失していた事実と転生に関係性があるのではないか。

しかし、エルリアは即座《そくざ》に首を振《ふ》った。

「無関係とは断言できないけど、わたしの魔力だけで二人も転生できるとは思えない」

仮にティアナが言っていた『穴』を使ったとしても、レイドとエルリアの二人分を転生させるには魔力が足りない。

それこそ『時間跳躍』と同じく、人間では干渉することができない領域……『魂《たましい》』に関連した魔法だとエルリアは考えており、一人の転生でも膨大な魔力が必要となる。

その上、エルリアは前世と異なる人間として生まれ変わっており、二人が転生したのは同時ではなく三年という差が生じていたりと、理論上考えられていた転生魔法とは異なる部分もあることから『不完全な転生』という可能性も考えていた。

エルリアの死因についても、現状では何とも言えない。

『穴』を作り出した人間がレイドたちのいた千年前に来ていたのであれば、その人間にとっては魔法を含《ふく》めた全ての技術が「時代遅《おく》れの産物」ということになる。

当時は厳重な警備下だったと考えられても、その第三者であれば突破《とっぱ》することも容易であり、直接エルリアに手を下した可能性もあれば、病によって倒れたエルリアから魔力を奪ったということも考えられる。

しかし、明確に分かったこともある。

少なくとも――暗躍《あんやく》者は、現在でも成立していない魔法技術を持っている。

それは英雄と賢者がいた過去や、転生したレイドたちが生きる現在だけではない。

暗躍者が『未来』の存在であるという可能性さえも浮上《ふじょう》してしまった。

その暗躍者が、どのような形でレイドたちに関与しているのかは分からない。

何を目的として二人を転生させたのかも定かではない。

それらを理解するためにも、情報収集は続けていくべきだろうという結論になった。

そういった方向で、エルリアと徹底的《てっていてき》に話し合った結果――


「――むぅー」

翌日の朝、エルリアは元気にぽけぽけしていた。

具体的には難しい顔で枕をこねまわしていた。

両手で必死にもふもふと格闘《かくとう》していた。

「……何してんだ、エルリア？」

「枕をストレッチして……やわらかパワーを溜めてあげてるの……」

眠たげな半眼のまま、エルリアは意味不明な言葉を返してきた。

『ぽけぽけ』状態となったエルリアは予想できない行動を取る。

しかし、レイドも一緒《いっしょ》に生活してきたことで色々と学んできた。

まず、今回のエルリアは『小ぽけぽけ』といった状態だ。

エルリアのぽけぽけ状態には段階がある。

重度の状態である『大ぽけぽけ』の時には起床《きしょう》という行動そのものを嫌《いや》がり、自分で思考して細かい返答を行ったり、自発的な行動をしたりすることが困難な状態を指す。

次に『中ぽけぽけ』の場合は返答や思考については曖昧《あいまい》だが、本能や習慣に基づいて一定の行動を取ることができる状態と言える。

そして、今回の『小ぽけぽけ』は比較《ひかく》的に軽度なものだ。

レイドの言葉に対して思考したと見られる返答をしているだけでなく、枕を手で踏むという行動も取っているので、覚醒《かくせい》するまでの時間も短いだろう。

なお、『ぽけぽけ』となったエルリアの言動には一切《いっさい》意味がない。

重要なのは『ぽけぽけ』にも程度や法則が存在しているということであり、それに対して効果的に覚醒を促《うなが》すのがレイドの役目だ。

「レイド……枕にやわらかパワーが溜まってきてる……」

「そうだな。めっちゃ柔《やわ》らかい枕になってると思うぞ」

そうレイドは適当に言葉を返しながら、エルリアを居間に連れて行く。

そのまま枕を揉《も》みほぐしているエルリアをソファに座《すわ》らせてから、レイドはキッチンに入って温熱魔具を起動させた。

エルリアを確実に覚醒させるには風呂《ふろ》が一番効果的だ。

しかし、風呂に入れるまでが一番の難関とも言える。

エルリアが自分で服を脱《ぬ》ぐかは気分次第《しだい》、途中《とちゅう》で面倒《めんどう》になって脱衣《だつい》を諦めることも多々あり、場合によっては服を着たまま風呂に入ってしまうこともある。

つまり……エルリアが完全に服を脱いだ状態であることを確認した上で、風呂に向かうのを見届けなければいけない。

それなりに年齢《ねんれい》を重ねているので変に動揺《どうよう》はしないが、エルリアの意識が判然としていない状態で一糸纏《まと》わぬ姿を眺めるというのは当人に申し訳ない気分になる。

目隠《めかく》しをした状態でも衣擦《きぬず》れの音などでエルリアの状態は判別できるが、どちらにせよ危なっかしいので、風呂は『大ぽけぽけ』になった時の最終手段と言えるだろう。

そんなエルリアの『ぽけぽけ』を研究して導き出したのは――

「ほら、とりあえずこれでも飲んでおけ」

そう言って、レイドは湯気の立つミルクティーを差し出した。

湯気と共に漂《ただよ》う香《かお》りによって、エルリアが興味を示したように鼻をすんすんと鳴らす。

エルリアの好物ということで、ぽけぽけ状態であろうと確実に興味を持たせることができ、身体《からだ》を温めて覚醒を促すことができる画期的な策だ。

そんなカップを前にして、エルリアが不思議そうにこくんと首を傾げる。

「…………熱い？」

「一応、火傷《やけど》しない程度には冷ましてあるぞ」

そう言われてエルリアがカップを手に取るが、眉《まゆ》をしょんぼりと下げた。

「…………まだ熱い」

「それじゃ、少しだけ待ってから飲むんだぞ」

「ふーふーして欲しい」

「……つまり待てないってことだな」

思わず苦笑《くしょう》を返してから、レイドはカップに向かって何度か息を吹《ふ》きかける。

「こんなもんでいいか？」

「…………ん」

カップを受け取り、エルリアが満足げに頷《うなず》いた。

くぴくぴとミルクティーを流《なが》し込み、はふーと息を吐《は》いたところで完全に瞼《まぶた》が上がる。

「……………おはよう？」

「おはようさん」

「目が覚めたら、不思議と口の中がミルクティー味になってた」

「そりゃ直前までミルクティーを飲んでたからな」

「ぽけぽけでごめんなさいでした……」

レイドの言葉から自分の状態を察したのか、エルリアが深々と頭を下げる。しかし言葉がふにゃふにゃしているので、まだ覚醒途中《かくせいとちゅう》といったところなのだろう。

そんなエルリアに対して、ぽんと軽く頭を叩《たた》いてやる。

「気にしなくていいぞ。俺も最近は楽しんでやってるからな」

「……………そうなの？」

「おう。紅茶の銘柄《めいがら》を変えたり、水と牛乳の比率を変えたり、最初の温度や冷ますまでの時間とかも変えて色々と試《ため》していたら楽しくなっちまってな」

「いつの間にか色々と試されてしまっていた……」

「ちなみに一番反応がよかったのはロンフェルドの茶葉で、牛乳は多めで煮込《にこ》み時間を増やして少しだけ濃《こ》くしてから少量の蜂蜜《はちみつ》を加えたやつだ」

「思っていたよりも本格的に試されていた……っ」

「紅茶を淹《い》れるなんて前世を含めても数える程度だったたんでな。自分だけなら適当に済ませただろうけど、お前のために淹れるなら美味《うま》く作ってやろうと思ったわけだ」

最初は色々と苦労したが、今ではすっかり日課の一つだ。

今までは一人だったので食事にこだわりを持つこともなかったし、そういった些細《ささい》なことは従者や周囲の人間が行っていた。

しかし、誰かのために振る舞《ま》うというのも悪くない。

そして何よりも――

「おかわりはいるか？」

「うん。今度はゆっくり飲みたい」

「はいよ。それじゃ俺も一杯《いっぱい》飲んでから準備するか」

二人分のミルクティーを淹れて、二人でソファに腰《こし》かける。

誰かと一緒に、穏《おだ》やかな日常を過ごすというのは心地《ここち》よいものだ。

◇

エルリアと一緒にのんびりと朝を過ごした後。

普段よりも余裕《よゆう》を持って教室に向かうと、既にミリスとウィゼルが談笑《だんしょう》していた。

そしてレイドたちの姿に気づくと、二人が驚いたように目を丸くした。

「エルリア様が……朝なのにシャキっとしている……っ!?」

「しかも目が完全に開いているだけでなく、足取りもふらついていないだと……ッ!?」

「……そんなに毎日ぽけぽけしてない」

不満そうに口を尖《とが》らせながら、エルリアが二人に言葉を返す。

この二人との会話も、すっかり学院という日常の一幕になってきたものだ。

「今日はレイドの淹れたミルクティーを飲んだから、朝からパッチリしてる」

「レイドさんが……紅茶を淹れた……っ!?」

「紅茶を淹れるだけで驚かれるのかよ」

「だって紅茶って難しいんですよ？　大麦を煮出《にだ》したやつとか、茶樹の葉を炒《い》った物とか、田舎《いなか》でよく見るやつと同じ感覚でやったら失敗するんですよ？」

「なるほど。それはお前の経験談か」

「ええ……王都に来てから浮《う》かれていて、田舎ではお目に掛かれない紅茶を思わず買って、ルンルン気分で普段通りに淹れたら苦くて渋《しぶ》い液体が生成されましたとも……ッ!!」

「まぁ俺も最初は失敗したけど、淹れ方については前世で見ていたからなぁ……」

「くッ……そういえばレイドさんは田舎民でありながらも、英雄《えいゆう》とかいう上流階級っぽい前世を持っているイレギュラー田舎民だったのを忘れていました……っ!!」

失敗談で共感しようとした当てが外れたのか、ミリスが悔《くや》しげに肩《かた》を落としていた。本当に朝から元気な奴だ。

そんなミリスを放置して席に着くと、ウィゼルが眼鏡を直しながら尋ねてくる。

「それでレイド、王家からの呼び出しはどうだったんだ」

「王女殿下《でんか》に絡《から》まれて、城内の慰労会《いろうかい》に参加して、エルリアのことで色々な人たちに感謝されつつ、俺たちの事情についても多少進展があったってところだな」

「……休んでいた二日間で、ずいぶんと色々なことがあったようだな」

「まぁ前者については俺がカルドウェンの人間として動きやすくなったってだけで、後者については分からないことが増えたってだけだな」

「そうか。こちらも魔装具《まそうぐ》や魔具の歴史について調べてみたが……大した進展は無いと言うべきか、結局分かったのは『アルテインという国が消えている』ということだけだ」

眉間《みけん》に皺《しわ》を寄せてから、ウィゼルはエルリアに向き直る。

「エルリア嬢《じょう》、魔装具とはどういった観点から作製に至ったんだ？」

「ん……最初はアルテインの技術から着想を得た。アルテインの領土は基本的に魔力《まりょく》が乏《とぼ》しくて魔術《まじゅつ》の文化も無かったけど……武器の作製技術や機構の考案に優《すぐ》れていたから」

そう、エルリアはちらりとレイドを見ながら言う。

その言葉を選んだ様子を見て、レイドは小さく溜息をついてから――

「――要は、アルテインは戦争と人殺しに長《た》けた国だったたって話さ」

自分が身を置いていた国だからこそ、レイドは忌憚《きたん》ない感想を告げた。

当時、アルテインは大陸の半分以上を保有していた大帝国《だいていこく》だった。

だが……それらは全て、戦争による殺戮《さつりく》と略奪《りゃくだつ》によって築き上げられたものだった。

「アルテインってのは全体的に土地の魔力が乏しい国でな。気候は安定しない、土地も痩《や》せているから作物も実りにくい、だから――それがある場所を略奪していったわけだ」

魔力は血液の循環《じゅんかん》によって生じる力とされている。

そして――それは人間が住む大地にも存在している。

大地を流れる川、地下に流れる水脈、海溝《かいこう》や海山といった形状によって生まれる海流、火山の内部で脈動する溶岩流《ようがんりゅう》、峻烈《しゅんれつ》な山々によって生じる風の流れなど……様々な条件によって、『世界』そのものが魔力を生み出している。

その生じた魔力によって、『世界』は正しく機能している。

しかし、アルテインの土地には自然の生み出す魔力が乏しかった。

生じる魔力が乏しいだけでなく、無作為《むさくい》に生じる魔力同士が干渉《かんしょう》しあって消失し、その影響《えいきょう》を受けて土地の変質や気候変動の激しい土地が多かった。

そして、魔力が乏しい故に『魔術』という文化がないのも痛手だった。

世界が生み出した魔力と人間の持つ魔力を使い、特定の条件を整えることで任意の事象を引き起こすのが『魔術』というものであり、その技術を利用すれば土地や気候の問題を多少は改善できるはずだった。

だが――アルテインは略奪という短絡的《たんらくてき》な手法に溺《おぼ》れた。

食糧《しょくりょう》や肥沃《ひよく》な土地を求めて周囲の国々を襲《おそ》い、戦争による略奪を行い、それらが尽《つ》きれば再び他国を襲って自国を潤《うるお》していく。

そんな……未来のない国だった。

「戦争ってのは様々な技術を向上させる。相手を効率よく殺す武器を考えて、それを作るために新しい技術や機構を生み出して、その最中に新しい法則や現象を発見して、それを別の技術や武器に流用するって具合にな」

それは『魔法』にも言えることだ。

アルテインという脅威《きょうい》から自国を守るために、ヴェガルタの人間は賢者《けんじゃ》の『魔法』を使って対抗《たいこう》するようになり、魔法という技術を発展させていった。

「まぁ魔力が乏しい代わりに鉱物資源は豊富だったのと、人殺しで培《つちか》った技術や機構を流用して、魔力に頼《たよ》らない『機械』っていう技術を持っていたわけだ」

「魔力に頼らないとは……具体的にはどういった技術なんだ？」

「俺《おれ》も専門じゃないから詳《くわ》しくはないが……熱によって生じた力とか、水の流れによって生まれた力とか、物体同士の作用で生じる力を利用した技術ってところか？」

「ふむ……その技術も個人的には気になるので、今度じっくりと聞かせてくれ」

ウィゼルが一瞬《いっしゅん》だけ目の色を変えたものの、技術者としての血を抑《おさ》えて話を戻す。

「しかし、その話を聞いて腑《ふ》に落ちた。魔装具は『賢者』の考案であると記されていたが、それ以前の原型が一切存在しない事に違和感《いわかん》があったのでな」

そう言って、ウィゼルは自身の魔装具を取り出した。

「人が鳥を見て『空を飛んでみたい』と考えるように、技術開発には模倣《もほう》すべき原型から発想を得て発展していくものだ。完全な無からは何も生まれず、魔法の原型が魔術であったように、魔具や魔装具に使われている機構にも原型がなくてはならない」

「なるほどな。そういう観点からも違和感に気づけるってことか」

「ん……とても良い考えだと思う」

レイドが素直《すなお》に感心し、エルリアが手で小さく丸を作る。

「しかし……レイドは当時から土地の魔力問題などに気づいていたのか？　魔術などの文化が無ければ、魔力という概念《がいねん》について理解するのも困難だと思うが……」

「まぁそういった技術みたいなものがあるのは知っていたし、前線でも何度か見たことがあったからな。だけど土地や気候の問題に魔力が絡んでいるって分かった頃《ころ》にはジジイになっていて、数年後に死んだから活用されることもなかったんだけどな」

レイドから見て、アルテインという国には先の細い未来しかなかった。

たとえ周囲の国で生産された食物や肥沃な土地を奪ったところで、全ての国民たちに行き届くことはなく、その大半が本国の富裕層《ふゆうそう》によって消費されるか、兵站《へいたん》として戦場に送られるので状況は一向に改善しない。

たとえヴェガルタに滅ぼされずとも、飢餓《きが》と貧困が改善されないまま多くの民が死に絶えていき、いずれ国は凋落《ちょうらく》して滅亡《めつぼう》していただろう。

だからこそ、レイドは土地や気候といった根本的な問題を解決するために調査隊を結成し、自国と他国の差異などについて調べさせていた。

当時は「成り上がりの英雄が余計なことに金を使っている」と多くの人間に揶揄《やゆ》されていたが、現在ではレイドが正しかったことを証明するように土地の魔力問題が解決されており、かつてアルテイン領だった土地は以前とは比べ物にならないほど改善されている。

「それが千年以上前に分かっていれば……アルテインも色んな所から恨《うら》みを買わずに、今も元気に残っていたかもしれなかったろうによ」

未来まで遺《のこ》すことができなかった祖国の姿を思《おも》い浮かべながら呟《つぶや》く。

飢餓と貧困は人間の心から余裕を奪い取る。

それはアルテインという国で育ったレイドが一番よく理解している。

そうして切羽詰《せっぱつ》まった状況に追い込まれたからこそ……アルテインは戦争と略奪という手段に頼り、多くの国と人間を敵に回す結果となってしまった。

「まぁ俺やアルテインの話はおいておくとして、他には何か分かったか？」

「そうだな……他には以前から考えていたレイドにも扱《あつか》える魔装具の草案が――」

そこまで口にしたところで、ウィゼルが何かに気づいたように顔を向けた。

それに釣《つ》られて、レイドとエルリアも視線を向ける。

そこには……ぽやーっとした表情で話を聞いているミリスの姿があった。

「大丈夫《だいじょうぶ》だ。ミリスには何か別の形で期待しているからな」

「私まだ何も言ってないんですけどッ⁉」

「ミリスは傍《そば》に置いておくだけで元気になる」

「私の存在価値が置物と同一になっている……ッ‼」

自分の存在理由が曖昧になったせいか、ミリスが両手をわなわなと震《ふる》わせていた。

しかし、何か思いついたようにパッと顔を上げた。

「か、過去について調べるのも大事ですけれどっ！　私たちには学生という本分もありますし、目の前のことにも目を向けるべきだと思いますっ‼」

「ああ、二人が休んでいる時に今月の『条件試験』について説明を受けたんだが――」

「ウィゼルさん、その説明だけは私にやらせてください……ッ！」

「……ミリス嬢が説明するそうなので、聞いてやってくれ」

ミリスの必死な様子に圧されて、ウィゼルが俯《うつむ》きながら促した。どうしても自分にも役割が欲《ほ》しかったらしい。

「ええと……今回の『条件試験』なんですけど、内容としては来月の『総合試験』に向けた演習に近い形で行うってフィリア先生が言っていましたね」

魔法学院における評価方法は二つの試験で行われる。

それが個人評価を行う『条件試験』、もう一つが各地方にある他の魔法学院を交えて行われる『総合試験』となっている。

『条件試験』については学院側が状況や条件を用意した、魔獣被害《まじゆうひがい》の対処に関連した試験とされているが……『総合試験』については少々毛色が変わってくる。

「『総合試験』は魔獣の対処能力ではなく、純粋《じゆんすい》な魔法士としての実力や任務を遂行《すいこう》するために必要な連携《れんけい》、指揮、判断力などが問われる対人戦闘《せんとう》になるそうです」

「つまり学院生同士でやり合うってことか」

「ですです。合計四回の『総合試験』の結果によって来年度における学院の影響力《えいきようりよく》や予算が変わるらしいのと、学院生にとっては魔法士としての将来に関《かか》わってくるので結構激しい戦闘になりがちだって言ってましたっ！」

「ミリス、説明できて偉《えら》い」

「ふふんっ！　これで説明のできる置物に昇格《しようかく》ですッ!!」

淀《よど》みなく説明を終えたミリスに対して、エルリアが労うように頭を撫でる。

「それで午前中の座学は普段通りですが、午後からの戦闘訓練は試験終了《しゅうりょう》まで他クラスと合同で行うみたいな感じになってますね」

「おー、他クラスの奴《やつ》らと一緒なのか。普段は食堂か寮《りょう》くらいでしか会わないし、会話する機会ってのも少ないから楽しみだな」

ヴェガルタ魔法学院では、入学時に四つのクラスに割り当てられる。

一年目の試験で現状における魔法士としての実力等を測り、二年目以降には不足している点を補うことに特化した授業と訓練を行う二次振り分けが行われ、魔法士として十分な活動が行えると判断された場合に卒業となる。

そして一年目のクラス教室は学院の四方にある塔《とう》に一クラスずつ割り当てられる形であるため、他クラスの同期たちと授業で顔を合わせる機会はない。

これらは教導を行う魔法士によって教導方針が異なること、そして総合試験における戦術の秘匿《ひとく》といった理由から取られている措置《そち》だ。

食堂や寮で見かけることはあっても、食堂では基本的には各々《おのおの》のクラスで固まって行動するし、寮もクラスで固まって配置されているらしいので接点は無いに等しい。

「……ま、学院側としても対人戦闘には慣れさせておきたいんだろうな」

前回の試験で起こった人為的《じんいてき》な乱入。

それが魔法犯罪者による計画的な犯行、それも警備体制と強力な人員が配備されている状況と分かっていて実行したのであれば、大規模組織の犯行であるとも考えられる。

人間を相手にするためには覚悟《かくご》がいる。

自身の魔法が人間を殺すことができると理解しているからこそ、自身が危険に晒《さら》されている状況下であっても、自分と同じ人間に刃《やいば》を向けることを躊躇《ためら》ってしまう。

だからこそ、先んじて対人戦闘に慣れさせようという魂胆《こんたん》なのだろう。

そうレイドが考えていた時、ミリスが「あ」と小さく声を上げた。

「そういえば……総合試験はチーム形式で行うそうで、今回の条件試験では五人一組とした部隊を組まないといけないらしいんですけど……」

「それだと一人足りないってことか」

「……いえ、もう一人についても決まっているんです」

そう言いながら、なぜかミリスが深々と溜息をついた。

訝《いぶか》しみながら、レイドが理由を尋ねようとした時——

「——やぁ！　清々《すがすが》しい朝だな諸君ッ！」

聞き覚えのある声が聞こえて、思わずレイドは顔を向ける。

そこにいたのは——晴れやかな笑顔《えがお》と共に駆《か》け寄ってくるファレグだった。

「なんだファレグの坊主《ぼうず》か。お前がこっちの席に来るとは珍《めずら》しいな」

「ぼッ――い、いや……総合試験に向けた訓練が始まるんだから当然だろう？」

頬《ほお》をヒクつかせながら、ファレグが近くの席に腰《こし》掛《か》ける。

その様子を見て、レイドは全《すべ》てを察した。

「今日から――同じチームとして頑張《がんば》っていこうじゃないか！」

そう、腹立たしいほど爽《さわ》やかな笑顔と共にファレグは告げた。

◇

ヴェガルタ王立魔法学院は広大な土地を有している。

城塞《じょうさい》都市のような高い壁《かべ》に囲われている学院の土地に加えて、様々な状況下で魔法訓練が行えるように、山岳《さんがく》、渓谷《けいこく》、荒野《こうや》、海浜《かいひん》、湖沼《こしょう》、森林、廃坑《はいこう》、廃都市《はいとし》と……過去に危険指定区域となった土地を買い取って訓練場としている。

それらは魔法による被《ひ》害《がい》を周囲に出さないためだ。

学院に入学した時点で学院生は一定以上の魔法技術を持っているとは言っても、暴発や暴走が無いとは言い切れず、場合によっては新たな魔法の試用実験を行うこともある。

そのため、基礎《きそ》訓練や簡易的な戦闘訓練の場合は学院長であり空間魔法の権威《けんい》としても名高いエリーゼが作製した魔具を使い、大人数による魔法戦闘《まほうせんとう》を行う場合は保有する土地を使用するといった形を取っている。

当然だが、それらの訓練場に移動するには魔具を使わなくてはいけない。

魔法学院自体が王都の郊外《こうがい》にあり、それらの訓練場はさらに村や町さえない地方となるため、移動の際には学院の人間だけが扱える転移魔具を使うことになる。

しかし、レイドは転移魔具そのものを破壊《はかい》してしまうことから――

「――なぁ、エルリア」

「うん」

「毎度思うんだが、これってお前が抱《だ》きつく必要はあるのか」

「うん」

レイドの胴体《どうたい》に手を回しながら、エルリアが当然のように頷いた。

訓練場への移動は全てエルリアに任せないといけないので、毎回このような形で一緒に転移しなくてはいけない状況だ。

「くっついてた方が、魔力の消費も少なくて済む」

「そういうもんなのか」

「うん。転移魔法は空間ごと切り取って移動させる感じだから、その指定範囲《はんい》が狭《せま》い方が魔力と座標計算が少なくて楽になる」

レイドの脇腹《わきばら》に抱きついたまま、エルリアがこくこくと頷く。

前回の一件では洞窟《どうくつ》を丸ごと転移させていたが、中にミリスたちがいたからこそ範囲を広く取って転移させていたのだろう。

「あー、こんな感じで移動してくる二人を見るのも慣れてきましたねー」

「そうだな。オレたちだけでなくクラス全員が慣れつつあるのも恐《おそ》ろしい」

ウィゼルとミリスが見慣れた光景と言わんばかりに何度も頷く。

だが――今日はもう一人、別の反応があった。

「まったく……魔法が使えないとは不便なものだな。カルドウェンがいなければ移動どころか魔具も使えないなんて、僕《ぼく》には絶対に耐《た》えられないことだ」

呆《あき》れた表情で腕《うで》を組んでいるファレグの姿。

しかし、何か思い出したようにハッと表情を変える。

「い、いや！　生まれつき使えないのは仕方ないとも思うがなッ⁉」

「もう面倒だから普段《ふだん》通りにしておけよ……」

ファレグが同じチームになったこと、そして妙《みょう》な態度を取っているのは理由がある。

まず、前回の一件によって取り巻きである二人が休学しているのがある。

ファレグの取り巻き……ヴァルクとルーカスの怪我《けが》は命に別状こそ無かったが、治療《ちりょう》と復帰については時間が掛《か》かるらしく、今回の条件試験は見送りとなった。

そのため、今回の条件試験については変則的にチーム人数を変えることになったわけだが……誰もファレグを誘《さそ》わなかったという経緯《けいい》らしい。

ファレグ自身も「自分ほどの実力者なら向こうが声を掛けてくるだろう」と高を括《くく》っていたようで、その間に他の面々でチームが決定してしまった。

それで慌《あわ》てて他チームに声を掛けたが、日頃《ひごろ》の態度のせいか、ヴェルミナンという家名もあってか恐れ多いと断られてしまい、完全に孤立《こりつ》してしまったそうだ。

そこでカルドウェンという同じ名家であるエルリアがいるということ、既《すで》にその面々ならチームを組むだろうと確定していたので、アルマの判断で組《く》み込んだそうだ。

その理由は――エルリアに与《あた》えられた条件試験の内容にある。

「俺なんかよりエルリアと仲良くしておけ。今日からお前の師匠《ししょう》なんだぞ」

「……がんばって教える」

レイドの背後に隠《かく》れながら、エルリアが少しだけ顔を出してちょこんと頭を下げる。

エルリアに与えられたのは『チームメイトが評価基準を超《こ》える』といったものだ。

既にエルリアの実力は魔法《まほう》士として十分だと学院側は認識《にんしき》しており、規定である一年を過ごせば魔法士として認定《にんてい》されることが半ば確定している。

だからこそ――学院側は将来を見据《みす》えて、エルリアを『特級魔法士』として育て上げることを目標として組み直した。

その一つが『教導』といったものだ。

魔法理論や技術といった知識だけでなく、実戦的な技法や戦術、実戦における魔法戦闘や立ち回りなどの教練によって他者の能力を引き上げる。

これらは実際の成果だけでなく、自分だけでなく他者の魔法に対する理解度、魔法を理解した上での戦術や改善策の提案、他者の実力を正確に見極《みきわ》めて現実的な解決手段を提示できるかなど……実戦における能力を精査する意図があるとアルマは言っていた。

ちなみにアルマの場合は同期であり、共に魔法士として活動していたフィリアが成果対象として認められたとのことだった。

そしてエルリアの場合は試験の合否よりも、先んじて特級魔法士としての資質があるかを見極めておきたいというのが学院側の意図なのだろう。

「ふふん……エルリア様の教えは厳しいですよ？　良い家柄《いえがら》のお坊《ぼ》っちゃんが耐えられるかどうか見物といったところですねー？」

「ハッ……平民のお前らと違《ちが》って、僕なら余裕でこなせるに決まっているだろう？」

「はい聞きましたーっ！　それじゃ途中で泣き言を口にしたら、私は今後あなたのことを平民以下のナヨナヨお坊《ぼっ》ちゃんって呼ばせていただきまーすッ!!」

「それなら僕が耐えたらお前を農民以下の田舎娘《いなかむすめ》と呼んでやるからなッ!?」

「残念でしたぁーッ！　私の実家は羊と牛を愛してやまない牧畜民《ぼくちくみん》ですぅーッ!!」

「……この二人に挟《はさ》まれながらオレは試験に臨《のぞ》むのか」

「……その中で、わたしは教えないといけない」

いがみ合っている二人の様子を見て、ウィゼルとエルリアが妙に疲《つか》れた表情をしていた。

色々と難がありそうだ。

そしてもう一人――

「――はぁぁぁぁ…………」

レイドの近くで、アルマが深々と溜息《ためいき》をついていた。

膝《ひざ》を抱《かか》えて座りながら、戦斧《せんぷ》でガリガリと地面を掘《ほ》っていた。

「閣下と模擬《もぎ》戦……楽しい模擬戦のはずだったのに……」

「学院長からも有事の際に備えて待機しておくように言われていますし、今回は他クラスも参加していて不測の事態が起きやすいですからね……」

がっくりと肩を落とすアルマに対して、フィリアが苦笑しながら肩を叩いていた。

今回、レイドに与えられた条件は他の生徒たちと変わらない。

特級魔法士は王命によって各地を飛び回っているため、任務を終えて都合の合った者からレイドの試験を担当する形式となっている。

しかし決定が急だったので誰《だれ》も手が空いていなかったこと、そしてエルリアからの要望である「はんぶんこ」についても協議するために今回は通常の試験となったわけだ。

それならということで、アルマは先に監視《かんし》対象であるレイドの能力や正体を測るという名目で模擬戦を申請《しんせい》したそうだが……前回に無茶《むちゃ》した前科もあって却下《きゃっか》されたのだろう。

「はぁ……仕方ないからフィリアの戦いでも眺《なが》めてようかしらねぇ……」

「…………え、私ですか？」

「だって、あんた学院勤めになってから研究ばっかりで実戦に参加してなかったんでしょ。推薦《すいせん》した身として今の実力も見ておきたいから、適当な生徒とドンパチやりなさい」

「い、いやぁー……私は教員として監督《かんとく》するのが第一と言いますか、アルマちゃんと違って戦闘に向いている魔法でもないので――あいたぁーっ⁉」

「アルマちゃん言うな。不甲斐《ふがい》ない様子だったらあたしと朝まで模擬戦よ」

「ううっ……ボコボコにされた学生時代の記憶《きおく》がぁぁぁぁ……っ!!」

有無《うむ》を言わさぬ様子で、アルマがフィリアを引きずるように連れて去って行く。アルマが自由に動くために選ばれたとはいえ、なんとも不憫《ふびん》な扱いだ。

そんな二人を見送ったところで、レイドは他の面々に向き直る。

「それじゃ、俺たちもボチボチ始めるか」

他のチームも試験の方針を定めるためか、既に話し合いを行っていたり、実際に魔法を使って見せたりして情報交換《こうかん》を行っている。

「そういえば、エルリア様ってまた制限が掛けられたんでしたっけ？」

「うん……アルマ先生から第三界層までの魔法しか使っちゃダメって言われた」

残念そうにエルリアがしょんぼりと眉を下げる。

実際に制限を加えたのはエリーゼだが、『加重乗算展開』によって第五界層の魔法だけで特級魔法士と渡《わた》り合ったという事実もあったため、次回の試験からさらなる制限を加えるということは既に決定していたらしい。

「だけど、エルリアだったら制限が増えたところで余裕だろ？」

「うん」

「即答《そくとう》するのがお前らしいな」

「だけど、第三界層から『加重乗算展開』で魔法を組むと時間が掛かっちゃうから、使える魔法や使用頻度《ひんど》が限られる。他にも魔力消費量を犠牲《ぎせい》にして魔法を消失させないように維持《いじ》するとか、色々と考えることが多くて良い調整だと思う」

そう言ってエルリアが少しだけ興奮気味にふんふんと頷く。

魔法士を目指す人間にとっては理不尽《りふじん》な制限とも言えるが、エルリアにとっては試行錯《しこうさく》誤《ご》の余地があって楽しいといった様子だ。

しかし、それを聞いたウィゼルが眉根《まゆね》を寄せながら顎《あご》を撫《な》でる。

「第三界層までとなると……学院生相手でもやや不利な状況《じょうきょう》が増えそうだな」

「ですよねぇ……魔法学院に入れた時点で、少なくとも第四界層以上の魔法が行使できる魔力量や実力はあると思いますから」

一般的《いっぱんてき》に、日常で扱う生活魔法や魔具に使われるものが第二界層までに分類され、第三界層以降からは魔法士が扱う「殺傷能力を有する魔法」となっている。

その中で、第三界層の魔法は害獣《がいじゅう》の狩猟《しゅりょう》等、明確な理由があれば一般人《いっぱんじん》でも使用する許可が下りる程度の魔法であり、魔法士の観点で見れば「対象を無力化する」といった最低限の威力《いりょく》を持つ魔法と言っていい代物《しろもの》だ。

いくら『加重乗算展開』があるとはいえ、エルリア一人で状況が一変することはなく、同じ学院生であっても工夫《くふう》を凝《こ》らす必要が出てくるだろう。

だからこそ、今後を考えるとエルリアの役割は難しくなる。

「エルリア様もレイドさんみたいに試験が変わる可能性もありますし、今後のことを考えたら今の内に私たちの役割を明確にしておいた方がいいですよね……」

「そうだな。仮に二人が単独で試験を受けるようになっても、能力が明確なら他のチームから誘致《ゆうち》される機会も増えることになるだろう」

特級魔法士といった例外を除き、大抵《たいてい》の魔法士は部隊やチーム単位で行動を行う。

それらを踏《ふ》まえると、自身の強みや役割を明確にしておくことは魔法士として活動していく上でも重要となってくるだろう。

だが……それを理解していない者も当然いる。

「ハッ……平民とは不憫なものだな。僕のように現状で第八界層の魔法を行使できるだけでなく、ヴェルミナンほどの家名があれば無用な心配だったろうに」

「だけどファレグさん、もうチームに入れてもらえないほど孤立していますよね」

「やめろ……その言葉は今の僕に効く……ッ!!」

尊大な態度で突《つ》っかかったファレグが、ミリスの一言で即座《そくざ》に撃沈《げきちん》していた。

人望や性格についてはおいておくとして、ファレグも名家の生まれで幼少期から相応の実力を持っていたからこそ、他者から見ると誘いにくい立場にあるのだろう。

「だったらファレグの坊主が主導でチームを組めばいいんじゃないか。ここにいる三人に加えて、休んでいるヴァルクとルーカスを加えたら五人になるだろ？」

「なるほど、つまり僕がリーダーってことだなッ‼」

「おう、そういうことだ」

「…………………え？」

レイドが肯定《こうてい》すると、ファレグが目を丸くした。

「……え、本当に僕がやるのか？」

「だからそう言ってるだろ。お前がリーダーだ」

「つまり……全員僕の言葉には絶対に従うということか⁉」

「いや、お前の言葉には従わねぇけど」

「なんでそうなるんだッ⁉」

「リーダーってのは他人を無理やり従わせるんじゃなくて、『決断』するのが役目だ。お前は前回の試験で武装竜《ぶそうりゅう》に襲われた時に『逃《に》げる』っていう決断ができて、逼迫《ひっぱく》した状況下でも正しい選択《せんたく》を採って負傷者二名を逃がした。その判断力は他者より秀《ひい》でたもんだ」

そうレイドが素直に賞賛すると、ファレグは面食《めんく》らったような表情を浮かべる。

「それと指揮や作戦の立案にはメンバーの能力を正しく把握《はあく》しておく必要があるし、戦いながら指示を出すってのは大きな負担にもなる。それをファレグの坊主に任せると戦力が大きく削《そ》がれるし、戦闘中の指揮はウィゼルの方が適任ってところだな」

「……つまり開戦や撤退《てったい》はヴェルミナン卿《きょう》が判断して、戦闘中における指示や判断については後方にいるオレが出すといった形か」

「そ、それなら僕は何をすればいいんだ？」

「お前は何がしたいんだ？」

「それは当然、僕の魔法で他の奴らを華麗《かれい》に薙《な》ぎ払《はら》うことさッ！」

「じゃあそれで」

「お前本当は適当なこと言ってないだろうなッ⁉」

「第八界層の魔法が使えるってことは強いわけだし、強い奴ってのは他者の目を引きやすい。それでお前が遊撃《ゆうげき》、攪乱《かくらん》、囮《おとり》として動けば他の奴らも動きやすくなるんだよ」

そうレイドが意図を説明すると、エルリアも同意するようにふんふんと頷いた。

「うん。わたしはミリスを前に置く案を考えてたけど、本人の意思は大事だと思う」

「……え、どうして私なんですか？」

「ミリスは防護とか結界魔法が得意だから、単独でも守りを固められると思った」

「えと、守りを固めた後はどうするんですか？」

「他の人たちが対処するまで、敵から集中砲火《ほうか》を受けながら死ぬ気で耐える」

「ファレグさんおめでとうございます、あなたがリーダーです」

「晴れやかな笑顔で僕の肩に手を置くんじゃない……ッ‼」

盾《たて》という役割を逃《のが》れたことで、ミリスが笑顔でファレグの肩に手を置いていた。エルリアも戦略としては正しいが、前線で一人残ってボコられてこいと言われたら嫌《いや》だろう。

だけど、とエルリアは少しだけ眉根を寄せた。

「ファレグが前衛をやるのは難しいかもしれない」

「そうなのか？」

「だって、強い魔法が使える人ほど前衛の経験が少ない」

「……なるほど、そういうことか」

以前、エルリアの父であるガレオンも言っていた。

現代における魔法戦闘は基本的に中遠距離《えんきより》だが、対人戦闘を想定した前衛であれば近距《きんきょ》離《り》戦闘《せんとう》の機会が飛躍的《ひやくてき》に増える。

その理由は魔獣相手と違って、人間が『魔法』を使うからだ。

広範囲《こうはんい》に高威力の魔法を使ったとしても、結界や防護によって防がれるだけでなく、大規模な魔法を使ったことで大幅《おおはば》に魔力を消耗《しょうもう》することになってしまう。

だからこそ、対人戦闘では魔法の範囲を狭《せば》めて魔力消費を抑えて、速度を重視することで相手に防ぐ隙《すき》を与えないように立ち回る必要がある。

だが……ファレグのように生来から魔力の多い人間だと、魔力の消耗を度外視して無理やり結界や防護を破ることもできる。つまり魔力量でゴリ押《お》せるということだ。

当人も第八界層の魔法が扱えるということで、前衛ではなく中遠距離で高威力の魔法を撃《う》つことを想定して戦闘訓練を行ってきたはずだ。

つまり――

「フィジカル最弱のクソザコ小僧《こぞう》ってことだな」

「うん。接近戦だと貧弱のよわよわマン」

「僕はお前たちにそこまで言われるほどの何かをしたか……ッ!?」

二人から容赦《ようしゃ》ない言葉を受け、ついにファレグが膝をついてうなだれた。

しかしファレグだけでなく、魔法士として前衛をこなせる人間は圧倒的《あっとうてき》に少ない。

そもそも魔法士が対人戦闘ではなく魔獣との戦闘が主体であるため、たとえ一級魔法士であっても近接戦闘における経験は少ないだろう。

それならば――近接戦闘の経験を積ませればいいだけの話だ。

「それじゃエルリア、坊主の方は俺の担当ってことでいいか？」

「うん。レイドの方が適任だと思う」

「それとウィゼル、なんかぶっ壊《こわ》してもいい魔装具を貸してくれ」

「……レイド、お前は魔装具を作製する費用を知っているか？」

「いや壊すつもりはないけど、力んで魔力を込《こ》めたら壊れちまうかもしれないからな。形だけあればいいから、できれば剣《けん》みたいに適当な長さがある物だと助かる」

「それならば……想定より結果が出なかった試作品があったな」

腰《こし》の鞄《かばん》を軽く漁《あさ》ってから、ウィゼルは取り出した魔装具を展開する。

飾《かざ》り気《け》のない長剣《ちょうけん》型の魔装具。

「俺の魔力が尽きれば組み込んである耐性《たいせい》や強化については解除される。五分を過ぎたら剣の形をした鉄塊《てっかい》になるので注意してくれ」

「あいよ。ちゃんと壊さないように手加減するさ」

魔装具を受け取ってから、レイドは慣れた動作で剣を軽く振《ふ》る。

確かに見た目こそ剣に近しいが、振ってみた感覚としては木剣《ぼっけん》に近いので、レイドが意識して少しでも力を込めれば簡単に壊れてしまいそうな代物だ。

そうして調子を確かめてから、ファレグの肩《かた》に手を置いた。

「それじゃ始めるぞ、坊主」

「……始めるって、何をするつもりなんだ？」

「決まってんだろ。俺がお前に稽古《けいこ》を付けるんだよ」

「稽古って……魔法が使えないくせに、何を教えるって言うんだ？」

「魔法が使えなくても、それっぽい戦い方だったら俺にもできるさ」

そう言いながら――レイドは剣先《けんさき》をファレグに向けた。

「試《ため》しに模擬戦でもやろうぜ。相手に一撃《いちげき》を与えることができたら勝ち。俺は……そうだな、一分後くらいに攻撃《こうげき》するから、それまで好きに攻《せ》めてこいよ」

「ッ……自分からハンデを付けるとは、ずいぶんと自信があるようじゃないか」

「少なくとも負ける気はしねぇな。もし勝てたら俺にできる範囲で何か褒美《ほうび》でもやるよ」

「……なるほどな。それは面白《おもしろ》そうだから僕も乗ってやろう」

小剣型の魔装具を抜《ぬ》き放ち、レイドと対峙《たいじ》するように向ける。

「僕が勝ったら――二度と『坊主』とは呼ばせないからなッ!!」

直後、ファレグの周囲に無数の炎球《えんきゅう》が生まれた。

空気を焼き焦《こ》がす爆《は》ぜる紅蓮《ぐれん》の炎球。

「以前のお遊びみたいに……簡単に消せるとは思わないことだッ‼」

それが――レイドに向かって一斉《いっせい》に飛来した。

正面から押し寄せる炎球の群れ。

たとえ左右に跳《と》んだとしても、それらを完全に防ぎ切ることは難しい。

だからこそ、レイドはそれらを真《ま》っ直《す》ぐ見据えてから――

姿勢を低くして、炎球の群れに向かって跳躍《ちょうやく》した。

「なッ――⁉」

その驚愕《きょうがく》は、レイドが正面から向かってきたことに対してではない。

地を滑《すべ》るように低い体勢を維持したまま、レイドは空中で身体《からだ》を捻《ひね》らせ――

炎球と地面の間にあった、僅《わず》かな隙間《すきま》を通り抜けた。

すれ違い様に眼前で紅蓮の炎球が通り過ぎたところで、レイドは片手で地面を掴《つか》み上げて難なく体勢を整える。

「おー、熱い熱い。取り囲むような狙《ねら》いは悪くなかったけど、ちゃんと隙間も塞《ふさ》ぐように別の魔法を展開しておかないとダメだろうよ」

実際、今のは魔法士が相手であれば有効な一手だった。

取り囲むように炎球を射出し、防護魔法などで防げば確実に足止めを食らい、身動きが取れないところに先ほど以上の高火力で魔法を放っていれば防護も貫通《かんつう》しただろう。

だが、その程度では届かない。

「ほれ、まだ時間はあるからドンドン撃ってこいよ」

楽しげに笑いながら、レイドは悠長《ゆうちょう》な足取りでファレグに近づいていく。

そんな余裕《よゆう》のある表情を見て、奥歯《おくば》を噛《か》みしめながら小剣を握《にぎ》り締《し》めた。

「だったら……これならどうだッ⁉」

小剣を大きく引き、その剣先をレイドに向かって合わせる。

そして勢いよく小剣を突き放った瞬間《しゅんかん》――

小剣の刃が伸長《しんちょう》したかのように、炎が真っ直ぐと射出された。

レイドを射貫《いぬ》くような軌跡《きせき》で放たれた炎槍《えんそう》。

確かな速度を伴《ともな》った、相手を確実に仕留める一撃。

それは確かに十分な速度を持っていた。

「だが――速い一撃ってのは、直線的で避《さ》けやすいもんだ」

その軌道《きどう》を見切り、僅かに顔を傾《かたむ》けて炎槍を避ける。

「だが、そんなことはお前も分かっている。だから魔装具《まそうぐ》を向けて狙いを定めていることを意識させて、その一撃を回避《かいひ》するように誘導《ゆうどう》してから――」

そう語る最中、レイドが不意に身体を傾ける。

その直後、レイドの背後に迫《せま》っていた炎槍の先端《せんたん》が両断された。

「――その伸《の》びた炎を操《あやつ》って、背後の死角から突き刺《さ》すのが本命になる」

レイドの背後で鞭《むち》のように大きくしなっている炎。

最初の炎槍を避けられたとしても、その手元で炎を操ることによって相手の死角を突くことができる二段構えの攻撃方法。

相手の意表を衝《つ》く手法は対人戦闘においても重要と言える。

「思考自体は悪くないが、これについてはお前の魔法と相性《あいしょう》が悪いな。炎が明るくて目立つせいで、炎槍が避けられた後に魔法を解除していないことに対して違和感《いわかん》を覚える。そして炎が通過する際に燃焼音《ねんしょうおん》を発するから不意打ちとしての効果は薄《うす》い」

そう語りながら、レイドはゆっくりとファレグに近づいていく。

笑《え》みを絶やすことなく、次の一手を心から待ち望むように。

「くそ……クソッ!!」

レイドの進行を止めることができず、ファレグの表情に焦《あせ》りが生まれる。

「僕は……僕はッ、他の奴らと違って強いはずだったんだッ!!」

そう叫《さけ》びながら、ファレグは地面に向かって小剣を突き刺す。

「僕を……舐《な》めるなああああああああああああああああッ!!」

咆哮《ほうこう》にも似た絶叫《ぜっきょう》。

その叫びに呼応するように――地面から紅々とした炎柱が噴《ふ》き上がった。

天上へと昇《のぼ》りながら、立ち上った炎柱たちが糸を紡《つむ》ぐように形を成していく。


その炎塊《えんかい》は、人間を模していた。


燃え盛る紅炎によって成された肉体。

両腕《りょううで》に纏《まと》った黒曜色の小手。

そして……炎の巨人《きょじん》がレイドを見下ろしながら二対の炎剣《えんけん》を顕現《けんげん》させる。


「奴を止めろ――《破軍の炎兵》ッ!!」

ファレグの言葉に従い、炎の巨人がレイドに向かって炎剣を振り下ろす。

第八界層に至った高位の魔法。

その一撃は並の魔法士であれば、防ぎ切れずに炎海へと沈《しず》んでいただろう。

だが……レイドにとっては容易に防げる一撃でもあった。

第十界層と制定されたエルリアの魔法を消し飛ばし、特級魔法士であるアルマの創《つく》り上げた《亡雄の旅団》を打ち崩《くず》した一撃ならば炎の巨人さえ消し飛ばすことができる。

それでも、レイドは真っ直ぐ炎の巨人と対峙する。

「お前を舐めてなんかいねぇよ」

手にしていた魔装具を腰に差し、炎剣を見据えながら右腕《みぎうで》を伸ばすと――

巨大《きょだい》な炎剣が、天に向かって大きく跳《は》ね上がった。

レイドの肉体によって放たれた掌底《しょうてい》。

その一撃によって巨人の手を打ち、炎剣を弾《はじ》き飛ばすように跳ね上げさせた。

「ただ――勿体《もったい》ねぇとは思ってるけどな」

流れるような動作で腰に差していた魔装具を抜き、跳ね上がっていた巨人の腕を下から斬《き》り上げて刎《は》ね飛ばし、空を紅蓮に染め上げる。

「こんなもん、知ってさえいれば対処されずに済むものだってのによ」

それらはレイドの時代であれば、子供の頃《ころ》から訓練を積まされるものだ。

相手が振り上げた剣に対して、柄《つか》や手首を打って剣を撥《は》ね飛ばす。

魔法という技術が台頭し、対人戦闘から魔獣戦闘《まじゅうせんとう》が主体になったことによって、現代では近接戦闘に関する知識、技術、経験などが軽視されている。

たとえ強力な魔法が扱《あつか》えたとしても、それを扱っている魔法士本人に相応の知識が無ければ近接戦を得意とする人間の対処ができない。

それ故に――

「――さて、ちょうど一分経過だな」

魔力《まりょく》を使い果たして膝をつくファレグに向かって、レイドは剣先を突きつけた。

その背後には……無残に砕《くだ》かれた黒曜色の武具と、形を失った炎塊が転がっている。

「どうして……お前はそんな風に笑えるんだ」

うなだれながら、ファレグは力無く呟《つぶや》く。

「僕は強いはずだったんだ……周囲の奴らがカルドウェンの娘《むすめ》と僕を比べようと、それを黙《だま》らせるだけの強さを示せる自信があったんだ……ッ」

しかし、その自信は呆気《あっけ》なく崩れてしまった。

「それなのに……僕は足が竦《すく》んで動けなくなって、二人を守るどころか傷を負わせて無様に敗走することしかできなかった……ッ！」

そうしてファレグは自身が無力であることを誰よりも痛感してしまった。

そして今もまた、レイドに対して手加減をされながら敗北してしまった。

しかし――

「――だから、お前は自分から俺《おれ》たちのところに志願したんだろ？」

そうレイドが告げると、ファレグが驚《おどろ》いたように顔を上げる。

いくら人格や人望に問題があったとしても、『ヴェルミナン』という大家の名前や権力に惹《ひ》かれて頷《うなず》く者が誰一人《だれひとり》いなかったとは思えない。

それでも……ファレグ自身が家名を使って無理やり入ることもできたはずだ。

ファレグは自分の意思でレイドたちのチームを選んだ。

「不慮《ふりょ》の事故とはいえ……ヴァルクとルーカスは今回の条件試験を欠席、次の総合試験についても不完全な状態で臨まないといけない。だから二人を引っ張っていけるように、俺とエルリアから何かを学んで強くなりたいって思ったってところか」

「どうして……」

「そりゃ二人を置いて逃げるどころか、守って逃げ切ろうと考えるお人好《ひとよ》しだからな。そんな奴だったら、バカ正直に責任を感じて二人のために何かしてやろうって考えるだろ？」

そう笑いながらレイドは語る。

最初からファレグの意図については気づいていた。

それが自分のためではなくて、他者のための行動だと理解していた。

だからこそ――ファレグには『リーダー』という役割が相応《ふさわ》しいと考えた。

「それに見た感じだと、センスやら思考については悪くないみたいだしな。これだったら俺が少し教えるだけで、後は自分で考えて昇華《しょうか》できるだろ」

慣れた手つきで剣を取り回してから――

「――お前だったら、俺の『剣術《けんじゅつ》』を教えてやれそうだ」

不敵な笑みを浮《う》かべながら告げた。

◆

遠くで戦闘《せんとう》音が聞こえてくる。

そんな音に耳を澄《す》ませながら、エルリアは小さく頷いた。

「レイドが楽しそうなことしてる」

「ええ……なんか明らかに爆発音《ばくはつおん》とかヤバイ感じの音がしてるんですけど……」

「しかし、まさかレイドが自分からヴェルミナン卿の相手をするとはな」

「確かにそうですね、むしろ一番ファレグさんから目の敵にされていましたし」

「ん……たぶん、手の掛かる子ほど世話を焼きたくなるみたいな感じだと思う」

剣を手にして、楽しそうに笑っていたレイドの姿を思い返しながら言う。

「それに前世だと、レイドは誰かに技術を教えるってことができなかったから」

「それって、やっぱりレイドさんがデタラメな強さを持っていたせいですか?」

「うん。戦術とか戦略っていう大きな枠組《わくぐ》みとか、指揮とか報告みたいな戦闘以外のことは教えてたと思うけど、レイド自身の『戦い方』を教えられるような人はいなかった」

かつて『英雄《えいゆう》』と呼ばれた猛者《もさ》ではあったが、それらは全てレイドの強靭《きょうじん》な肉体だからこそ為《な》せるものであり、それらを他者に継《つ》がせることは敵《かな》わなかった。

だが――現代では『魔法』という技術で溢《あふ》れている。

その『力』そのものは再現できないが、魔法による身体強化、魔装具による補助を加えることによって、『動き』だけならば再現することも可能だろう。

「きっと、レイドにとってファレグは何か見込《みこ》みがあったんだと思う」

そう小さく笑みを浮かべながらエルリアは言う。

「あとは生意気だから性根《しょうね》を叩《たた》き直《なお》してやろうっていう精神」

「そっちの方がレイドさんっぽいですねー」

「オレの魔装具も無事では済まないのだろうな……」

そう三人で頷きながら、爆音《ばくおん》が鳴り響《ひび》く方向へと合掌《がっしょう》した。

ともかく、エルリアも二人のことを任されている。

自分の試験のためというだけでなく、二人の今後の魔法士としての方針を決めることにもなるので可能な限りのことを教えておきたい。

「それじゃ、改めて二人の役割を確認《かくにん》して欲《ほ》しい」

「はいっ！　私は防護と結界による戦闘補助、そして拠点《きょてん》等の防衛ですっ！」

「オレは魔装具を用いた索敵《さくてき》や情報収集、それらで得た情報による戦況把握《せんきょうはあく》と指揮、そして状況に応じて前衛の援護《えんご》として参加といったところか」

二人の答えを聞いて、エルリアはふんふんと頷く。

ミリスは普段の様子とは対照的に、魔力測定の時点で規定を大幅に超える魔力量を記録し、学院側から特待生として誘致されている。

魔力量が多いことは単純に有利で、攻撃魔《こうげきま》法《ほう》なら威力の増強や手数、防護魔法なら堅牢《けんろう》な盾となって数多《あまた》の攻撃を防ぐことができる。

そして、ミリスは魔力量だけでなく四つの魔力系統を扱えるのも大きい。

魔力系統の数は戦闘においても優位に働くが、短い時間で臨機応変に行使する魔法を選択する必要があり、十全に扱うためには経験と判断力が必要となってくる。

しかし支援役《しえん》であれば状況に応じて行使するだけで済み、複数の魔力を使用することで幅広《はばひろ》い種類の魔法を行使すれば多くの状況に対応できる。

そしてミリスには拒否《きよひ》されたが、あらかじめ防護を固めておけば思考や判断にも余裕が生まれて十全に力を発揮できるという理由があった。いつかやってみて欲しい。

ウィゼルは魔力系統が二種類、魔力量は平均程度だが、複数の魔装具を自前で用意できるということもあって、下手な魔法士よりも幅広い役割を担《にな》うことができる。

その中で索敵や情報収集に長《た》ける魔法士は稀少《きしょう》であるため、様々な状況を想定して行われる条件試験、対人戦闘が主体となる総合試験においては大きな戦力と言える。

そんな二人に対して、エルリアは最も効果的な教導を思考した結果――

「模擬戦をやりたい」

「ああッ……エルリア様の悪いところが……ッ!!」

「どうしてレイドとエルリア嬢《じょう》は妙に好戦的なんだ……」

やる気満々なエルリアだったが、二人が絶望的な表情と共に天を仰《あお》いでいた。

二人との模擬戦は今回が初めてではない。

アルマの訓練に慣れてきて余裕が出てきた二人に対して「実戦の方が学べることも多い」と提案し、訓練の空き時間を利用して何度か模擬戦を行っている。

それは当然、エルリア側が大幅に魔法制限を掛けて行っていたが――

「思い返せば、訓練がぬるく感じたのってエルリア様との模擬戦以降でしたね……」

「ああ……魔法無しで百回近く投げ飛ばされるのに比べたらな……」

二人に模擬戦で教えていたのは、主に『身体の使い方』というものだ。

効率よく身体を動かせるようになると、身体強化に割《さ》く魔力が減ったことによる魔法運用の効率化、近接戦闘における直感的な動作や迅速《じんそく》な移動など、様々な面で利点がある。

だからこそ、エルリアは一切容赦《いっさいようしゃ》しなかった。

純粋《じゅんすい》な体術による強さを教え込《おし》むため、二人が隙を見せたらポンポンと放《ほう》り投《な》げて宙に浮かせて地面に叩きつけるといったことをしていたのだ。

「だけど、痛かったら絶対に忘れないし覚えも早い。最も効率的で最強の学習方法」

「賢者《けんじゃ》の言葉とは欠片《かけら》も思えない荒々《あらあら》しさ満点の脳筋学習……ッ！」

「思い出すだけで口の中に血の味が広がっていく気分だ……ッ」

「わたしの時代だと『訓練で血を吐《は》いたら一人前』っていう格言があった」

青ざめる二人に対して、エルリアは当然のようにふんふんと頷く。

なにせ当時は戦乱の時代なので、死ぬ気で訓練をしないと本当に死んでしまう。

そしてアルテインに対抗《たいこう》するための魔法士たちを短期間で育成するため、エルリア自身の手で過酷《かこく》な訓練を行わせていた。なぜかティアナだけは楽しそうにしていたが。

かつては『賢者』と呼ばれていたが、エルリアの根底にあるのは軍人思考である。

「大丈夫《だいじょうぶ》、二人とも動きが良くなってきてるから半分くらいで済むはず」

「つまり五十回は投げ飛ばされますね」

「夕食の前に湿布《しっぷ》を買い足しておくか……」

そうして、二人が覚悟《かくご》を決めた時――


エルリアたちを覆《おお》うように、大きく黒い影《かげ》が差した。


それを目にした瞬間、エルリアは反射的に顔を上げる。

雲一つない蒼空《そうくう》の中に浮かぶ巨影。

それは――漆黒《しっこく》の竜だった。

巨大な双翼《そうよく》を広げて飛翔《ひしょう》する漆黒の巨竜《きょりゅう》。

その竜には見覚えがあった。

「――あれー？　あたしのクラスの人たちいないよー？」

そんな声と共に、竜の背から赤髪《あかがみ》の少女がひょっこりと顔を覗《のぞ》かせる。

そして……巨竜が地面を揺《ゆ》らしながら降り立つと、少女はぴょんと地面に飛び降りた。

「ねーねーっ！　あなたたちって何塔《とう》のクラスの人たちー？」

「えーと、私たちのクラスは東塔《ひがしとう》ですかね」

「えぇぇえっ⁉　それじゃ西塔《にしとう》クラスとは正反対じゃんっ！　ラフィカが絶対にこっちだから大丈夫って言うから信じたのにーっ‼」

そう言って少女が黒竜の脚《あし》をぽこぽこ叩くと、黒竜が唸《うな》り声《ごえ》を上げながら申し訳なさそうに大きな頭を下げる。どうやら『ラフィカ』とは黒竜の名前らしい。

そうして黒竜を叩いていた時、不意に少女がエルリアに視線を向けた。

「あーっ！　あたしと同じ試験を受けてた人だーっ！」

「あれ、お知り合いなんですか？」

「し、知ってるけど……知り合いではない」

そうミリスの背中に隠《かく》れながらエルリアは答える。

レイドと一緒《いっしょ》に入学試験を受けた時、フィリアが説明してくれた少女。

セリオス連邦国《れんぽうこく》の《竜姫《りゅうひめ》》――ルフス・ライラス。

試験の時も黒竜に乗っていたので間近で見るのは初めてだが、見た目としては十二、三歳《さい》といったところで、幼いだけでなくミリスよりも小柄《こがら》だ。

「ねーねー、なんでその人は隠れてるの？」

「あー、この方は知らない人を見ると隠れちゃう習性があるんですよ」

「へぇーっ！　なんか動物みたーいっ！」

薄紅色《うすべにいろ》の瞳《ひとみ》をキラキラと輝《かがや》かせながら、ルフスが興味津々《きょうみしんしん》といった様子でエルリアの周囲をくるくると回り始めてしまった。すごく困る。

「もしかして、あなたがエルリア・カルドウェンなのっ⁉」

「う、うん……わたしがエルリア……」

「だからあんなにすごい魔法《まほう》が撃てたんだっ！　ヴェガルタで『賢者の生まれ変わり』って言われるくらい強い人がいるって聞いてたから、会えるの楽しみだったんだーっ！」

「あ、ありがとう……？」

「うんうんっ！　ありがとーっ！」

にぱりと笑いながら、ルフスが手を握ってブンブンと振ってくる。とても人懐《ひとなつ》っこい子というだけで、とりあえず悪い子では無さそうだ。

「だけど、あたしも負けないくらい強いからねっ！」

「うん。セリオスの『護竜』と契約《けいやく》できたって聞いて、素直《すなお》にすごいと思った」

セリオス連邦国とは、西方にある七つの島国から成る複合国家だ。

豊かな自然と土地から溢れる魔力によって数多の魔獣《まじゅう》が生息しているものの、それ故に魔獣との意思疎通《そつう》が図《はか》れる特異な言語を会得《えとく》しており、魔法が普及《ふきゅう》した後には独自に特化させた召喚魔法《しょうかんまほう》によって魔獣たちとの共生を実現している国でもある。

その中で――『護竜』と呼ばれる四種の竜はセリオスの自然を象徴《しょうちょう》する存在であり、数多の魔獣たちの頂点に立つ竜種のことを指す。

峻烈《しゅんれつ》な山頂を根城にして天空を統《す》べる《天竜《てんりゅう》》、昏い海の底から海洋を支配する《溟竜《めいりゅう》》、火山地帯を縄張《なわば》りとする《焔竜《えんりゅう》》、地上の豊かな自然や獣《けもの》たちと共生する《峯竜《ほうりゅう》》。

それら四種の竜たちがセリオス周辺の魔獣たちの頂点に立つことで、自然の秩序《ちつじょ》と均衡《きんこう》を守り、セリオス連邦国に住まう人間たちと魔獣の共生が実現できている。

それほどまでに『護竜』は他の魔獣たちと一線を画す種族であり、幼竜であろうと他の魔獣を蹂躙《じゅうりん》し、成竜に至る頃には人間と同等以上の知能を得るようにもなる。

だからこそ……本来は人の身で『護竜』を従えることは不可能に近い。

それは『護竜』たちにとって、人間も他の魔獣と等しく下位の存在でしかないからだ。

召喚魔法は魔獣との対話によって『対等の存在』と認められることで契約が取り交《か》わされ、契約を交わした魔獣の魂《たましい》を魔力で作った依代に憑《つ》かせて、疑似的《ぎじてき》な召喚《しょうかん》を行っている。

つまり『護竜』たちが人間を下位の存在として見ている以上、召喚魔法に必要な契約を交わすことができないということだ。

エルリアたちの前世である千年前よりも遠い過去、戦乱の時代にセリオスの七島を守るという目的で一部の『護竜』が人間と契約を交わしたという記録は残っているが……少なくとも、四種全《すべ》ての『護竜』と契約を交わした者は過去に一人として存在していない。

「『護竜』は図鑑《ずかん》や文献《ぶんけん》で見たことはあるけど、まだ実物は見たことがない」

「そうなの?」

「うん。だけど、セリオスでは普段《ふだん》から見られるって聞いた」

「うんっ！　みんな自由に飛んだり跳ねたりしてるよっ！」

「それは眺《なが》めてるだけでも楽しそう」

「すっごく楽しいよっ！　エタンカイルは雲の上でお昼寝《ひるね》してたり、マーレフィカムは海から首だけ出して漂《ただよ》ってたり、フラマヴァイトは溶岩《ようがん》の上を滑りながら競走して遊んでたり、マグニフィモスは森とか平原で日向《ひなた》ぼっこしたりしてるっ！」

「みんな思っていた以上にのんびりさんだった」

自国のことに興味を持ってもらえて嬉《うれ》しかったのか、ルフスが嬉々《きき》とした様子で普段の『護竜』たちの様子を語ってくれた。ちなみにルフスが今挙げてくれた名称《めいしょう》は、セリオスの人間が『護竜』たちに付けた学名だ。

そういった学名がすんなりと出てくるあたり、まだ幼いながらも魔獣たちのことを仔細《しさい》に学び、深い知識を身に付けていることが窺《うかが》える。

「だけど……あたしにとっての一番はこの子っ！」

そう言って、ルフスはにぱりと笑いながら背後にいる黒竜を示した。

「この子は……飛鋼竜で合ってる？」

「知ってるのっ⁉」

「うん。さすがに学名までは分からないけど」

「大型竜種飛竜系鋼竜属のヴォランスフェルムだよっ！」

「即答《そくとう》できるのすごい」

「だけどエルリアちゃんすごいね！　飛鋼竜って昔より数が減って珍《めずら》しい子なのに！」

「…………たまたま本で読んだ」

ルフスの眩《まぶ》しい眼差《まなざ》しを受けて、エルリアが少しだけ視線を逸《そ》らす。

エルリアが知っていたのは、飛鋼竜が千年前によく見かけていた魔獣だったからだ。

当時、飛鋼竜はセリオスの騎竜として扱われていた。

鋼と同等以上の鱗《うろこ》を持ちながらも、独自の内燃器官によって強靭な肉体と体力を維持《いじ》し、高い飛行性能だけでなく火球や炎息などの攻撃手段にも優《すぐ》れる竜だった記憶《きおく》がある。

しかし、千年前の時点で軍事利用された影響《えいきょう》で数が減少しているといった話が出ていて、それが現代では稀少な魔獣と呼ばれるほどに減ってしまったのだろう。

「ラフィカはね、あたしと子供の頃からずーっと一緒にいる友達なのっ！　だから、あたしにとってはラフィカが誰《だれ》よりも一番っ！」

そうルフスが誇《ほこ》らしげに友人を紹介《しょうかい》すると、黒竜もエルリアに向かってお辞儀《じぎ》をするように大きな頭を下げた。とてもお利口さんだ。

「ねぇねぇっ！　エルリアちゃんって他にどんな魔法使えるのっ？」

「ん……わたしも、召喚魔法は使えるけど……」

そう答えながらも、エルリアはちらりとミリスたちに視線を向ける。

一応、エルリアは二人を教導する立場にある。

ルフスとの会話は色々と興味深いところだが、自分の立場や二人に対する教導のことを考えると、このあたりで話を切り上げておいた方がいいかもしれない。

そう考えていたエルリアだったが——

「あ、私たちとの模擬《もぎ》戦は忘れて話を続けていて大丈夫ですよー」

「二人の会話や魔法を眺めるだけでも勉強になるからな。どうか気にしないでくれ」

二人が「助かった」と言わんばかりに安堵《あんど》の表情を浮かべていた。そんなに模擬戦をやるのが嫌だったのかと思うと少しだけ悲しくなってしまう。

「エルリアちゃん、これから模擬戦やるところだったの？」

「うん。二人をいっぱい投げ飛ばす予定だった」

「それじゃ、あたしと模擬戦やろうよっ！」

「………………あなたと？」

「うんっ！　エルリアちゃんの魔法も見てみたいっ！」

そう言って、ルフスは跳ねるような足取りで黒竜《こくりゅう》の背に飛び乗った。

「それに――あたしとラフィカは、誰にだって負けないもん」

そう、口元に笑みを浮かべながら言う。

その笑顔《えがお》に、エルリアは何かを感じ取りながらも――

「――うん、わかった」

魔装具を展開し、その杖《つえ》を取り回してから地面に突《つ》き立てる。

「二人を見ていたら、わたしも久々に友達と一緒に戦いたくなった」

魔力によってイメージを組み上げながら、突き立てた杖を握り締め――

杖を勢いよく引き抜いた瞬間、その石突《いしづ》きから『鎖《くさり》』が引き上げられた。

重々しい金属音を響かせながら、その『鎖』に繋《つな》がれた存在が深淵《しんえん》から生まれ出る。

「おいで――シェフリ」

そこから現れたのは――純白の毛並みを持つ大狼《たいろう》だった。

金色の仮面と武具を身に纏った大狼。

その巨大な身体《からだ》が『鎖』によって地上に引き上げられた直後――

凶悪《きょうあく》な鋭牙《えいが》の立ち並ぶ顎《あご》を開き、エルリアに食《く》らいつこうとした。

しかし、エルリアはそれを予見していたかのように『鎖』で顎を縛《しば》り上げる。

口だけでなく全身を縛り上げられて自由を奪《うば》われながらも、エルリアに食らいつこうと牙を打ち鳴らし、唸り声を上げながら前脚《まえあし》でガリガリと地面を抉《えぐ》っていた。

その様子を見て、エルリアは満足げに頷く。

「うん。今日もシェフリは元気いっぱい」

「げ、元気いっぱいどころか今にもエルリア様を食べそうな勢いですけど……ッ!?」

「ちょっとヤンチャな子だから。ミリスも撫《な》でてみる？」

「すみません、私は五体満足で老衰《ろうすい》によって人生を終える予定なので……ッ!!」

大狼が涎《よだれ》を散らしながらガチンガチンと牙を打ち鳴らしている姿を見て、ミリスが冷《ひ》や汗《あせ》を流しながら全力で後退していった。撫でると喜ぶのだが残念だ。

しかし、そんな大狼の姿を見てルフスが目を細める。

「へぇ……《魔喰狼》なんて、よくその子と契約しようと思ったね」

それはルフスだけでなく、召喚魔法を扱う者であれば誰もが同じことを言うだろう。

《魔喰狼》とはヴェガルタにだけ生息する魔獣であり、土地の魔力が噴出《ふんしゅつ》している土地を縄張りにしている凶暴《きょうぼう》な大型魔獣とされている。

そして――《魔喰狼》は名前の通り、魔力を好んで喰《く》らう魔獣だ。

それは土地の魔力だけに留《とど》まらず、他の魔獣や豊富な魔力を持つ人間を見ると見境なく襲《おそ》い、時には同族でさえも喰らうという凶暴な気性《きしょう》を持っている。

その攻撃性《こうげきせい》は魔法士本人にも向けられ、気分屋な性分《しょうぶん》のため命令を聞かないことも多く、魔獣と会話ができるセリオスの魔法士ですら手懐《てなず》けることを諦《あきら》めたという逸話《いつわ》もある。

だが――

「だって、この子はすごく賢《かしこ》いから」

そう言って、エルリアは繋がれている大狼を撫でながら告げる。

「――わたしには、何があっても絶対に勝てないってことを理解してる」

その言葉を聞いた瞬間、ルフスは嬉々とした笑みを浮かべた。

「うん――やっぱり、すごく楽しくなりそうだねっ!!」

そう答えながらルフスが黒竜の背に乗った直後、その巨大な双翼が宙を打った。

瞬《また》く間《たま》に大空へと向かって行く黒竜を見上げながら、エルリアは杖を軽く振るう。

そして、大狼を縛り付けていた『鎖』を解き放ち――

「――シェフリ、行ってらっしゃい」

囁《ささや》くように告げると、大狼がぐるりと尖《とが》った鼻先を黒竜に向けた。

そして天上に向かって吠《ほ》えてから『敵』に向かって勢いよく駆《か》け出す。

しかし、既《すで》に黒竜は上空へと上がっている。

いくら巨体《きょたい》を持つ魔獣であろうと、跳躍によって届く距離《きょり》ではない。

だからこそ、ルフスも最初に飛翔という選択《せんたく》を採った。

だが、大狼は構うことなく黒竜に向かって跳躍し――

不可視の足場を蹴《け》り上げ、勢いよく上昇《じょうしょう》した。

「なッ――――!?」

空中を軽快に跳躍する大狼を見て、ルフスが驚愕の表情を浮かべる。

しかし、それは翼《つばさ》を持たない大狼が迫ってきたことにではない。

たとえ翼を持たない魔獣であろうと、魔法によって壁《かべ》や足場を形成して補助を行えば空中戦も可能であり、それらの補助を担うのが召喚魔法を扱う魔法士の役割でもある。

国によって多少の差はあれど、その戦闘方法は大きく変わらない。

それを理解しているからこそ、ルフスは飛翔して位置的優位を取り、大狼を補助するために生成される足場を確実に破壊《はかい》しようと考えていた。

そして、その思考をエルリアは読んでいた。

足場や壁を形成して近づいてくるのなら、それらを事前に破壊してしまえば飛翔する敵に近づくことはできなくなる。

だからこそ、エルリアは『見えない足場』を作り上げた。

人間には視認《しにん》することができない不可視の足場。

足場が見えない以上、ルフスは黒竜に対して破壊の指示を出せない。

だが――《魔喰狼》であるシェフリには全てが視えている。

魔力を喰らうという性質から魔力に対して鋭敏《えいびん》な感覚を持ち、エルリアが行使する魔法の気配を先んじて察知し、不可視の足場が生成された直後に跳び移っている。

たとえ足場の生成位置を読んでも、その時には既にシェフリは移動を終えている。

指示を出すルフスが『足場を視認できない』という不利を背負っている以上、全てが視えているシェフリよりも早く足場を破壊することはできない。

だからこそ、ルフスが次に取る行動も読み取ることができる――

「ラフィカッ!! あの子の周囲に炎息をぶつけてッ!!」

迫りくる大狼から逃《に》げていた黒竜が顎を開き、その喉《のど》に煌々《こうこう》とした光が生まれる。

飛鋼竜が放つ広範囲《こうはんい》の炎息。

足場が見えないのであれば、足場が生成されるであろう場所を攻撃《こうげき》すればいい。

いくら大狼といえど炎を浴びれば傷を負って足が鈍《にぶ》り、たとえ避けられたとしても足場は破壊されて、確実に進行を遅《おく》らせることができる。

だからこそ――

「――シェフリ、待て」

エルリアの言葉に応じて、大狼が巨体を足場で伏《ふ》せた直後――

炎息が不可視の足場を焼き払《はら》った瞬間、爆発音《ばくはつ》が響き渡《わた》った。
「ツ――――あ⁉」
突如《とつじょ》として生まれた爆風《ばくふう》によって、黒竜の巨体がバランスを崩して傾く。
エルリアが『不可視の足場』として形成していた物。
それは――魔法によって圧縮し、足場として補強した『酸素』だ。
その全てが広範囲に亘《わた》る炎息によって着火して爆発を引き起こした。
それだけではない。
見えないことを利用して、エルリアは爆風が黒竜に向かうように計算して配置を行い、
逆にシェフリには被害《ひがい》が及《およ》ばないようにしていた。
そして……爆発によって、ルフスは完全に大狼の姿を見失ってしまった。
全ての視界を覆い隠す白煙《はくえん》、爆風による体勢の悪化。
その状況《じようきよう》を作り出したことによって――
「――シェフリ、いいよ」
白煙から飛び出してきた大狼が、黒竜の胴体《どうたい》に喰らいついた。

鋼鉄の竜鱗《りゅうりん》が軋《きし》みながら噛《か》み砕かれる音が響き、黒竜が苦悶《くもん》に満ちた絶叫を上げる。

「ッ……ラフィカッ！　落ち着いてラフィカッ‼」

そうルフスが声を掛《か》けるものの、暴れ回ることによって体勢が余計に崩れてしまい、復帰することができずに墜落《ついらく》していく。

セリオスの魔法士は魔獣に騎乗《きじょう》することが多い。

それは魔獣言語によって仔細な指示を出し、正確かつ迅速な回避と防御《ぼうぎょ》を実現できるという利点もあるが、被弾《ひだん》によって魔獣だけでなく魔法士にも大きな影響が出る。

先ほどの爆発によって聴覚《ちょうかく》や視界を大幅《おおはば》に削《そ》がれ、大狼が接近してくる様子や気配も察知できず、今は黒竜が暴れ回るせいで正確な指示を出すことができない。

そして――地響《じひび》きを立てながら、黒竜は地面に向かって衝突《しょうとつ》した。

土煙《つちけむり》が立ち上る中、白い毛並みの大狼がエルリアの下に駆け寄ってくる。

そして……エルリアに食らいつこうとしたところで透明《とうめい》な壁に激突《げきとつ》した。

「うん。今日もシェフリはイイ子だった」

壁の向こうでバウバウと吠えながら牙を向けてくるシェフリに対して、エルリアは再び鎖によって口元と身体を拘束《こうそく》してから顔を撫でてやる。

鎖を打ち鳴らしながら喜ぶ姿に満足してから、エルリアは土煙の中に視線を向けた。

地面に倒《たお》れ、苦しげに呻《うめ》き声《ごえ》を上げる黒竜の姿。

「その子は戻《もど》してあげた方がいい。《魔喰狼《ましょくろう》》の付けた傷は魔力を流出させるから治癒《ちゆ》もできないし、長く噛みついたからたくさん魔力を食べちゃったと思う」

召喚魔法によって呼び出された魔獣に『死』は存在しない。

あくまで肉体は魔法士によって作り出された仮初《かりそめ》の肉体であり、離《はな》れた場所にいる本体の『魂』を入れて動かしているに過ぎない。

だが……仮初の肉体でも傷を負えば痛みを感じ、体内の魔力が尽《つ》きれば肉体が崩壊《ほうかい》するだけでなく、仮初の肉体が死を迎《むか》えれば本体の『魂』にも少なからず影響が出る。

最悪の場合は……契約した魔獣を失うことにもなってしまう。

既に黒竜は戦える状況ではない。

召喚魔法を扱う者であれば、敗北したということを誰もが理解できる状況だった。

そのはずだった。

「――――まだ、終わってない」

そう、黒竜の傍《かたわ》らに付いているルフスの呟きが聞こえた。

その直後、シェフリが鎖を引き千切りそうな勢いで暴れ始める。

「ラフィカが負けるなんて――そんなのは絶対にないッッ!!」

ルフスが鬼気迫《ききせま》る表情で叫《さけ》んだ瞬間《しゅんかん》――

倒れ伏《ふ》していた黒竜が首を上げ、煌々とした炎球を撃《う》ち放った。

そして、鎖に繋がれながらもエルリアの前に飛び出した大狼が炎に包まれる。

「――シェフリッ!!」

炎に包まれて悲痛な声を上げる大狼を見て、エルリアは即座《そくざ》に『魂』を切り離した。

大狼の身体が力を失うように倒れ……光の粒子《りゅうし》となって消えていく。

それと同時に、金属が落ちるような音が聞こえてきた。

炎球と共に放たれていた鋼鉄の硬《かた》さを持つ竜鱗。

それが炎球の爆発と同時に弾《はじ》け、シェフリの身体を貫《つらぬ》いていた。

「……今のは、さすがに許せない」

怒気《どき》を孕《はら》ませながら、ルフスと黒竜を睨《にら》みつける。

一歩間違《まちが》えば、シェフリは間違いなく命を落としていた。

これが命を懸《か》けた戦闘であったのなら当然の行動と言えるが、エルリアたちが行っていたのは模擬戦であり、勝敗が決した時点でルフスが黒竜を戻すべき状況だった。

「模擬戦である以上、相手の命を奪うようなことをやっちゃいけない。それがたとえ魔法士本人じゃなくて、呼び出した魔獣が相手であっても――」

「あたしにとって、模擬戦も実戦も変わらない」

その薄紅色の瞳に覚悟を浮かべながら、ルフスはエルリアのことを睨みつける。

「どんな時だって――あたしとラフィカは負けちゃダメなんだ」

それは友人の勝利を信じているといった表情ではない。

緊張《きんちょう》、悲壮《ひそう》、焦燥《しょうそう》……その全てが入り混じった表情だった。

そんな主の言葉を体現するように、黒竜は静かに立ち上がる。

胴体に受けた傷から血を流し、魔力が尽き掛けて身体をフラつかせながらも、まだ敗北していないと示すように立ち続けている。

そんなルフスたちの姿を見て、エルリアが口を開こうとした時――

黒竜の周囲を取り囲むように、重厚《じゅうこう》な石柱が天上から降り注いだ。

そして、傾《かし》いだ石柱が組み合わせるようにして『檻《おり》』を形成していく。

「――す、すみません……ちょっとお邪魔《じゃま》させていただきますね？」

そんな弱々しい声がエルリアの背後から聞こえてくる。

そこには――魔装具を構えたフィリアが申し訳なさそうに苦笑《くしょう》を浮かべていた。

「報告によると模擬戦をされていたようですが……ルフス様の魔獣は戦闘《せんとう》を続行すれば危険な状態に陥《おちい》る可能性が高いので、ここで模擬戦は終了《しゅうりょう》していただきます」

その言葉に対してルフスが何か言おうとしたが、フィリアが担当教員であるということに気づいて静かに頷いた。

担当教員は受け持っている生徒が魔法《まほう》の悪用、犯罪への関与《かんよ》、危険行為《こうい》等を行った場合、該当《がいとう》する生徒に対して処分を下す権限を有している。

他クラスの生徒であるルフスに処分を下すことはできないが、ここでフィリアの言葉に従わなければ後ほど担当教員を通じて処分が下されることになる。

「エルリア様もよろしいですね？」

「…………ん」

「そ、そこまで不服そうな表情をしなくても……っ！」

エルリアが唇《くちびる》を尖らせていた時、不意にぽんと頭を叩かれる。

「そんな不貞腐《ふてくさ》れた顔してるんじゃねぇよ」

「……レイド？」

「おう。ファレグの坊主《ぼうず》に稽古《けいこ》を付けてたら、お前らがドンパチやってるのが見えたんでな。相手も他クラスの《竜姫》だったんで、念のためにフィリア先生を呼んでおいたんだよ」

「…………ファレグは？」

「もう動けないって言うから置いてきたぞ」

しれっとレイドは言うが、ファレグも幼少期から魔法戦闘の訓練を積んできている身だ。おそらく相当無茶《むちゃ》なことをさせられたか、容赦《ようしゃ》なくボコボコにされたのだろう。

「そっちの《竜姫》の嬢ちゃんも、白黒つけたいなら今回は退いておきな。どれだけ模擬戦で勝ったところで意味なんてねぇんだからよ」

「……あたしにとっては、ちゃんと意味があるんだよ」

「俺《おれ》が言いたいのは『勝利の価値』を理解しろってことだ。たった一回の勝利を得るために大事な竜を死なせる可能性を作るなんざ、勝利の価値としては下の下だ」

石柱の檻に捕《と》らわれながらも、もはや抵抗《ていこう》する余力もない黒竜を指しながら言う。

そんなレイドの言葉に何かを口にしようとしたが……ルフスは無言のまま魔法を解き、黒竜の肉体を光の粒子に変えて消失させる。

「たとえ価値が無くても……あたしたちは拾わないといけないんだよ」

そう声を震《ふる》わせながら、ルフスはレイドたちに背を向ける。

そうして……たった一人、小さな背中を向けながら立ち去っていった。

◆

ルフスが立ち去った後、レイドたちが彼女《かのじょ》の事情をフィリアから聞き出していた。

彼女はセリオスの七島をまとめる部族長の娘《むすめ》というだけでなく、『護竜』との契約を果たしたということで大きな期待が掛けられている。

それは――国の威信《いしん》を背負った期待と言っても過言ではない。

セリオスもヴェガルタと同様に長い歴史を積み上げ、共に友好的な関係を築いてきた国ではあるが……だからこそ、自国の召喚魔法について誇りを持っている。

魔獣と会話ができる特異な魔力言語《まりょくげんご》、魔獣との共生を実現している独自の環境《かんきょう》、召喚魔法の源流とも呼べる魔獣の使役術《しえきじゅつ》など……それらはセリオス独自の文化と技術だ。

しかし、それ故に他の魔法技術の発展が遅れ、魔具の普及率《ふきゅうりつ》もヴェガルタに比べて低く、多岐《たき》に亘って魔法技術を発展させていったヴェガルタに後《おく》れを取っている。

だからこそ、ルフスには大きな期待が掛けられている。

自国が誇る召喚魔法を世に知らしめる実力を持ち、大陸を統治するヴェガルタの魔法を上回ることができれば、自国がヴェガルタに並んでいることを証明できる。

だが……それは幼い少女にとっては重すぎる期待だ。

それだけではない。

ルフスが見せた覚悟と決意を秘《ひ》めた目。

そこには、自身に掛かっている期待以外の何かがあるように見えた。

そんなことをエルリアが自室でぼんやりと考えていた時――

「――いつも以上にぼんやりしてどうした？」

そう、レイドがティーカップを手にしながら声を掛けてきた。

飲み物はもちろんミルクティーだ。

「ん……ルフスのこと考えてた」

「《竜姫》の嬢ちゃんか。確かに俺から見ても危なっかしい感じがあったな」

「やっぱり、レイドもそう思った？」

「ああ。途中《とちゅう》から模擬戦を見ていたけど、戦闘《せんとう》の内容より勝つことに固執《こしつ》しすぎというか、必死過ぎるというか、とにかく余裕《よゆう》がないように見えたな」

そう顎を撫でながらレイドは言う。

「そりゃ国の威信が掛かっていて肩肘《かたひじ》が張るのは分かるが、どうせ勝つなら効果的な方法があったはずだ。あの嬢ちゃんの話がヴェガルタに届いていたみたいに、エルリアの話題も把握《はあく》しているだろうし、負ける可能性を確実に潰《つぶ》すために『護竜』を出すはずだろ」

「……ルフスが幼いから、慢心《まんしん》していたっていうのは？」

「慢心するような奴《やつ》なら、最初から自分の力を誇示《こじ》するために『護竜』を出すってもんだろ。それに……自分の力に自惚《うぬぼ》れているような奴が、あんな表情するかよ」

そうレイドは苦々しい表情と共に言う。

今にも泣き出してしまいそうな表情。

追い詰《つ》められ、急《せ》き立てられているような表情。

それを目にしてしまったからこそ、エルリアも怒《いか》りを収めた。

「まったく……久々に懐《なつ》かしい気分になっちまった」

「……懐かしい気分？」

「ああ。アルテインだとガキが兵士になるのなんて当たり前で、それが体《てい》の良い口減らしだってのも理解しているから……自分の命を守るために死《し》に物狂《ものぐる》いで何かを為《な》そうとする。そんなガキ共と同じような目をしてやがった」

「それは……ルフスも同じっていうこと？」

「さあな。今じゃ時代も違《ちが》うし、それこそ理由なんて本人にしか分からないことだ」

忌々《いまいま》しそうに表情を歪《ゆが》めながら、レイドは静かに息を吐いた。

「ただ……そんな重い何かと覚悟を背負って、あいつはこの学院に来たんだろうよ」

そう、レイドは虚空《こくう》を見つめながら言う。

レイドは本当に人のことをよく見ている。

人の本質を見抜《みぬ》くのが上手《うま》いというべきか、その人間を理解するのが上手いというべきか、些細《ささい》なことであっても見逃《みのが》さない。

だからこそ『英雄《えいゆう》』という求められた役割をこなしながら、一国の将としても多くの人間を率いることができ、自身に付いた者たちから信頼《しんらい》を寄せられていた。

敵としてアルテインの軍隊と対峙《たいじ》する時、誰もが将であるレイドのことを信頼しており、個ではなく群として動くことによって魔法に対抗していた。

それが、エルリアにとっては少し羨《うらや》ましかった。

エルリア自身は魔法という技術を普及させることはできたが、いつも研究などに没頭《ぼっとう》して他人のことを避《さ》けるような節があった。

だからこそ、他者を惹《ひ》きつけるようなレイドに憧《あこが》れを持っていた。

まぁ……それが恋心《こいごころ》だと知ったのは、ずいぶんと後になってからだったが。

「ところでエルリア」

「ひゃいっ⁉」

「久々に驚《おどろ》いた時の鳴き声を上げたな」

「と、突然《とつぜん》名前を呼ばれたからだと思う……っ！」

「名前くらい普段から呼んでるだろうがよ」

訝《いぶか》しむレイドを他所に、エルリアは熱くなった顔をぶんぶんと振《ふ》って冷ます。

「そ、それでどうしたの……？」

「どうしたのっていうか、そいつのことが気になって仕方なくてな」

そう言って、レイドはエルリアの膝元《ひざもと》に視線を向ける。

そこには――膝《ひざ》の上でころころと転がっている真っ白な子犬がいた。

それも真っ白なお腹《なか》を無防備に出し、わちゃわちゃと脚を動かしている。

そしてレイドの視線に気づいたのか、キャンと小さな鳴き声を上げた。

「もしかして、それってお前が呼び出していた魔獣か？」

「うん。たくさん頑張《がんば》ってくれたし、いっぱい痛い思いをさせちゃったから」

子犬に指先を近づけると、がじがじとエルリアの指先を軽く噛んでくる。

最後の一撃《いちげき》を受けたことで、シェフリの『魂』は大きく損耗《そんもう》してしまった。

損耗と言えば大事に聞こえるが、要は「すごく痛い思いをして嫌《いや》な気分になった」といった感じなので、お詫《わ》びとしてエルリアの魔力を食べさせている。

その損耗を放置すると愛想《あいそ》を尽かして魔獣側が契約を解除する場合もあるため、呼び出した後にはご褒美《ほうび》をあげて機嫌《きげん》を取ってあげる必要があるわけだ。

「魔獣の身体は魔力で作るから、こうして小さく作れば消費も少ない」

「小さすぎて元の威厳《いげん》も何もあったもんじゃねぇな……」

シェフリの腕《うで》を持ち、そのままびよーんと伸《の》ばしながらレイドに見せる。狼としての面影《おもかげ》はあるが、こうして小さくすると犬のようにしか見えない。

「レイドも撫でてみる？」

「……俺が触《さわ》っても大丈夫《だいじょうぶ》なのか？　俺の魔力のせいでこいつが目の前で爆発とかしたら、たぶんトラウマになって三日くらいは寝込《ねこ》むぞ」

「大丈夫。魔獣の身体は魔力で作るものだけど、魔力を物質に変換《へんかん》して本物と近しい肉体に置き換《か》えるから、普通《ふつう》の犬を触るのと変わらないはず」

「そ、それならちょっと触ってみるか……」

少しだけ躊躇《ちゅうちょ》しながらも、レイドがゆっくりと手を伸ばす。

そして……もふもふとお腹を触ると、シェフリがくすぐったそうに身をよじらせた。

「おぉ……犬の腹を撫でるなんて久しぶりだなぁ……」

「レイド、犬が好きなの？」

「俺は犬でも猫《ねこ》でも動物なら基本的に好きだぞ。だけど動物に嫌《きら》われやすい体質というか、俺が近づくと逃げちまうから触ったりできなかったんだよ」

そう言いながら、レイドはシェフリのお腹をわしゃわしゃと撫で回していた。

よほど嬉しかったのか、珍しく頬《ほお》を緩《ゆる》ませて笑っているくらいだ。

「ん……それじゃ、抱《だ》っこしてみる？」

「いいのか？」

「うん。牙とか爪《つめ》は丸めてあるから安全だと思う」

レイドの眼前にシェフリを差し出すと、舌を出しながら尻尾《しっぽ》をブンブンと振り回す。

その姿を見て、レイドが腕を軽く広げてシェフリを抱《かか》えようとした時——

がぷり、と大きな口を開けてレイドの顔面に噛みついた。

「…………………」

がじがじと顔を噛まれながら硬直《こうちょく》していた。

そして、しばらくしてからシェフリは「あんま美味《おい》しくない」と言わんばかりに一鳴き

して、ぴょんとエルリアの胸元《むなもと》に帰ってきてしまった。

「きょ、今日は疲《つか》れてるから機嫌が悪いのかもしれない……っ！」

「そうだよな……そんな時に知らん奴に撫で回されるのは嫌だもんな……」

レイドが分かりやすいくらいに落ち込《こ》んでいた。

よく考えてみれば《魔喰狼》は魔力に対して敏感《びんかん》な魔獣であり、今までに感じたことのない特異な魔力を本能的に忌避《きひ》したのかもしれない。

「……もしかして、レイドが動物に避けられていたっていうのも魔力のせい？」

「そうなのかッ!?」

「う、うん……動物は他の器官が優れているから、嗅覚《きゅうかく》とか聴覚とかで魔力の存在を敏感に感じ取って、それで相手の存在を測ったりするから……」

レイドが今までにない形相でエルリアに詰め寄ってきたが、その言葉を聞いてガックリと肩《かた》を落としながらうなだれてしまった。

「いや……なんか薄々《うすうす》気づいてはいたんだよ……。野営している時に襲ってきた野犬たちが俺を見た瞬間に逃げたとか、切羽詰《せっぱつ》まって熊《くま》の寝床《ねどこ》に入ったら熊の方が寝床を譲《ゆず》って出て行ったとか、俺がいると魔獣《まじゅう》が寄って来なくて獣避《けものよ》けになるとか……ッ!!」

「エピソードが野性味に溢《あふ》れてる」

「はぁ……それも魔力が原因とか、もう俺にはどうしようもないじゃねぇか……」

あまりにもショックが大きかったのか、レイドが床《ゆか》に崩《くず》れ落ちていた。

どうしたものだろうか。

確かにレイドにはどうにもできない問題だし、容易に改善できるようなものではない。

エルリアがお願いすればシェフリも逃げるようなことはしないだろうが、嫌々触《いやいやさわ》られている姿を見ると余計にレイドが傷ついてしまうかもしれない。

しかし、落ち込むほど動物が好きなのに触《さわ》れないというのもかわいそうだ。

どうにかできないものかと、エルリアは必死に思考する。

これでもエルリアは『賢者《けんじゃ》』とまで呼ばれた者だ。

魔法《まほう》という新たな技術を創《つく》り上げて世界を一変させた時のように、その思考を巡《めぐ》らせて最善かつ最良の結果を導き出せるはずだ。

…………。

………………………。

「！」

そうして思考した結果、エルリアは一つの解答に辿《たど》りついて顔を上げた。

そして、シェフリをソファに置いて即席《そくせき》で魔法を組み上げてから、落ち込んでいるレイドの肩をちょんちょんと叩《たた》く。

「レイド、レイド」

「どうした……色々と諦めついたから、慰《なぐさ》めの言葉だったら――」

そう言いながらレイドが顔を上げた瞬間、その動きが途中で止まった。

そこには――真っ白な猫耳を生やしたエルリアがいた。

ご丁寧《ていねい》に尻尾も生やして、ゆらゆらと揺《ゆ》らしていた。

「動物が撫でられないなら――わたしを撫でれば良いと思う」

それはもう自信満々な表情でエルリアは告げた。

一片《いっぺん》の迷いもなく、猫耳をパタパタさせて尻尾を振って見せた。

そんなエルリアの姿を見て……レイドは噴《ふ》き出しながら顔を逸《そ》らした。

「お前っ……その解決方法は強引《ごういん》すぎるだろ……っ！」

「ど、どうして笑うの……っ!?」

「いやっ……自分に猫耳と尻尾を生やすとか思いついて実際にやるところとか、それを自信満々に言ってくるところがお前らしいと思ってな……っ!!」

レイドが笑いを堪《こら》えるように身体をぷるぷると震わせていた。

なんだか思っていた反応と違う。

エルリアの想定では、喜びと感謝の言葉と共に頭を撫でてもらえるはずだった。

だからこそ、エルリアはぷくりと頬を膨《ふく》らませる。

「………それなら、撫でない？」

「いや撫でる撫でる。前から猫っぽいと思ってたから、なんかピッタリすぎてな」

そう言って、レイドが笑いながらエルリアの頭をぽんぽんと叩いてくる。

一応撫でてもらえたので、耳をパタパタして返事をしておいた。

「それで、俺は何をしたらいいんだ？」

「……猫だから膝の上に乗る」

「はいよ」

レイドがソファに腰《こし》かけると、その膝上《ひざうえ》にエルリアがぽすんと腰を下ろした。

そして、座《すわ》り心地《ごこち》を確かめるように身体をよじらせてから満足げに頷《うなず》く。

「素晴《すば》らしい座り心地」

「そりゃどーも」

「あと、シェフリも乗せていい？」

「おう。お前一人でも軽いくらいだし、犬くらい何匹《なんびき》でも乗せてこい」

「だって。おいでシェフリ」

そうエルリアが呼びかけると、シェフリが小さく鳴いてからエルリアの膝に乗った。

「しかしまぁ……傍《はた》から見ると暑苦しそうだなぁ……」

「逆に言えばぬくぬくとも言える。わたしとシェフリでぬくぬくが二倍」

レイドに身体を預けながら、エルリアは見えやすいようにシェフリを抱き上げる。

「ということで、レイドが満足するまで撫でていい」

「へいへい。ありがとうな」

苦笑を浮《う》かべながら、レイドがエルリアの頭をゆっくり撫でる。

どこか懐かしく感じる大きな手。

それは、いつも優《やさ》しくエルリアのことを撫でてくれた父の手に似ていた。

父と最後に会ったのは、エルリアが王都に向かう時だった。

その時も……父は普段《ふだん》と変わらない柔和《にゅうわ》な笑《え》みと共に、エルリアの頭を撫でてくれた。

そんな懐かしい父の姿を思い返しながら——エルリアは静かに尻尾を揺らした。

三章

ルフスとの一件から一週間後。

「――王都で遊びたいです……ッ!!」

ミリスが以前と似たようなことを言い出し始めた。

それに対して、レイドたちは特に気にした様子もなく食事を進める。

「なんだ、またミリスの発作《ほっさ》か」

「ミリスは王都に夢を抱きすぎてる」

「ええッ！　夢くらい抱きますともッ！　牧草一つない洒落《しゃれ》た石畳《いしだたみ》ッ！　無駄《むだ》に土地が余っている田舎《いなか》と違って限られた土地を計算して建てられた街並みッ！　チーズと干し肉以外がぶら下がっている屋台ッ!!　それを私は余すところなく体験したいですッッ!!」

ミリスが妙《みょう》な熱意と共に王都への想《おも》いを語る。

前回の試験休みだけでなく、今までにも何度か王都で遊びたいと言っていたことはあるが、今回は普段よりも熱量が高い気がする。

そんなミリスの言葉に対して、今回は新たな反応があった。

「――ハッ、田舎者はそんなことで喜べるんだから羨ましいものだな」

そうファレグが皮肉たっぷりに言葉を返してくる。

――テーブルに突《つ》っ伏《ぷ》し、身体《からだ》をぷるぷると震わせながら。

「そんな状態でも皮肉が言えるファレグさんに、私は一種の感動すら覚えています」

「うるさい……ッ！　動きたくても動けないんだよ……ッ!!」

ギリギリと歯を噛みしめながらも、ファレグの身体は微動《びどう》だにしない。

しかし、そんなファレグの様子を見てレイドは満足そうに頷いた。

「皮肉が言えるくらいの元気が残るようになって良かったじゃねぇか。始めたばかりの時は訓練が終わる度に燃《も》え尽きてブッ倒《たお》れてたのによ」

「そもそもブッ倒れるまでやらせるなよッ!?　ここ最近の僕《ぼく》は訓練が終わった後、朝まで何をしていたか記憶《きおく》が一切《いっさい》無くて本当に怖《こわ》かったんだぞッ!!」

「ちゃんとブッ倒れた後は学院まで運んで、食堂で無理やり飯を詰め込んだ後には部屋に叩き入れて、療養《りようよう》してるヴァルクとルーカスを呼んで世話させておいたから大丈夫だ」

「おおっ、だから僕が目覚めた時には着替《きか》えて風呂《ふろ》まで済まされて――いやちょっと待て、その『飯を詰め込む』っていうのは具体的に何をしたんだ？」

「食堂で必要な栄養価がある食事を適当に見繕《みつくろ》って、借りた粉砕魔具《ふんさいまぐ》の中に全部突っ込んで液状にしてからお前の胃袋《いぶくろ》に流《なが》し込んでた」

「僕の知らない間に何を流し込んでいるんだよッ⁉」

そう元気にがなり立てるファレグだったが、身体の疲労《ひろう》が抜《ぬ》けていないせいでテーブルすらも叩けないような有様だ。

そんな二人のやり取りを見て、ウィゼルが軽く首を傾げる。

「そういえばオレたちとは別行動を取っているが、具体的には何をしているんだ？」

「こいつに教えているのは『剣術《けんじゅつ》』っていう近接戦闘法だ。だけど全く同じってわけにはいかないから、動きやら近接戦闘を補助する魔法も訓練させてんだよ」

この一週間、レイドはファレグに対して『剣術』を教《おし》え込んでいる。

正確には千年前に存在していた過去の流派や作法を持つものではなく、レイドが戦いの中で身に付けた知識や動きなどを取り入れた『剣で戦う術』といったものが正しい。

要は我流《がりゅう》剣術であり、レイドの身体能力でないとこなせない戦い方なども存在しているため、当時はレイド以外に扱《あつか》えるような代物《しろもの》ではなかった。

しかし魔法による身体強化だけでなく、それらを補助するような魔法を動きに組《く》み込めば、疑似的《ぎじてき》にレイドの戦い方を再現することはできる。

そして幸いなことに、ファレグはそのあたりが器用だった。

レイドが想定している動きに合った魔法を伝えると、その魔法を仮組して実践《じっせん》できるだけの能力があったため、想定しているよりも早く訓練は進んでいる。

一つ問題があるとしたら――

「だからッ！　お前の動きを再現しようとすると僕の魔力量と釣《つ》り合わないいんだよ‼　今だって攻撃魔法《こうげきまほう》より魔力消費が少ないはずなのに途中で魔力が尽きてるんだぞッ⁉」

「そこは頑張れよ」

「そんな一言で済ませないでくれるかッ⁉」

「いや、魔法の知識はともかく、魔力の消費やらは俺の専門外だからなぁ……」

レイドの場合は魔力ではなく純粋《じゅんすい》な肉体と体力によるものだが、ファレグが実践する場合には魔力の消費量も絡《から》んでくる。

しかしレイド自身は魔法を使ったことがないため、魔力の消耗《しょうもう》する感覚や管理方法などに関しては一切助言できない状況というわけだ。

「それこそ、エルリアだったら何か助言できるんじゃないか？」

「ん……できるとは思うけど、助言できることは少ないと思う。ヴェルミナン家も幼少期の頃《ころ》から魔法戦闘を見越《みこ》した魔力管理方法を教えているはずだから」

「当然だ。それに魔力管理は個人の感覚で身に付けるようなものだし、いくらカルドウェンでも今さら教えられるようなことはない」

そうファレグが補足すると、エルリアも同意するようにふんふんと頷く。

そんな時、考《かん》え込《が》んでいたウィゼルが顔を上げた。

「ヴェルミナン卿《きょう》、一度魔装具《まそうぐ》を拝見しても構わないか？」

「ぼ、僕の魔装具に何をする気だ……ッ!?」

「……オレはブランシュの魔装技師だ。レイドと違ってへし折るようなことはしない」

「そ、そうか……ブランシュの魔装技師なら大丈夫だな！」

レイドに魔装具を折られた時のトラウマが蘇《よみがえ》ったのか、ファレグは一瞬《いっしゅん》ためらいながらもウィゼルに小剣型の魔装具を手渡《てわた》した。

小剣を手にしながら、ウィゼルは目を細めて魔装具を観察する。

「作製したのは……エストジニアの工房《こうぼう》か。折れたこともあって魔力回路を削《けず》っているが、なるべく初期の機能に近い状態へと修正している。良い腕の魔装技師だ」

「当然だろうッ！　エストジニアにはヴェルミナン家の魔装具を代々作らせているだけでなく、工房の中でも一番腕の良い魔装技師を招いているんだからな!!」

「なるほど。しかし、これで問題点が明確になった」

そう告げてから、ウィゼルは眼鏡の位置を直す。

「折れて失われた魔力回路を補填《ほてん》するためだろうが、事前に組み込んだ魔法以外を行使すると想定以上の魔力を消費する仕組みとなっているようだな」

「…………そうなのか？」

「今までのヴェルミナン卿は遠距離《えんきょり》かつ高威力《いりょく》の魔法を主体としていたことから、魔力回路に残っていた魔法の使用履歴《りれき》を参照し、特に使用頻度《ひんど》が高い魔法だけに絞《しぼ》って消費を抑《おさ》える仕組みにしたのだろう。これも上手い技法だが、役割を変えるなら不向きだな」

「う……つまり、また依頼《いらい》を出さないといけないのか……」

「何か問題が？」

「いや……この魔装具を修理した時、父上から『魔法士たる者が魔装具を壊《こわ》すとは何事か』と怒られたこともあって、また修繕《しゅうぜん》依頼を出すと何を言われるか……ッ！」

「いいじゃねぇか。名家の坊《ぼっ》ちゃんなんだから経済を回していけよ」

「壊したお前に言われるのが一番腹立たしいんだよなぁッ!?」

疲労よりも怒りが勝ったのか、ファレグがばんばんとテーブルを叩いて抗議《こうぎ》してきた。元気が出てきたようで何よりだ。

そんな時、ウィゼルが少し考え込んでから口を開く。

「ヴェルミナン卿が構わなければ、オレの方で魔装具をいじることも可能だが」

「本当かッ!?」

「ああ。エストジニアの人間とは懇意《こんい》にしているし、何度か技術交換《こうかん》といった形で魔装具を譲り受けている。その魔装具を確認《かくにん》しながら作業すればオレでも修正できるはずだ」

「それならやってくれッ！　僕はもう父上に怒られたくないんだッ!!」

「了承《りょうしょう》した。こちらとしてもヴェルミナン家の魔装具を拝見できるのは滅多《めった》にない機会であること、そしてオレ自身の後学のためということで代金も不要で構わない」

「ありがとう……ありがとう、ブランシュの魔装技師……ッ!!」

ファレグが拝むようにウィゼルの手を取って涙《なみだ》を流していた。よほど前回怒られたのが心にきていたらしい。

そうして話がまとまった時、ミリスが何かに気づいたように顔を上げる。

「ウィゼルさん、その作業って実家の工房でやるんですよね？」

「ああ。以前と同様、休日を使って工房で作業を行う予定だ」

「それってファレグさんも同行するんですよね？」

「当たり前だろう。新しい魔法や動きに合わせて要望を出す必要があるし、その後は僕自身が使って細かく調整をするんだからな」

「つまりレイドさんは教える相手が不在、ウィゼルさんが欠けている状況《じょうきょう》で訓練を行うと、教導側であるエルリア様の手間が増えてしまうときたら――」

「休日はミリスと模擬《もぎ》戦をやってボコボコにする」」

「息を合わせて私を袋叩《ふくろだた》きにする算段をつけないでくださいッッ!!」

そう一喝《いっかつ》してから、ミリスはびしりと指を立ててから――

「――休日は、みんなで王都に向かいましょうっ!!」

天意を得たと言わんばかりに、ミリスは嬉々《きき》とした様子で宣言した。

◇

王都の構造は、一言で表すなら階層構造といったものだ。

小高い山頂にそびえる王城を中心とし、そこから大きく下がった階層には古くから国を支えてきた名家たちの家々が立ち並び、それらと下界を分け隔《へだ》てるように王都直属の衛兵駐屯所《ちゅうとんじょ》、役所、銀行、病院などといった公共機関が円を描《えが》くように配置されている。

そして、麓《ふもと》に位置する部分が一般的《いっぱんてき》に『王都』と呼ばれる区画だ。

元々ヴェガルタは周辺諸国との貿易を主体としていたこともあってか、その名残《なごり》が現在の王都にも残っており、大通りには多種多様な商店の看板が見受けられる。

それは、『王都』そのものに訪《おとず》れる人間が多いからだ。

芸術的な古く由緒《ゆいしょ》ある街並み、地方では見られない近代的な魔法技術、普及《ふきゅう》したばかりの最新魔具《まぐ》、大陸の中心であり中継《ちゅうけい》地点でもあることから集まってくる各地の品々、それらを主体とした定期的な市場の開催《かいさい》など……地方からの観光客たちに加えて、商《あきな》いを行う者たちにとっても王都は重要な場となっている。

そして──

「──ここがッ！　約束された大都会、ヴェガルタの王都ッ!!」

そんな王都の中心ではしゃいでいる田舎者がいた。

そして、レイドたちは少し離《はな》れたところから田舎者を眺《なが》めていた。

「ミリス、もう満足したか？」

「……え、なんか皆《みな》さんと私のテンションに差がありすぎません？」

「そりゃそうだろ。お前以外は基本的に王都で生活していたわけだし、今さらテンションが上がるも何もないだろうしな」

レイドの言葉に対して、同意するように他三名が頷く。

エルリアとファレグは名家の子息子女ということで王都を上から眺めている側の人間だし、ウィゼルに至っては魔装具の工房がある王都そのもので生活していたので、今さら目新しい物など無いと言っていい。

「で、でもっ！　レイドさんだって私と同じ田舎出身なんですから、この素晴らしき王都の街並みを見たら少しくらいテンション上がりますよねっ⁉」

「そりゃ最初はスゲーとか思ってたけど、カルドウェンの邸宅《ていたく》で生活していた時に一通り見て回ったから見慣れちまったな」

「ああ……レイドさんも裏切りなんちゃって田舎マンでしたか……」

意気消沈《いきしょうちん》したミリスから不名誉《ふめいよ》極《きわ》まりない妙な称号《しょうごう》を与《あた》えられてしまった。落ち込んでいる背中が憐《あわ》れで仕方ない。

そんなミリスの様子を見て、ファレグがつまらなそうに鼻を鳴らす。

「そもそも僕たちが行くのは工房がある商工区画だ。観光に来た田舎者が喜ぶような物があるような場所じゃないんだぞ」

王都は基本的に外周部分が観光区画となっており、そこから外れるように奥《おく》へ向かうと魔具の製作所や工房のある商工区画に入る。

それらの区画は外部の観光客に向けたものではなく、主に商人や職人たちが商談や仕入れのために訪れるような場所であり、観光として眺めるような物や場所ではない。

「田舎者らしく観光がしたいのなら、一人で観光名所でも巡ってくればいいだろう」

「いえ、商工区画も私にとっては例外なく都会なので大丈夫です。だって田舎には魔具の製作場とか工房なんてありませんから」

「もはやお前はなんでもいいんじゃないか……？」

「ファレグさんには分からないんですよ……見渡《みわた》す限り草原と山しかなくて、見る物といったら羊や牛くらいで、村の一大イベントが家畜《かちく》の出産か、御老人《ごろうじん》が行方《ゆくえ》不明になって数時間後に発見される程度しかなかった私には全《すべ》てが物珍《ものめずら》しいんですよ……ッ!!」

「ああ……うん、もう好きなだけ王都を楽しんでおけ、田舎娘《いなかむすめ》」

　ミリスの勢いに押《お》されて、ファレグが憐れむような視線を向けていた。これ以上何かを言うのは危険だと判断したのだろう。

「まったく……休日だというのに騒《さわ》がしい。おまけに目立つ奴らが多いせいか、妙に通行人から視線を向けられて面倒《めんどう》な気分だ」

「そこについてはファレグに同意する。色んな人にジロジロ見られるのは苦手」

「……その要因になっているお前が言うな、カルドウェン」

その言葉通り、大半の人間がエルリアに対して視線を向けていた。

今日は制服ではなく私服だが、容姿端麗《ようしたんれい》ということもあって誰《だれ》もが一度は振り返り、そのヴェガルタでも珍《めずら》しい銀色の髪《かみ》を見てエルリアであると気づいた人間は感嘆《かんたん》の息を漏《も》らしているほどだった。

だが、当然ながら一番目立っているのはレイドの背中に隠《かく》れているせいだ。

今日もばっちりレイドの袖《そで》を握《にぎ》り締《し》め、背後からちょこんと顔を覗《のぞ》かせている。

しかし、エルリアは不思議そうにこくんと首を傾《かし》げる。

「これが普段通りだから、何も問題ないはず？」

「まぁ学院ならともかく、外でエルリアを一人で歩かせたら迷子になるかもしれないしな。それなら袖でも何でも掴《つか》まれていた方が俺《おれ》も安心できる」

「うん。命綱《いのちづな》は大事」

「……こんな奴が僕と同じ名家で、しかも僕より上として見られているのか」

「まぁファレグさんも性格とか言動が終わっているので似たようなものでしょう」

「お前はもう少し僕に対して敬意を払《はら》え田舎娘ッ!!」

「…………わたし、ファレグと同じくらいダメなの？」

「気にするな。ちょっと方向性が違う感じにダメってだけだ」

ショックを受けてぷるぷると震《ふる》え出したエルリアに対して、レイドは適当に頭をぽんぽんと叩いて慰めておいた。否定してやれなくて申し訳ない気分だ。

そうして五人で騒がしく王都を歩きながら商工区画に立ち入る。

人通りが落ち着いていくにつれて、街並みにも華《はな》やかなものから無骨で雑然とした雰囲《ふんい》気《き》に変わり、道行く人々も作業着を身に着けた者や商人らしき人間の姿が増えてきた。

そうして向かった先──

「──ここが、オレの生家であるブランシュ工房だ」

他と比べて小さい、年季の入った建物の前で止まった。

「なんというか……有名な魔装技師の工房の割には小さいですね？」

「素直《すなお》にオンボロと言っていいぞ、ミリス嬢《じょう》」

「それじゃオンボロ工房ですね」

「工房内はそうでもないのだがな。ブランシュ家の伝統とは言わないが、利益の大半を新たな魔装具の開発や素材の調達に費やしているので外観はこの有様というわけだ」

そう苦笑《くしょう》してから、ウィゼルは懐《ふところ》から鍵《かぎ》を取り出して工房内に立ち入る。

そして、接客用の待合室を抜けて工房の扉《とびら》を開き──

「――ここが、古くから魔装具に携《たずさ》わってきた『ブランシュ』の工房だ」

その光景を見て、レイドたちは思わず感嘆の息を漏らした。

視界を埋《う》め尽《つ》くす武具の山々。

それは剣や槍《やり》といった一般的な武器類だけに留《とど》まらず、小手や脚絆《きゃはん》といった防具類、果てには楽器、農具、漁具といった様々な道具類までも並んでいる。

「すげぇな……これが全部魔装具なのか？」

「いや、これらは魔装具を製作する際に使用する型のようなものだ」

そう言って、ウィゼルは近くにあった巨大《きょだい》な槌《つち》を軽々と持ち上げる。

「これらの型を参考にして、依頼人《いらいにん》の魔力《まりょく》系統や得意とする魔法などから必要な魔力回路を算出し、それらの魔法に見合った形状の魔装具と材料を見繕う。そうして全体設計を決めた後、魔力回路の配置を決めて魔法細工師に刻印を依頼するといった流れだ」

「へぇー……なんか魔装具って杖《つえ》とか武具っぽいイメージの方が強かったですけど、こうして見ると色んな形状があるんですね」

「気になるなら好きに見て回って構わない。今日は工房を閉めておいたので貸し切りだ」

「いいんですかっ⁉」

「ああ。オレとヴェルミナン卿は作業があるのでな」

そう言って、ウィゼルは腕を捲《まく》り上げてから作業台に付く。

「ヴェルミナン卿、魔装具を渡《わた》してくれ」

「ああ……もし失敗したら、僕は泣くからな……ッ！」

「任せておけ。ブランシュの名を掲《かか》げる者の腕を見せてやる」

ファレグから魔装具を受け取り、軽く目を細めてから――

「――《構成出力》」

右手をかざした瞬間《しゅんかん》、魔装具が淡《あわ》い光に包まれた。

そして、左手で掴んでいる水晶《すいしょう》に様々な文字の羅列《られつ》が浮かび上がっていく。

「やはり見立て通りといったところだな。使用頻度の高い魔法式が固定されていて、それ以外の魔法を弾《はじ》くような組み方になっている。最近使った魔法はこの五種類か？」

「あ、ああ……そのあたりの魔法式が最近組み上げたやつだ」

「ふむ……確かに以前使っていた魔法とは系統が大きく変わっているな。形状を変える必要はないだろうが、変換器《へんかんき》や安定器は少し手を入れた方がいいかもしれない」

文字の羅列を眺めながらウィゼルは診断《しんだん》する。

魔装具に組み込まれた変換器には、流した魔力を別の系統色に変換するという機能があり、出力は落ちるものの行使する魔法に多様性を加えることができる。

そして補助魔法、治癒魔法《ちゆまほう》といった安定した結果が求められる魔法の場合、安定器を通すことによって行使する魔法の出力を一定に保つという役割を持っている。

そして……それらはレイドがよく知る技術でもあった。

「……ずいぶんと上手《うま》く魔法に流用したもんだな」

「うん。上手くできてるでしょ」

「これってアルテインから鹵獲《ろかく》した技術だろ？」

「戦場に落ちてたから、壊れているのを復元して解析《かいせき》して魔法に応用してみた」

エルリアがふふんと自慢《じまん》げな表情を浮かべる。

変換器や安定器といった機構は、アルテインの『機械』技術に用いられていたものだ。

それらはアルテインでは『電力』を用いる道具に組み込まれていたものだが、おそらく戦時中に鹵獲した兵器類を解体して、エルリアが魔力に置き換えて応用したのだろう。

実際に扱っていたレイドでさえ仕組みを正しく理解できていなかったというのに、実物があるとはいえ解体しただけで構造や役割を正しく理解し、さらに自身の魔法技術に応用して昇華《しょうか》したのだから、まさしく『賢者』と呼ぶに相応《ふさわ》しい頭脳だ。

そんな懐《なつ》かしい気分に浸《ひた》っていると、ウィゼルが僅《わず》かに表情を曇《くも》らせる。

「これは……少々難しいかもしれないな」

「む、難しいのか？」

「変換器や安定器をいじることはできるが、魔法の稼働《かどう》時間を考えると魔力効率を引き上げるのが理想だ。しかし、その場合は魔力回路の配置を変えなくてはいけない」

「……変《へん》更《こう》えればいいんじゃないか？」

「配置を変更する場合は既《き》存《そん》の魔力回路を消し、新たな魔力回路を引く必要がある。オレたち魔装技師が行うのは全体設計と魔力回路の効率的な考案であって、魔力回路の刻印については魔法細工師の分野になってくるんだ」

「お前だと魔力回路の刻印はできないということか？」

「オレも刻印自体は心得がある。しかしヴェルミナン卿の魔力系統と、オレの持つ魔力系統が合致《がっち》していないのが問題でな」

そう説明してから、ウィゼルは軽く息を吐《は》いてからエルリアを見る。

「記憶違《きおくちが》いでなければ、エルリア嬢は六種の魔力系統を扱えたな？」

「ん、確かに使えるけど……魔力回路の刻印はやったことないから難しい」

「……そうか。作業範囲《はんい》は狭《せま》いが、緻密《ちみつ》な作業が要求されるので経験がないと厳しいな」

「それだったら、お前が知っている魔法細工師に頼《たの》めばいいんじゃないか？」

「依頼はできるが……ブランシュが依頼する魔法細工師も上流層に出入りする機会が多いのと、ヴェルミナン家の魔装具に刻印を施《ほどこ》したという実績は魔法細工師としても大きいので、うっかり口を滑《すべ》らせてヴェルミナン家の耳に入る可能性がある」

「それだけは絶対に避《さ》けてくれッ!!」

「……承知した。魔装技師としては不完全な形で使用者に受け渡したくないが、そちらの事情を考慮《こうりょ》すれば可能な範囲の修正に留めて——」

妥協《だきょう》したウィゼルが作業に戻《もど》ろうとした時……その肩がぽんと叩かれた。

そこには——ニコニコと笑っているミリスがいた。

「魔力回路の刻印だったら、私やったことありますよ？」

「…………なんだと？」

「田舎だと人を呼んでも時間が掛《か》かるので、魔具が壊れた時には自分で修理していたんですよ。そして村では『魔具のお医者さん』という二つ名をいただいた経歴があります」

親指を立てながら自信満々に語るミリスを見て、ウィゼルは少し考えてから頷く。

「それでは適当な物を用意するので、試《ため》しに魔装具に刻まれている魔力回路を写して刻印してみてくれ。刻印用の道具についても自由に使って構わない」

「はいはい。基本的には魔具と変わりませんよね？」

「大きくは変わらないが、魔具よりも魔力回路が複雑で細密な作業が要求される。少しでもズレが生じていると魔力効率が下がってしまうのでな」

「ふんふん、なるほどー」

そんな軽い調子で、ミリスがペンに似た道具をさらさらと動かし――

「はい、こんな感じですかね」

「…………は？」

「指定がなかったんで原寸大で写しましたけど、これでいいんですよね？」

そうミリスが鉄板をウィゼルの前に掲げる。

魔力の輝《かがや》きによって浮かび上がっている緻密な紋様《もんよう》。

それを手に取ってから、ウィゼルは何度も眼鏡の位置を直しながら凝視《ぎょうし》していた。

「まさか……寸分の狂《くる》いもないだと……ッ⁉」

「はーっはっはっ‼　ようこそ私の時代ッッ‼」

勝ち誇《ほこ》るようにミリスが天高く腕《うで》を突き上げていた。過去一番で嬉《うれ》しそうだ。

そしてミリスは笑《え》みを浮かべながら、ぐるりとファレグに対して首を向ける。

「ふふふ……ファレグさん、魔力回路の刻印をやって欲《ほ》しいですか？」

「くッ……なんだ、何を要求するつもりだ……ッ⁉」

「そんな人聞きが悪いですねー。別に今何か要求したいものとかありませんし、今後何かあった時のために『貸し』にしておくとかどうでしょう？」

「そっちの方が何を要求されるか分からなくて怖いだろッ⁉」

「はっはっはっ！　今後私に怯《おび》えながら生きていくといいでしょうッ‼」

それはもう活《い》き活きとした様子で、ミリスがわざわざ椅子《いす》の上に立ってファレグを見下ろしていた。すごく楽しそうだ。

そんなミリスの様子を見てファレグが悔《くや》しげな表情を浮かべていた時……ウィゼルが眼鏡の位置を直しながら肩《かた》に手を置いた。

「……ヴェルミナン卿、ここはミリス嬢に貸しを作っておくべきだ」

「この何をしてくるか分からない田舎娘に貸しを作るとか正気かッ⁉」

「だが、これだけ正確に魔力回路を刻印できるのは魔法細工師の中でも稀有《けう》だ。魔装技師であるオレから見ても実用的であると言えるし、むしろミリス嬢が魔法細工師ではなく魔法士として入学してきた意味が分からないとまで言っていい」

「なんか魔法士の方が都会っぽくてカッコイイと思ったからですっ‼」

「こんなアホなことを言っている奴《やつ》に任せていいのかッ⁉」

「オレが指示や下書きを行うので作業自体は問題ない。そしてこれほどの腕前《うでまえ》があるなら、断念していた案なども組み込《こ》めて最善の仕事を尽くすことができるはずだ……ッ‼」

魔装技師として最善の仕事を尽くせる喜びによるものか、ウィゼルが狂気《きょうき》的な笑みを浮かべながらファレグの両肩《りょうかた》をがっしりと掴んだ。

「オレが間違《まちが》いなく最高の魔装具に仕立て上げてやる……ッ！　だから今後の不安については目を瞑《つぶ》ってミリス嬢に作業させるんだ……ッ‼」

「ヒィッ⁉　わ、分かったッ‼　もう何でもいいからやってくれッ‼」

ウィゼルの迫力《はくりょく》に圧されて、ファレグが青ざめながら何度も頷く。

そうして言質《げんち》を取った瞬間、ウィゼルとミリスが無言でハイタッチを交《か》わしていた。妙なところで息の合う二人だ。

「それでは新しい魔力回路の図面を描き起こす。ミリス嬢はその図面に対して、先ほどと同じように寸分違《たが》わずに刻印を行ってくれ」

「任せてくださいッ！　それにしても喉《のど》が渇《かわ》いてきましたねっ‼」

「ヴェルミナン卿、ミリス嬢のために何か飲み物を買ってくるんだ」

「僕は強引に貸しを作らされた挙句使い走りにまでされるのかッ⁉」

「魔法《まほう》細工師の言葉は絶対だ。その後は調整も行うので忙《いそが》しくなるぞ」

わいわいと三人が騒ぎながら慌《あわ》ただしい様子を見せる。

そんな三人の様子を、レイドとエルリアはのほほんと眺めていた。

「三人とも、すごく楽しそうにしてる」

「ああいうのは若者の特権って感じだなぁ」

「レイドも若者だから大丈夫《だいじょうぶ》」

「中身はジジイだけどな」

「わたしからすれば、いつだってレイドは若者と言える」

「それを言ったらお前は中身も見た目も子供のままだろうに」

そんな緩《ゆる》い会話を交わしていると、ミリスがこちらに近づいてきた。

「おう、どうかしたのかミリス」

「いえ……何か村の老人たちが向けるような温かい視線を感じたものでして」

「遠回しに俺のことをジジイ扱いするのはやめろ」

「というか、お二人は適当に外を歩いて来て大丈夫だと思いますよ？　ウィゼルさんが妙に張り切っているので、作業自体も時間掛かりそうですしね」

そう言われてウィゼルに視線を向けると、ファレグから色々と聞き取りながら作業机で魔装具の図を描き記している。

「せっかく王都に来たんですから、二人でデートでもしてきたらいいじゃないですか」

「「……………デート？」」

「そんな二人揃《そろ》って初めて聞いたみたいな反応しないでもらえますかね……っ⁉」

「いや、さすがに言葉くらいは聞いたことあるぞ」

「わたしも聞いたことがある」

「おかしい……私は極《きわ》めて一般的な単語を口にしたはずなのに……っ！」

そんな二人の反応を見て、ミリスが疲《つか》れ切った表情と共に溜息《ためいき》をつく。

「分かりました……そんな二人に対して、私からお使いを頼ませていただきます」

そんな言葉と共に、ミリスはカッと目を見開いてから——

「お二人には——今からお買い物デートをしてきていただきますッ！」

そう、ビシリと指を突きつけながら宣言された。

◆

そんなこんなで、エルリアたちは工房から追い出されてしまった。

そして――観光区画に出たところでぼんやりと立ち尽くしていた。

「レイド」

「なんだ、エルリア」

「とりあえず状況解決のために、現状を整理しておきたいと思う」

「そうだな。建設的な思考ってのは大事だ」

「まず、わたしたちはミリスから紅茶を買ってくるようにお使いを頼まれた」

ぴらりとミリスから手渡されたメモをレイドに見せる。

そこには見知った銘柄《めいがら》の紅茶がいくつか羅列されていた。

「紅茶の銘柄はわたしもレイドも分かるから、購入《こうにゅう》については問題ない」

「おう。店の場所も王都を散歩していた時に見かけたことがあるから把握《はあく》してるぞ」

「だけど、それらを購入しても明らかに所要時間が余る」

レイドから聞いた店の場所に向かい、不確定要素を考慮したとしても、茶葉を購入して
工房に戻るまで三十分も掛からないだろう。

「現在時刻はヒトサンマルマル、だけどミリスからは夕刻……正確にはヒトナナマルマルまで戻っちゃダメって言われている」

「なんで千年前の旧軍式読み上げなんだ」

「なんとなくそんな気分だった」

ミリスの剣幕《けんまく》に迫力があったので、なんとなく前世で上官から任務を言いつけられた時のことを思い出してしまった。それくらいの迫力だった。

しかし……今回の任務には不明瞭《ふめいりょう》な点がある。

「ミリスからは終了《しゅうりょう》時刻までの間、『デートっぽいことをして過ごしてこい』という指示が出されている。だから、わたしは先に条件を明確にするべきだと判断した」

「そうだな。つまり『デートっぽい』行動ってのを明確にしないといけない」

「うん。レイドはデートをしたことがある？」

「俺は全く経験がないな」

「わたしもない」

…………。

……………………。

………………………………。

「どうするか」

「どうしよう」

どうしようもなくなって、二人で空を見上げることになった。

もちろん、『デート』についての知識は持っている。

恋仲《こいなか》である男女が休日に出かけて、なんやかんやと過ごすやつだ。

逆に言えば、その程度の知識しか持ち合わせていない。

「あー……なんか部下の奴らが色々と話していた記憶はあるんだが、俺には縁《えん》がないもんだったから適当に聞き流してたんだよなぁ……」

「わたしも似たような感じだった……」

なにせ、千年前は『英雄《えいゆう》』と『賢者《けんじゃ》』として名を馳《は》せていた二人だ。

その関係で毎日が多忙《たぼう》だったし、二人とも頻繁《ひんぱん》に戦場へと足を運んでいたし、休日は一人で魔法の研究をしていたような記憶しかない。

そしてエルリアの場合……その時にはレイドに対して恋心《こいごころ》のようなものを抱《いだ》いていたので、同族のエルフや他の人間と恋仲になるという考え自体が微塵《みじん》もなかった。

「それと、ミリスからは『お買い物デート』っていう指定もされている。わざわざ指定を行ったということは、通常のデートとは異なる可能性が高い」

「まぁ言葉だけで考えれば単純に買い物しながらデートしろって意味だろうが……何か欲しいものとかあるか？」

「特にはない」

「俺も必要な物は事前に揃えたから、特に買うものはないな」

…………。

……………………。

「わたしたちでは……任務を果たせない……っ!?」

「そもそも任務じゃねぇんだけどな」

そうレイドが苦笑していた時、何か思い出したように顔を上げる。

「そういや村にいた時、町に出ると妹が『何も買わなくても見ているだけで楽しい』とか言って色々眺めたり、屋台の飯を見てねだってきたりしてたな」

「……レイド、妹がいるの？」

「おう。三つ下だからエルリアと同じくらいで、他にも三つ年上の兄貴もいるぞ。二人とも俺と違って魔力適性も高かったから、別の魔法学院に入学して村を出て行ったけどな」

「ん……それなら、総合試験で会えるかもしれない」

「おー、確かにそうだな。二人とも忙しくて村に帰れないって手紙に書いてあったから俺が魔法学院に入学したことは知らないだろうし、総合試験で鉢合《はちあ》わせたら驚《おどろ》きそうだ」

驚いた兄妹《きょうだい》の姿を想像したのか、レイドが楽しそうに笑《え》みを浮《う》かべる。

そんなレイドに釣られてエルリアも口元に笑みを浮かべていると、レイドが納得《なっとく》したように軽く頷《うなず》いた。

「まぁともかく、何か買わなくても適当に見て回りながら歩いてみるか。ちょっと遅《おそ》い昼飯ってことで食べ歩きでもいいし、ウィゼルたちに差し入れ買って行ってやろう」

「ん……食べ歩きもしたことないから楽しみ」

「それじゃ決まりだな。まぁデートっぽいかは分からんが、そこらへんは適当に歩いている仲が良さそうな奴らを見れば大丈夫だろ」

「うん。これでミリスからの指令も達成――」

そう軽い気持ちでエルリアが頷こうとした時、不意に道行く男女が目に入った。

その男女は仲良さそうに会話をしていることから、おそらく恋仲であるのだろう。

そして――隣《とな》り合って歩きながら、仲睦《むつ》まじそうに手を繋《つな》いでいる。

その様子を見て、エルリアは自身の手元に視線を向けた。

レイドの袖をちょこんと摘《つ》まんでいる自身の手。

少しだけエルリアは逡巡《しゅんじゅん》しながらも、大きく頷いてから――

「――――ん」

ぎゅっと目を瞑ってから、レイドに向かって自身の手を差し出した。

「…………どうした？」

「手、てて、手をっ！　つなっ、繋ぎたいと……思いますたっ‼」

「落ち着け、お前の言語機能がブッ壊れ始めてる」

耳まで真っ赤になったエルリアを見て、レイドが落ち着かせるように頭を軽く叩《たた》く。

「今さら手を繋ぐぐらいどうってことないだろ。こっちはぽけぽけしてるお前に抱きつかれたり、服を着せたり、目隠《めかく》ししながら風呂《ふろ》に入れてやったりしてるんだぞ」

「そ、それとこれは別問題……っ！」

そう、実際のところエルリアにとっては別問題なのだ。

『ぽけぽけ』状態の時は本当に無意識で行動しているため、エルリア自身はレイドに対して何をしたのか全く覚えていないか、薄《う》っすらと記憶《きおく》にある程度でしかない。

そして以前にもレイドに手を引かれたことはあったが……こうして自分から手を繋ぐというのは初めてと言っていい。

「だ、だから……どうぞっ！」

「……まぁ、俺はお前が良いなら構わないが」

そう言いながら、レイドが差し出した手を取った直後――

エルリアの中で、何かがぽんっと弾けるような音がした。

「────た、タイムッ！」

「おう。ブッ倒《たお》れるかとヒヤヒヤしたぞ」

レイドから手を離し、なんとか深呼吸して落ち着かせようとする。もはや顔が熱いだけでなく、心臓もバクバクでお祭り状態だ。

「ハイレベルな戦いだった……っ！」

「俺と手を繋ぐのは戦いだったのか」

「そのような何かに近いものを感じた……っ！」

むしろ戦闘《せんとう》の時より疲弊《ひへい》しているくらいだった。

やはり自分から繋ごうと意識すると、色々と恥《は》ずかしくなってしまう。

数秒でもこの有様なので、一緒《いっしょ》に手を繋ぎながら歩くなんて到底《とうてい》無理だ。

そんなエルリアの様子を見て、レイドは何か考《かんが》え込むように顎《あご》を撫《な》でる。

「だけど、俺の袖を掴むってのは平気なんだよな？」

「う、うん……袖だったら、直接《ちょくせつ》触《ふ》れてはいないから……」

「そんじゃ、ちょっと前の魔獣《まじゅう》を出してくれるか？」

「…………シェフリ？」

「おう。せっかくだし、あいつも散歩させてやろうぜ」

「わ、わかった……っ」

そうレイドに促《うなが》されて、エルリアは少しだけ集中して魔法を行使する。

そして――その足元に小さくなったシェフリが現れ、キャンと小さく吠《ほ》えた。

お散歩仕様なので、もちろん首輪と紐《ひも》も付けた状態だ。

「えっと……シェフリを出したけど……？」

「あいよ。それじゃ――こんな感じでいいか」

エルリアが手にしていた紐に対して、レイドも手を伸《の》ばして握り締める。

その様子を見て、なんとなくレイドの意図を察した。

一本の紐を二人で手にしている様子。

それは手こそ触《ふ》れていないが、二人の手を繋いでいるようにも見える。

「これも、手を繋いでるのと同じようなもんだろ？」

そうエルリアに向かってレイドが笑い掛けてくる。

「別に他人がそうしているからって俺たちも同じことをする必要はないし、緊張《きんちょう》してたら楽しめるものも楽しめないだろうしな。それだったら、お前がちゃんと楽しめるように合わせるのが一番ってもんだ」

そんなことを、笑いながら平然と言ってくる。

レイドはいつも気遣《きづか》ってくれている。

今も「手を繋ぎたい」というエルリアの意思を尊重してくれて、こうして緊張しないような形で別の方法を考えてくれた。

他にも人見知りであるエルリアを無理に前へ出そうとするのではなく、袖を掴んだり背中に隠れたりしていても構わないから少しずつ他人の前へと出られるようにと、エルリアのペースに合わせてくれている。

だからこそ――エルリアも頑張《がんば》ろうと思うことができる。

「無理そうだったら言うんだぞ。落ち着くんだったら普段《ふだん》通りでもいいしな」

「ん……今のところは大丈夫だと思う」

少しだけ緊張しながらも、軽く拳《こぶし》を握って自身を鼓舞《こぶ》する。

そうして、エルリアは一歩を踏《ふ》み出した。

せっかくレイドが機会をくれたのだ。

それなら――これからも好きな人の隣《となり》を歩けるように、少しだけ頑張ってみよう。

◇

最初は緊張していた様子のエルリアだったが、時間が経《た》つにつれて徐々《じょじょ》に緊張が和《やわ》らいできたのか、後半は普段と変わらない様子だったように思える。

相変わらず紐はぎゅっと掴んだままだったし、レイドの傍《そば》から離れるような素振《そぶ》りは見せなかったが、シェフリもいたので安心感があったのだろう。

「――はぁー、意外と時間が経つのも早いもんだな」

公園のベンチに腰《こし》掛《か》けながら、レイドは空を見上げた。

快晴だった青空に薄い朱色《しゅいろ》が滲《にじ》み、ずいぶんと時間が経ったことが見受けられる。

「うん。思ってたよりも早く感じた」

屋台で買ったミルクティーをちるちる飲んでから、エルリアも同意するように頷く。

ミリスに頼まれた紅茶と差し入れを買い、商店街で色々な商品を眺めながら散歩をして、市場に出ていた屋台で気になった物を食べていたら、あっという間に時間が過ぎていた。

「今日みたいに、のんびり王都を歩いたことは無かったから新鮮《しんせん》だった」

「そうだな。改めて見て回ると色々あって面白《おもしろ》いもんだった」

主要な店の場所などは散歩をしていた時に覚えていたが、それ以外の店は特に気に掛けていなかったので印象が薄かった。

しかしエルリアが色々な店に興味を向けたこともあり、普段なら気にしない店や雑貨屋なども知ることができて、レイドとしても楽しむことができた。

こういったものは、きっと一人では体験できなかった楽しさだろう。

そして、もう一つレイドにとって喜ばしいことがあった。

「ついでに、シェフリも少しは俺に慣れてくれたみたいだしな」

「うん。それも本当によかった」

そんな二人の言葉に応じて、足元にいるシェフリがキャンと鳴き声を上げる。

最初はシェフリも警戒《けいかい》してエルリアの傍に寄って歩いていたのだが、長時間の散歩をしていた甲斐《かい》もあってか、時折レイドを呼ぶように鳴いてくれることもあった。

「これで触《さわ》らせてくれたら完璧《かんぺき》だったんだけどな……ッ！」

「……そっちは、もう少し時間を掛けた方がいいかもしれない」

レイドが足元に視線を向けると、「それはもう少し仲良くなってからだ」と言わんばかりに一鳴きして、エルリアの膝元《ひざもと》に飛び乗った。

何度か近づいてきた時に手を伸ばそうとしたのだが、その度にエルリアの方に逃《に》げてしまっていたので、今後も仲を深めていく必要があるだろう。

「レイドがよければ、またシェフリの散歩に付き合ってあげて欲しい」

「ぜひ散歩させてくれ。朝でも夜でも好きな時に付き合ってやる」

「……レイドの本気っぷりが窺《うかが》える」

「そもそも今までは動物と触れ合う機会すら無かったからな……。それを考えたら、今の状況《じょうきょう》は俺が動物と仲良くなれる千載一遇《せんざいいちぐう》のチャンスなんだ……ッ!!」

そんな熱弁するレイドの姿を見て、エルリアが苦笑を浮かべていた時だった。

「………あれ」

不意にエルリアが顔を上げて、一点に視線を向け始めた。

「どうした、何か見つけたのか?」

「うん……あそこにルフスが立ってる」

その視線を追うと、噴水《ふんすい》の向こう側に特徴的《とくちょうてき》な赤髪の少女が立っているのが見える。

ベンチに座《すわ》りながら、少しだけ落ち着かない様子で周囲を見回している。その様子からして、おそらく誰かを待っているのだろう。

そして……待ち人の姿を見つけたのか、ルフスが表情を輝かせながら声を上げた。

「――おかーさんっ!」

その先にはセリオスの特徴的な民族衣装を身に纏《まと》った貴婦人と、護衛らしき二人の人間が背後に控《ひか》えていた。

そんな母の姿を見つけて、ルフスは嬉々《きき》とした様子で駆《か》け寄って行く。

「わざわざ来てくれてありがとうっ！　大丈夫？　疲れたりしてない？」

そう遠方から訪《おとず》れた母に対して、ルフスは笑顔と共に労《ねぎら》いの言葉を掛ける。

しかし、母の表情は変わらなかった。

言葉を発することなく、静かにルフスのことを見つめていた。

「それにしても、どうして急に来てくれたの？　あ、学院のことだったら大丈夫だよっ！　セリオスと比べたら自然が少ないけど、代わりに見たことない魔具《まぐ》がたくさんあって便利だし、料理とかも見たことないものが多くて、だけど食べてみたら美味《おい》しくてねっ！」

そう無邪気《むじゃき》な笑顔と共に、ルフスは母に向かって近況《きんきょう》を語り続ける。

「あとね、あとねっ――」

そう、ルフスが学院での出来事を思い返そうとしていた時――

パァンッと、その頬《ほお》が勢いよく叩かれた。

「――え」

打たれた頬を押《お》さえながら、ルフスは恐《おそ》る恐る母へと視線を向ける。

そこには、無機質な表情で見下ろす母の姿があった。

「ルフス、まだ学院で護竜《ごりゅう》を使っていないそうですね」

抑揚《よくよう》のない、冷ややかな声音《こわね》が母の口から発せられる。

その声を聞いた瞬間、ルフスがびくりと身体《からだ》を震わせた。

「そ、それは……だって……っ！」

「学院の生徒が相手であれば、飛鋼竜だけで十分だったと？」

「そ、そうだよっ！　だってラフィカは強いんだから――」

「そのせいで、あなたはヴェガルタの『賢者の生まれ変わり』に負けた」

そんな母の言葉を聞いて、ルフスは目を見開く。

「どうして……」

「あなたの学院での行動や成績については全《すべ》て報告がきています。それは訓練中でも例外ではなく、先日の模擬《もぎ》戦でエルリア・カルドウェンに敗北したことも聞きました」

「ち、違うよっ！　あたしは負けてないっ！　あれは引き分けって――」

「相手は学院長から第五界層の魔法までしか許可されていませんでした。そんな相手に対して手も足も出ず、勝負が着いた後に惨《みじ》めたらしく不意打ちを行うしかできなかったのに、それであなたは実力が拮抗《きっこう》した『引き分け』であると言うのですか？」

「だって……だって、そうしないと……ッ」

冷淡《れいたん》な言葉を浴びせられる度、ルフスの言葉が徐々に弱々しいものへと変わっていく。

そんな娘《むすめ》の表情を見ても、ルフスの母は表情一つ変えない。

そして――

「――やはり、学院に入る前に飛鋼竜は処分しておくべきでしたね」

その言葉を口にした瞬間、ルフスは勢いよく顔を上げた。

「な、なんでッ！　ヴェガルタの魔法学院に入れば、ラフィカも一緒でいいって――」

「それはあなたの精神的な安定に繋がると判断したからです。それなのにあなたは護竜を使おうとはせず、明らかに格下である飛鋼竜に固執《こしつ》し……挙句の果てに、相手の力量すらも正しく見極《みきわ》めることができずに敗北した」

「だけどッ……ラフィカだって護竜の子たちに負けないくらい強い子で、あたしと一緒にいたから、やりたいことも理解してくれて――」

「ですが、護竜の圧倒的《あっとうてき》な力の前には無力です」

厳然たる態度を崩《くず》すことなく、母親はルフスに対して言い放つ。

「契約《けいやく》に至ったとはいえ、あなたが完全に護竜を操《あやつ》ることができていない現状については理解しています。しかし……正しく使役《しえき》できるという理由だけで飛鋼竜しか呼び出さないのは甘《あま》えでしかありません。それならあなたの甘えを断《た》ち切るべきでしょう」

「そんな……約束が違うじゃんッ！　あたしが学院で勝ち続けて、それで魔法士になったらラフィカと一緒に居させてくれるっておかーさんは言ってたのにッ‼」

「ええ。ですが――あなたは負けたでしょう？」

母の目には一切《いっさい》の感情が見えない。

しかし……セリオスという国の威信《いしん》を示すためであるならば、竜の一匹《ぴき》を処分することなど厭《いと》わないと言外に語っている。

「あなたの役目はセリオスの威信を示すことであり、愛着を持つ竜の強さを証明することではありません。そして――敗北した者に存在価値はありません」

どこまでも容赦《ようしゃ》のない言葉を娘に対して浴びせる。

そんな母の様子から、ルフスは全てを悟《さと》ったのだろう。

「つ、次は絶対に負けないからッ！　試験では絶対に勝って見せるからッ――」

そうルフスは縋《すが》るように母親へと懇願《こんがん》する。

大事な友人を守るために、涙《なみだ》を流しながら母に対して許しを請《こ》う。

そんな姿を目の当《ま》たりにして――

「――あなたの言っていることは、間違っている」

そう、割って入ったエルリアが静かに告げた。

その姿を見て、初めてルフスの母が表情を変えた。

「あなたは――」

「エルリア・カルドウェン、前にその子と模擬戦をした」

僅かに怒気《どき》を孕《はら》ませながら、エルリアは淡々《たんたん》と名乗る。

「その子とラフィカは十分に強かったし、模擬戦で正しく扱《あつか》いきれない魔獣を召喚《しょうかん》することは事故にも繋がる。だからルフスの飛鋼竜を出した判断は正しい」

そう語ってから、エルリアはルフスに対して視線を向ける。

「それに、模擬戦は引き分けじゃなくてルフスの勝ちだった」

「……つまり、この子に同情して勝ちを譲《ゆず》ると？」

「そうじゃない。担当教員に仲裁《ちゅうさい》されて引き分けということにはなったけど、勝敗については明確にルフスが勝っていたと断言できる」

臆《おく》することなく、エルリアは毅然《きぜん》とした態度で語り続ける。

「あの模擬戦において、わたしは勝手に勝敗が着いたと判断して攻撃《こうげき》を止めた。それに対してルフスは勝負を捨てるのではなく攻勢《こうせい》に出た。明らかに慢心《まんしん》していたのはわたしの方であって、実戦であればルフスが勝利していたと言っていい」

「それは実戦の話であって、今回の勝敗については――」

「何も変わらない。模擬戦とは実戦を想定して然《しか》るべきであり、それを怠《おこた》ったわたしの方に落ち度がある。実戦で生死が懸《か》かっている状況を想定すれば、ルフスは生きるために勝利という最善の行動を取ったと言えるし、行動や判断に甘えがあったとは言えない」

ルフスの母を真《ま》っ直《す》ぐ見つめながら、エルリアは判然と言い放つ。

そうして、両者が睨《にら》み合うように沈黙《ちんもく》したところで――

「――申し訳ありません、少々よろしいでしょうか」

恭《うやうや》しく頭を下げながら、レイドが二人に対して割って入った。

「…………あなたは？」

「申《もう》し遅《おく》れました、私はレイド・フリーデン……エルリアの婚約者《こんやくしゃ》であり、カルドウェンに身を置く者として、まずは彼女《かのじょ》がお二人の会話に割って入ったことを謝罪致《いた》します」

再び頭を下げてから、レイドは周囲に目線を巡《めぐ》らせる。

「そして不躾《ぶしつけ》ながら進言させていただきますが……こちらが公共の場ということもあり、先ほどの会話によって周囲の関心を引きつつあります。無用な誤解を避けるためにも、ここは場を改めて話し合いをされた方がよろしいかと」

そんなレイドの言葉通り、公園にいた人々が何事かと視線を向けている。

それらの視線を確かに感じ取ったのか、ルフスの母は静かに目を伏《ふ》せた。

「……そのようですね。ご忠告ありがとうございます、フリーデン様」

レイドに対して僅《わず》かに頭を下げてから、うなだれている娘に対して視線を向ける。

「私からの話は以上です。あなたの今後については次回の条件試験が終わった後、その結果を考慮した上で決定を下します」

「…………はい」

消え入りそうな声で返事をする娘に対して、母は他に何も言葉を掛けることなく……踵《きびす》を返して護衛たちと共に去っていった。

その後ろ姿が遠ざかっていくのを確認《かくにん》してから、レイドはエルリアの頭を軽く叩いた。

「いきなり飛び出して行くんじゃない。非公式な来国なんだろうが、ルフスの母親ってことは他国の重鎮《じゅうちん》だ。問題を起こしたらアリシアさんが頭を抱《かか》えちまうぞ」

「…………ごめんなさい」

「おう。俺《おれ》も行くつもりだったし、こういう応対は俺の方が慣れているから任せろ」

そう苦笑《くしょう》と共にエルリアの頭を再び軽く叩く。

そんなやり取りを交わしていた時、ルフスがふらりと力無く歩き出した。

「ルフス──」

「ごめん、迷惑《めいわく》かけちゃったね」

呼び止めようとしたエルリアに向かって、不格好な笑みを見せる。

「だけど、これはあたしたちの問題だからさっ！　エルリアちゃんは気にしなくていいし、条件試験で会った時は絶対に負けないんだからねっ！」

そう気丈《きじょう》に振《ふ》る舞《ま》ってから、くるりと背を向けて駆け出した。

その小さな背中には似つかわしくない──重すぎる責任と目的を背負いながら。

◇

ルフスが立ち去った後、レイドたちは工房《こうぼう》に残っていた面々と合流した。

既《すで》に夕刻だったため、レイドたちは慌ただしく学院へと戻《もど》り──

「——いやぁーッ！　ご飯が美味しいですねぇーッ!!」

学院の食堂で、ミリスが上機嫌《じょうきげん》に高笑いを上げていた。

そんなミリスとは対照的に、ファレグが深々と溜息を吐《つ》く。

「もしかして、僕《ぼく》は取返しのつかないことをしたんじゃないだろうか……？」

「何を言ってるんですか！　困った時はお互《たが》い様《さま》ってやつですよーっ!!」

そう言いながら、ミリスがばしばしとファレグの背中を叩く。

そんな二人の様子を見て、レイドはウィゼルに対して耳打ちした。

「……おい、あの二人どうしたんだ？」

「ああ……ミリス嬢《じょう》が頼《たの》み事《ごと》をする時の参考にしたいので、どれくらいの『貸し』になるのか知りたいと言ってきたから今回の仕事に対する相場報酬《ほうしゅう》を換算《かんさん》したんだが……」

「……いくらぐらいだったんだ？」

「ざっとこれくらいだ」

渋面《じゅうめん》を浮かべながら、ウィゼルは指を五本立てる。

「…………五十万？」

「いや、五百万だ」

「…………マジか」

「名誉《めいよ》のために言っておくが、これは魔法細工師に依頼《いらい》する魔力系統《まりょく》の種類、刻印範囲《はんい》、魔力回路の複雑性を考慮《こうりょ》し、適切な相場に基づいて算出した金額だ。しかも正式な魔法細工師ではないということを加味して減額もしている」

「あいつ魔法細工師になった方がいいんじゃねぇか？」

「オレも熱心に勧《すす》めたのだが、『地元に帰った時に注目されるなら魔法士が一番！』とのことで、とりあえず魔法士になってから考えると言われてしまった」

「あいつは地元での体面のために自身の才能を埋《う》もれさせるのか……」

「しかし一概《いちがい》に悪いとも言えない。オレが魔装具の開発や研究を目的として魔法士を目指しているように、魔法を多用する環境下《かんきょう》にいれば刻印の精度や刻印速度にも繋がる。実際に元々魔法士だった者が引退して魔法細工師になることも多い」

「しかもファレグの坊主《ぼうず》に貸しを作ったから、路頭に迷うこともないってわけか」

そんな巨額《きょがく》の『貸し』を名家の子息であるファレグに作ったのだから、ミリスがはしゃぎ回っているのも頷けるというものだ。

「ミリス嬢のおかげでオレが想定していた通りの性能を引き出せたので、魔装技師としても一切《いっさい》悔いが残らない最高の仕事だった」

「……依頼料が跳《は》ね上がったのって、間違いなくお前が張り切ったからだよな？」

「最高の仕事には最大の報酬があって然るべきだ。それにヴェルミナン家なら金銭だけでなく各所に繋がりを持っているし、この『貸し』は非常に強力と言えるだろう」

そうウィゼルは眼鏡を直しながら笑みを浮かべる。言っていることは妥当《だとう》だが、ミリスだけでなくウィゼルもなかなか良い性格をしている。

そんな明るい将来が約束されたこともあってか、ミリスはニコニコと上機嫌な笑みを作りながらエルリアに対して絡《から》み始める。

「それでエルリア様、レイドさんとのデートはどうだったんですかっ！」

「…………」

「あれ、エルリア様？」

「ん……どうしたの、ミリス」

「いや、えーと……レイドさんとのデートはどうだったのかなーって」

「うん、すごく楽しかった。色々なお店を見て回ったり、美味しい串焼《くしや》きの屋台でお肉を食べたり、シェフリも楽しそうに散歩してた」

そうエルリアは言葉を返すものの、どこか上の空な様子だった。

そんなエルリアの様子を見て、ミリスがレイドに向かって耳打ちしてくる。

「……レイドさん、何かあったんですか？」

「ちょっと最後のあたりで色々とゴタゴタしたことがあってな。別に俺が何かしたとか、俺たちに何かあったってわけじゃないから気にしないでくれ」

「まぁ、なんだかんだレイドさんは気遣いとかできる人だと思っているんで、そのあたりは心配していないんですけど……」

ミリスが心配そうにエルリアを見つめる。

おそらくエルリアが気にしているのはルフスの件だろう。

しかし、これればかりは他人の家の事情……引いては国の事情にも関連していることなので、レイドたちが首を突《つ》っ込《こ》むべきことではない。ルフスのことを考えても、無闇《むやみ》に話して回るような内容ではないだろう。

「…………!!」

そう考えていた時、不意にエルリアがぴこんと頭を上げた。

そして、トレイを持って勢いよく立ち上がった。

「わたし、おかわりしてくる」

「おかわりって……串焼きを食べたから、さっき少なめに取ってなかったか？」

「やっぱり足りなかったから、行ってくる」

どこか落ち着かない様子でエルリアが言う。

そして……その視線の先を追ったところで、エルリアの意図を察した。

「分かった。そんじゃ俺もおかわりしてくるかね」

「え、レイドさんまでおかわりですか？」

「おう。人が多くて時間が掛《か》かりそうだから、戻るのは少し遅くなる」

「了解《りょうかい》した。それではヴェルミナン卿《きょう》、レイドたちが戻るまでオレたちは新たな魔装具についての商談でもしようではないか」

「いや待て、新しい魔装具ってなんだッ⁉」

「まぁまぁファレグさん、話だけでも聞いてみましょうよ。ブランシュ工房が新たに開発した魔装具ってことは、他ですら出回っていない情報ってことですよ？」

「そ、そうなのか？　それなら話くらいは聞いてやってもいいが……」

「では、まずヴェルミナン卿の新しい戦闘方法に適した機構を搭載《とうさい》したものが――」

ミリスの言葉に乗せられて、ファレグはそのまま素直《すなお》にウィゼルの話に耳を傾《かたむ》けていた。

いつか騙《だま》されて妙《みょう》な物を買わされないように注意しておこう。

そんな三人を他所に、エルリアの後を追って食堂の中を歩いていき――

「――隣、座ってもいい？」

テーブルに座っていたルフスに声を掛けた。

「…………え？」

突然《とつぜん》声を掛けてきたエルリアを見て、ルフスが驚きながら顔を上げる。

そんなルフスに対して、レイドも苦笑しながら軽く手を挙げた。

「えっと、確かエルリアちゃんの——」

「レイド・フリーデンだ。うちのエルリアだ。うちのエルリアが色々と気にしていたみたいで、ルフスと話す機会を窺っていたから声を掛けたんだ」

「わ、わたしは席が空いていて声を掛けたら、偶然《ぐうぜん》ルフスがいたことにしようと……っ」

「タイミング的に無理があるだろ」

ぺしんとエルリアの頭を軽く叩くと、ルフスが少しだけ笑みを見せてくれた。

「ということで、ちょっと食事がてら話をしてもいいか？」

「……うんっ！　一緒に食べよっ！」

そう言って、ルフスはにぱりと笑みを作った。

そうして席に着いたところで、適当に会話を進める。

「そういや一人だったけど、同じクラスの奴《やつ》とは一緒に食べないのか？」

「んと……あんまり一緒には食べないかな。あたしってクラスの中だと年少だし、あたしは召喚魔法《しょうかんまほう》以外使えないから、あんまり魔法の話もできなくてね」

困ったようにルフスは笑うが……おそらく、孤立《こりつ》している理由は他にあるだろう。

なにせルフスは『護竜』との契約を行いながらも、入学試験では飛鋼竜を扱って入学を果たしている。つまり元から優《すぐ》れた魔法士としての才覚を持つ人間だ。

ルフスの母は飛鋼竜のことを格下と言っていたが、そもそも竜種の魔獣と契約を交《か》わして使役している時点で、召喚魔法を扱う者としては極《きわ》めて高い水準に位置する。

そんな幼くして優れた能力を持つルフスに嫉妬《しっと》を抱く者も少なくないだろう。

「あの……ごめんね、エルリアちゃん」

そう、ルフスは僅かに俯《うつむ》きながら謝罪の言葉を口にした。

「模擬戦の時……どうしても負けちゃダメだと思って、絶対に勝たないといけないと思って……エルリアちゃんの《魔喰狼《ましょくろう》》に痛い思いをさせちゃって、ごめんなさい」

薄紅《うすべに》色の瞳《ひとみ》を僅かに濡《ぬ》らして頭を下げるルフスに対して、エルリアは首を横に振る。

「大丈夫《だいじょうぶ》、シェフリは怒《おこ》ってなかったから」

「………ほんと？」

「うん。それに公園でも言ったように、わたしが戦闘を途中《とちゅう》で止めたのが悪かった」

「そ、そんなことないよっ！　確かにラフィカはほとんど動けない状態だったし、実戦じゃなくて模擬戦なんだから止めるべきだったし……っ!!」

「模擬戦が実戦を想定して行う以上、あらゆる状況を想定していなかったわたしが悪い」

「だけど、あたしが負けを認めていればラフィカも無茶《むちゃ》なんてしなかったしっ！」

「ラフィカはルフスの願いに応《こた》えて頑張ったから、すごく良い子」

「エルリアちゃんのシェフリも、命令を正確に聞き分けてすごかったっ!!」

そう二人でぱたぱたと互いに手を振り、否定したり褒《ほ》め合ったりしていた。

だが、その最中にエルリアは静かに告げる。

「だから――次は絶対に負けない」

その言葉を聞いて、ルフスが僅かに身を強張《こわば》らせる。

「次の条件試験で、わたしは学院側から第三界層まで魔法制限が掛けられる。だけど、それでも勝てるとわたしは自負してるし、負けないように全力を尽《つ》くして臨《のぞ》むつもりでいる」

それが自惚《うぬぼ》れではないと、ルフスは実際に戦って理解している。

ルフスが召喚して使役する飛鋼竜は少なく見積もっても第八界層、依代の動作などを考慮すれば第九界層に匹敵《ひってき》していても不思議ではないものだったが、エルリアは魔法として格が劣《おと》る第五界層、そして竜種より格下である牙獣種《がじゅうしゅ》の《魔喰狼》を使って圧倒《あっとう》した。

エルリアが『加重乗算展開』という離《はな》れ業《わざ》を使えるというだけでなく、魔法戦闘《せんとう》における経験値においても圧倒している。

たとえ第三界層の魔法という制限が掛けられたとしても、エルリアが「全力を尽くす」と宣言したのであれば確実に勝利を掴《つか》み取ることができるだろう。

だからこそ、エルリアはルフスの母に対しても「同情ではない」と言った。

模擬戦での出来事は自身の慢心が招いたものとして認めた上で、今度はその全てを取り払《はら》って全力で戦って勝利すると宣言しに来た。

「わたしにも譲れない目的がある。それはあなたの事情と比べたら軽いものかもしれないけど——わたしにとっては、絶対に果たさないといけない約束だから」

千年前の決着を付ける。

それは方便でもあり、二人の関係性を大きく変えるために必要な儀礼《ぎれい》とも言える。

かつて敵同士だった二人が改めて新しい関係に至るための儀式《ぎしき》。

「だから、わたしは絶対に負けない」

そう、毅然とした態度でエルリアは再び告げる。

そして、ルフスはくしゃりと顔を歪《ゆが》ませてから——

「——エルリアちゃんは、本当に強いんだね」

泣きそうな表情を浮《う》かべながら、ルフスはぽつりと呟《つぶや》いた。

「あたしは……ただ『護竜』の子たちと契約できたってだけだからさ」

そう言って、ルフスは自身について語り始めた。

「本当は『護竜』とは契約しないで、ラフィカと一緒に魔法士になろうと思ってたんだ。あの子はあたしが生まれた時から、ずっと一緒に過ごしてきた子だったから」

だけど、とルフスは言葉を切る。

「先生から『君だったら「護竜」と契約できる』って言われて、その言葉を信じて護竜の子たちと話したら、あたしのことを受け入れて契約してくれたんだ」

「…………先生？」

「うん。先生は護竜のことを研究している人で、実際にあたしが知らないことや文献《ぶんけん》にも無かったことを教えてくれたんだ」

そうして、ルフスはセリオスを象徴《しょうちょう》する『護竜』たちの契約に至った。

だが――それによって、ルフスは重すぎる責任を負うことになった。

「最初はおかーさんも喜んでくれてたんだ。うちは正室じゃなくて側室の家系だったから、あたしが頑張れば頑張るほど、おじーちゃんはあたしたちのことを褒めてくれたから」

本来ならば受けることができなかった立場と恩恵《おんけい》。

それらは『護竜』たちとの契約を果たした者に与《あた》えられた特権と言えるものだろう。

しかし、それは『護竜の契約者《けいやくしゃ》』であることを求められるということだ。

かつて——『英雄《えいゆう》』という役割を求められた者がいたように。

「あたしがラフィカを呼び出す度に……おかーさんはあたしのことを怒るようになった。せっかく『護竜』を従えることができたのに、どうして使わないんだって」

「……それは、『護竜』を扱い切れなかったから？」

「うん……『護竜』の子たちは気位が高くて、魔力の足りない依代を作ると怒って暴れ出しちゃうから、その子たちの気分次第《しだい》で命令を聞いたり聞かなかったりしちゃうの」

召喚魔法は他の魔法とは異なり、魔獣との関係性も大きな要因になっている。

仮に呼び出した魔獣が言う事を聞かなくて送還《そうかん》すれば、それによって魔獣との関係性が悪化し、場合によっては契約を解除されることもある。

しかし、それを恐れて暴れ回る魔獣を放置すれば周囲に被害《ひがい》が及《およ》んでしまう。

「おかーさんにも説明したけど……契約者のあたしを傷つけることはないし、『護竜』の強さを示すことにも繋《つな》がるから問題ないって言われちゃってね」

そうルフスは力無く笑う。

それでもルフスは『護竜』を使おうとしなかった。

それは周囲に被害が出るというだけではなく……自分と契約してくれた魔獣たちのことを他の人々に嫌《きら》って欲《ほ》しくないという想《おも》いがあったのだろう。

「それでラフィカばっかり呼んでたら、おかーさんはラフィカを嫌うようになっちゃって、最終的にはラフィカとの契約を無理やり解除するって言われて……それで、あたしが学院で一番を取るから一緒《いっしょ》に居させて欲しいってお願いしたんだ」

だからこそ、ルフスは勝つことに何よりも固執していた。

敗北すれば友人との関係性は失われて離別《りべつ》することになる。

ずっと一緒にいたルフスにとって、それは友人の死に等しいとも言えるだろう。

「だけど……おかーさんも正しいんだよ。あたしに求められているのは『護竜』を使うことだし、『護竜』と契約するまでは色々と苦労してきたことも知ってるし、あたしが魔法士を目指せるように頑張ってくれていたことも知ってるから」

そして、ルフスは静かに俯きながら言う。

「だから……どうしていいか、あたしには分からなくなっちゃったんだよ」

大切な友人と母の期待に挟《はさ》まれ、何を優先するべきか分からなくなってしまった。

それは幼い少女であれば当然の葛藤《かっとう》だ。

しかし、その葛藤さえもルフスには許されない。

生い立ちが、環境が、周囲の人々が、そして国までもがルフスに選択《せんたく》を迫《せま》っている。

そんなルフスを見て、エルリアは小さく頷《うなず》いてから——

「――それじゃ、わたしと全力で戦おう」

そう告げた瞬間《しゅんかん》、ルフスが静かに顔を上げた。

「…………え？」

「力いっぱい戦うとスッキリする。だからわたしと戦おう」

名案だと言わんばかりに、エルリアは何度もふんふんと頷く。

そんなエルリアを見て呆気《あっけ》に取られているルフスに対して、レイドはその言葉の意味を噛《か》み砕《くだ》いて伝えることにした。

「まぁ、エルリアが言いたいのは結果より過程が大事ってことだと思うぞ」

「えっと……勝ち負けじゃないってこと？」

「そんなところだ。お前が全力を出し切って勝つのが最善、それでも負けたらどうしようもないことだったと思うしかねぇだろ」

「でも……それだとおかーさんが……」

「お前が全力を出して『護竜』まで使って負けたら、それはもう他の奴でも勝てないってことだ。それで文句を言う奴がいたら『それなら他の人に頼んで』って言って逃げろ」

「そ、そんなの無責任じゃんっ!!」

「別に無責任でいいじゃねぇか。力や才能があるからって勝手に期待を押し付けといて、失敗したら責任を取れとか、それこそ他の奴らが無責任すぎるって話だろ」

そうレイドは笑いながら言う。

「だから、お前がやるべきことは全力で勝って周りの奴らを黙《だま》らせるか、全力を出し切った上でボロ負けするかの二つだ。これなら単純で分かりやすいだろ」

「でも……でもっ――」

ぽろぽろと涙を流すルフスに対して、レイドは軽く頭を叩《たた》く。

「今までお前は周りのことばっかり考えてきたんだ。それなら戦っている時くらい、周りのことなんて気にしないで自分の事だけ考えろ」

ぐしゃぐしゃと頭を撫《な》で回してやってから、レイドは歯を見せて笑う。

「それに、何かあったとしても俺がどうにかしてやるよ」

「……レイドさんが？」

「おう。なにせお前が試験の時に見たエルリアの魔法をブッ飛ばしたのも俺だしな」

「ブッ飛ばしたって……同じ第十界層の魔法を使ったってこと？」

「いや、適当に殴《なぐ》ってブッ飛ばした」

「魔法を殴ってブッ飛ばした……？」

　理解が追いついていないのか、ルフスの頭に「？？？」と疑問符《ぎもんふ》が並んでいた。この反応にも慣れてきたものだ。

「とにかく何が起こったとしても俺とエルリアで何とかしてやるから、お前はさっき言った通り全力でぶつかってくればいいってことだ」

「…………え」

「え？」

「わたしはルフスと全力で戦いたいから、対処はレイドに任せたい」

　てっきり同意してくれると思いきや、エルリアがぶんぶんと首を横に振ってきた。

「だから、何かあった時はレイドに全部任せる」

「いやそれは別に構わねぇけど……お前、どれくらい頑張《がんば》るつもりだ？」

「すっごい頑張る」

「めちゃくちゃ頑張りそうだなぁ……」

「前はレイドに全力を出させてあげたから、今度はわたしの番」

　それはもうやる気だと言わんばかりに、エルリアが両手をグッと握《にぎ》りしめていた。

　たぶん、ルフスの事情とか関係なく単純に戦ってみたいといった様子だった。

「やっぱり、たまには全力を出さないと腕《うで》が鈍《にぶ》っちゃう」

「そもそも次の試験では第三界層まで制限されるだろうが」

「限られた状況下でも、想定以上の力を発揮してみせるのも全力の一つ」

「おー、ちょっとそれらしいこと言ってきたな」

二人でそんなやり取りを交わしていると、ルフスが小さく笑い声を上げる。

そして……にぱりと晴れやかな笑《え》みを浮かべた。

「分かったっ！　あたしも全力でエルリアちゃんと戦うっ！」

「ん、楽しみにしてる」

「それまで他の人たちに負けたりしたらダメだからねっ！」

「もちろん。ルフスもわたしと戦うまで負けちゃダメ」

「じゃ、全力で戦う約束っ！」

そう言って、ルフスが小指を差し出してくる。

それを見て……エルリアも小さく笑みを浮かべながら小指を絡ませた。

二人で満足そうに頷き合ってから、ルフスが勢いよく席を立つ。

「よぉーしっ！　それじゃ今日からいっぱい頑張らないとっ！　二人とも、色々と話を聞いてくれてありがとねーっ！」

笑顔《えがお》を見せながら、ルフスはぱたぱたと手を振る。

そうして……何度も振り返って手を振ってから、ルフスは食堂を去って行った。

「レイド」

そんな時、不意にエルリアが名前を呼んでくる。

「どうした、エルリア？」

「わたしは全力でルフスとぶつかる。それがあの子のためだと思ってるから」

だから、とエルリアは言葉を続ける。

「今回はレイドに全部任せることになる」

「それは任せておけって。それに何か起こるって決まったわけじゃ――」

「違《ちが》う、きっと何かが起こる」

エルリアは険しい表情を作りながら言う。

「わたしが疑問だったのは、『どうしてルフスは護竜を使わないのか』っていう点だった。勝利に固執するなら、それ以上の選択肢《せんたくし》はないはずだから」

しかし、ルフスは頑《かたく》なに『護竜』を使おうとはしなかった。

その理由についてもルフスは語っていたが――

「そもそも、ルフスが使わなかった理由を考えると契約そのものに違和感《いわかん》がある」

「……どういうことだ？」

「ルフスは『魔力の足りない依代を作ると護竜が怒っちゃう』って言ってた。つまり魔力が足りないって『護竜』たちも認識《にんしき》しているのに、今もルフスとの契約を続けている」

「それは契約を破棄《はき》するくらいの問題なのか？」

「レイドも自分の身に置き換《か》えたら分かる。他人に命令されて、今持っている強靭《きょうじん》な肉体じゃなくて、遥《はる》かに劣る肉体で戦場に駆《か》り出されたら、どんな風に感じる？」

「まぁ……命令ならどうにかするけど、多少の不満くらいあるな」

「魔獣《まじゅう》だって同じ。本当の自分はもっと強いのに、弱い肉体で戦いを強《し》いられたら怒るのは当然で、それが他の魔獣たちより格上で気位の高い『護竜』なら余計にそう考える」

そう語りながら、エルリアは目を細める。

「幼い頃《ころ》から信頼《しんらい》関係が結ばれているのであれば、魔力量を度外視して契約を結ぶことはある。だから可能性はゼロじゃないけど……明らかに契約者に不備があると分かっているのに、四種類全ての『護竜』が契約を結んで今も継続《けいぞく》しているのは不自然だと思う」

エルリアが覚えた違和感と不自然な状況《じょうきょう》。

今はまだ確信に至る情報がないため、不穏《ふおん》な情報の一つでしかない。

ただ——一つだけ、直近で起こった不穏な出来事と共通している事がある。

「――また、魔獣が絡んでいるってことか」

前回、レイドたちは絶滅《ぜつめつ》したはずの『武装竜《ぶそうりゅう》』という魔獣と現代で邂逅《かいこう》した。

そして……今回は『護竜』という存在に違和感を抱《いだ》いた。

「前回の一件にもセリオスが絡んでいるとしたら、わざわざ『武装竜』なんていう魔獣が出てきたことにも頷けるが……」

「可能性は否定できないけど、学院側も召喚魔法による犯行を疑って調査したと思うから、アルマ先生から調査内容を聞かないと何とも言えない」

それよりも、とエルリアはある人物の名前を挙げる。

「ルフスが言っていた、『先生』って人のことが気になる」

「あいつに『護竜』と契約できるって勧めてきた人間ってことか」

「うん。ラフィカみたいに最初から人に慣れていた魔獣ならともかく、『護竜』は自然の中でしか生息していないから、契約どころか食い殺される可能性だって十分にあった」

だというのに、その人物はルフスに対して「君なら契約できる」と言った。

まるで――その『未来』が既に分かっていたかのように。

「だから、何かあった時はレイドを信じて任せたい」

真っ直ぐ、レイドを見つめながらエルリアは言う。

もしもレイドたちの事情に何かしらの形で関与《かんよ》しているのなら、ルフスは何も知らずに利用されている可能性がある。

だからこそ、エルリアはルフスのことを守るために全力を割《さ》くと言っている。

そして、レイドであれば何が起こったとしても対処できると信じてくれている。

それならば――

「――おう、全部任されてやるよ」

自身の胸を叩きながら、レイドは力強い笑みを見せた。

その笑みを見て、エルリアも小さく笑みを浮かべる。

「それと、もう一つ頼みたいことがある」

「おうよ。この際だから何でも言って――」

レイドの言葉が終わるより先に、エルリアがぽてんとテーブルに倒《たお》れ込んだ。

しかも、青ざめた表情でぷるぷると身体《からだ》を震《ふる》わせている。

「わたしを……部屋まで運んで欲しい……っ」

「…………お前、食べ過ぎたな？」

「うん……おなか痛くて、一歩も動けない……」

ルフスと会話している間、それに合わせてエルリアも食事を進めていた。

　エルリアも食が細いというわけではないが、さすがに夕飯前の軽食に加えて二人前の食事を入れたことによって胃袋《いぶくろ》が限界に達したらしい。

「まったく……それなら途中で残せばいいだろうがよ」

「お残しはダメっていう昔の習慣が仇《あだ》になった……」

「その食べ切った根性《こんじょう》は褒めてやるから、さっさと戻って胃薬飲むぞ」

　そう屈《かが》みながら背中を向けると、エルリアが緩慢《かんまん》な動作でよじよじと登ってくる。

「うん。レイドの背中は乗り心地《ごこち》が良い」

「そりゃ何度も背負って俺も慣れてきたからな……」

「それと、あんまり揺《ゆ》らさないでもらえると嬉《うれ》しい」

「へいへい。それも任せとけ」

「うん。全部レイドにお任せする」

　嬉しそうにエルリアがてしてしと肩《かた》を叩いてくる。

「今さらだけど、手を繋ぐのは恥《は》ずかしいのに背負われるのはいいのか」

「わたしの中では、おんぶは負傷兵を運ぶ時っていう認識だから大丈夫」

「お前の感性は独特だなぁ……」

　そんなエルリアを背負いながら、レイドは食堂から部屋へと向かっていった。

■

食堂で会話を交わした後、ルフスは早足で自分の部屋に戻っていた。

そして、軽く息を整えてから机の引き出しに手を掛ける。

そこには――小型の通信魔具《まぐ》があった。

それを手に取り、ルフスは大きく息を吸《す》い込んでから――

「――先生っ！　ちょっと訊《き》きたいことがあるんだけどっ!!」

声を張り上げた瞬間、ガラガラと何かが崩《くず》れる音が魔具から聞こえてきた。

しばらく、無音の状況が続いてから声が聞こえてくる。

『痛たたた……この声は、ルフスくんでいいのかな？』

「うんっ！　そうだよっ!!」

『すごく元気だねぇ……何か良い事でもあったのかい？』

「えっとね、模擬《もぎ》戦で負けておかーさんに怒られて叩かれたっ！」

『ちょっと寝起《ねお》きの僕には重すぎる話だなぁ……』

だけど、と先生は少しだけ声音《こわね》を変えた。

『この魔具を使ってきたということは、何か急ぎの用事があるんだね？』

「うん。一回しか使えないから、本当に困った時以外には使っちゃダメって先生に言われたけど……どうしても、先生に訊きたいことがあるの」

そう前置いてから、ルフスは魔具の向こうにいる師に問い掛ける。

「あたしが『護竜』を扱《あつか》えるようになる方法を教えて欲しい」

『……それは、完全な状態で使役《しえき》できるようになりたいってことでいいのかな？』

「うん。それができないと、エルリアちゃんには絶対に勝てないから」

その実力差は実際に戦ったルフスが理解している。

単純な魔法だけでなく、召喚《しょうかん》した魔獣との連携《れんけい》、それを活《い》かした戦術や判断……その全《すべ》てにおいて、現状のルフスは圧倒的《あっとうてき》に劣っている。

それならば――全てを凌駕《りょうが》する、圧倒的な力があればいい。

セリオスの過酷《かこく》な自然の中において、その摂理《せつり》の頂点に立つ魔獣たちの力。

それを扱うことができなければ、並び立つことさえ許されない。

「だから、せめて一体でも完全に使役できるようになりたいの」

『いやぁ……一体を使役できるようになったところで無理じゃないかな』

「でもっ！　『護竜』のみんなだったら――」

『ああ、ごめんね。それなら「絶対に勝てない」って言い方に変えようかな』

そう、先生は普段《ふだん》と変わらない調子で告げた。

『君が戦おうとしている相手はね、もしかしたら勝てるとか、「護竜」を出すことができれば勝てるとかって相手じゃなくて――「絶対」の存在なんだ。君と契約《けいやく》した「護竜」たちが魔獣の頂点なら、彼女《かのじょ》は全ての頂点に立った存在と言っていい』

そこまで語ったところで、先生は「おっと」と小さく呟いた。

『ごめんごめん。君の志気を削《そ》ぐつもりじゃなかったんだけど、それくらいの相手だっていうことは認識しておいた方が良いと思ってね』

「だけど……それなら、あたしじゃ勝てないの？」

『ああッ！　ごめんごめん泣かないで⁉　僕はそういうのに弱いんだよ‼』

魔具から焦《あせ》った声を出しながら、先生は一つ咳払《せきばら》いをする。

『大丈夫、ちゃんと君が勝てる可能性は作れると思うよ』

「……勝てる可能性？」

『そうさ。君が四体の「護竜」を使役すればいいんだよ』

「よ、四体って……そんなの無理に決まってるじゃんっ！　一体でも怒って暴れ出しちゃったことがあったのに――」

『それは「今」のルフスくんだからさ。前にも言ったけど、君は将来的に「護竜」を完全に使役することができる。それが「護竜」たちも分かっているからこそ、魔力が足りない君との契約に応じてくれたんだ』

だから、と先生は言葉を切ってから――

『――そんな、君の「未来」から力を前借りすればいいのさ』

そうルフスに向かって告げた。

四章

その後、レイドたちがルフスと会うことはなかった。

それはエルリアとルフスの模擬戦によって、クラス間における接触《せっしょく》が起こらないように教員たちが配慮《はいりょ》して訓練を行うようにしていたこともある。

だが……食堂でもルフスを見かけることはなかった。

アルマから聞いた話によれば、「放課後も訓練場の使用許可を申請《しんせい》して、一人で訓練を行っている」と担当教員から聞いたらしい。

それ以上はクラス間における方針の秘匿《ひとく》があるため聞き出せなかったようだが、その担当教員が上機嫌《じょうきげん》だったそうなので、上々の仕上がりとなっているのだろう。

だが……ルフスとの約束だけでなく、レイドたちは目前に迫っている試験をこなさなくてはいけない。

「――そんじゃ、今回の条件試験について説明するわよー」

教壇《きょうだん》に立ち、アルマが黒板に向かって白墨《はくぼく》を走らせる。

「まぁ前回と比べたらすごく分かりやすいかしらね。各クラス間で事前に組んだチームで行動を取って、試験終了《しゅうりょう》時に戦闘《せんとう》不能にした数だけ評価点が加算される形よ」

「質問です。戦闘不能の判定はどのように行われるのでしょうか？」

生徒の一人が挙手したのを見て、アルマは鷹揚《おうよう》に頷く。

そして……懐《ふところ》から取り出した、二つの腕輪《うでわ》を掲《かか》げた。

「戦闘不能の判定は、この腕輪型魔具によって行われるわ。この腕輪は殺傷能力を持つ第三界層以上の魔法に反応して発動して、装着した人間を強制的に転移させる……つまり、これが発動した人間は戦闘不能っていうことね」

そう言って、アルマは腕輪を嵌《は》めて生徒たちの前に立つ。

「見た目には変化がないけど、装着した人間の肌《はだ》を覆《おお》うように薄《うす》い魔力《まりょく》の膜《まく》が張られて、自分以外の魔力を検知するか、一定の衝撃《しょうげき》で機構が発動して即座《そくざ》に転移が行われるわ。服や靴《くつ》越《ご》しなら問題ないけど、素手《すで》で味方の魔法に触《ふ》れても発動するから注意しなさい」

そこまで説明を終えたところで、今度はもう一つの腕輪を掲げる。

先ほどの腕輪とは異なる、金色に塗《ぬ》られた目立つ腕輪。

「こっちの金色の腕輪は各チームに一つだけ配布されるものよ。機構自体は変わらないけど……この腕輪の所有者を戦闘不能にした場合、評価点が大きく加算されるわ」

「ええと……質問なんですが、その金色の腕輪を所有する人間はチーム内で自由に決めても構わないのでしょうか？」

「あら、良い質問するじゃない。もちろん所有者はチーム内で自由に決めていいわよ。一番強い人間、防御《ぼうぎょ》に特化した人間、緊急離脱《きんきゅうりだつ》と逃走《とうそう》に特化した人間……その所有者を決める時に、自分たちのチームにおける行動方針も決めておいた方がいいでしょうね」

そう答えてから、アルマは口元に笑みを浮かべる。

「もしも金色の腕輪を持つ人間が戦闘不能になれば——そのチームは大幅《おおはば》な減点、もしも評価点がマイナスの状態で終わった場合、その点数は次回以降も持ち越《こ》されていくわ」

それは何もできずに敗北した場合、次回の試験でどれだけ優秀《ゆうしゅう》な成績を取ったとしても相殺《そうさい》か微増《びぞう》、それ以下であった場合はマイナスのままということだ。

そして、そのまま這《は》い上がることができなかった者の末路も分かり切っている。

「全試験終了時に評価点がマイナスだった場合……その人間は来年の二次振《ふ》り分けから外されて学院から去ってもらうことになる」

魔法士とは純粋《じゅんすい》に魔力量が多い人間、卓越《たくえつ》した魔法戦闘の技術を持っている人間であれば必ずなれるというものではない。

魔法士に求められるのは、あらゆる状況における判断力と言える。

魔法とは様々な条件下において目的を遂行《すいこう》するための手段に過ぎず、自身や周囲の置かれている状況を正しく判断して、最善の行動を取れる者が魔法という強大な力を武器として扱うことが許される。

「あたしたち魔法士に失敗は許されない。だから——失敗したら自分や他の誰《だれ》かが死ぬと思って、脳が焼き切れるまで必死こいて考えなさい」

そんなアルマの言葉に対して、生徒たちは声を揃《そろ》えて「はいッ！」と返事をした。

その様子を満足そうに眺《なが》めてから、アルマは隣《となり》に立つフィリアの肩を叩く。

「はい、そんなわけであたしからの話は終わりっ！　あたしは問題児たちに補足説明があるから、条件試験に対する相談はフィリアのところでやりなさいねー」

「は、はいっ！　何か疑問があったり、試験時における不安があったりとか、他にも些細《ささい》な問題でも受け付けるので気軽にどうぞーっ！」

それによって生徒たちがフィリアの方に向かって行く中、アルマが深々と溜息《ためいき》をつきながらレイドたちのところにやってくる。

「ということで、チーム問題児たちに業務連絡《れんらく》よ」

「なんか言われてるぞ、ファレグの坊主《ぼうず》」

「どうして僕《ぼく》に振ったんだッ⁉」

「ああ、私たちまで問題児扱いになるんですね……」

「せめてオレたちは最後の良心であることを心がけよう」

「はい、元気な返事をどうも。それで一つ訊きたいんだけど──」

そう言って、アルマは反応が無かった一人にちらりと視線を向ける。

そこには──レイドの膝《ひざ》を枕《まくら》にして、横たわってすやすや眠《ねむ》っているエルリアがいた。

「……あたしの説明を聞かずに、なんでこの子は眠りこけているのかしら？」

「ざっくり説明すると睡眠《すいみん》不足だ」

「試験前だから根を詰《つ》めて準備していたってこと？」

「いや……試験が近いから最終調整ってことでファレグの坊主に稽古《けいこ》を付けていて、書き置きもしてなかったから俺《おれ》が部屋に戻《もど》るまで待っていてくれたみたいなんだ」

「唐突《とうとつ》に惚気《のろけ》るのはやめてくれない？」

「それで眠たいのを我慢《がまん》して、部屋のドアの前でソワソワ待っていたのが原因だ」

「飼い主が帰ってこなくて不安になる猫《ねこ》みたいね」

アルマが呆《あき》れながらエルリアの頬《ほお》をふにふに突《つつ》くと、薄っすらと目が開かれる。

「…………んゅ」

そして妙《みょう》な声を発してから、のそのそとアルマに近づいて抱きついた。

そのままアルマの胸元《むなもと》にぐりぐりと頭を押《お》し付ける。

「………ふかふか」

寝《ね》ぼけた目で感想を呟いてから、再びレイドの下に戻ってコテンと寝転《ねころ》がった。

「………え、なんだったの？」

「ぽけぽけ状態のエルリアに意味を求めるな」

「つまりあたしは意味もなく胸の谷間に顔を突っ込《こ》まれたことになるんだけど」

「強いて言うなら普段とは違う匂《にお》いが近くにあったから、とりあえず自分の匂いでも付けておこうと思ってすり寄ったとか、そんな感じだと思うぞ」

「さすがのあたしも婚約者《こんやくしゃ》を猫と同じ扱いにするのはどうかと思うわよ」

「違いますよ、アルマ先生……エルリア様は女性の場合は匂いを確認《かくにん》するんですが、男性の場合はレイドさん以外には興味どころか一切《いっさい》寄りつかないし、しかも最終的には何があろうとレイドさんの下に戻るという本能レベルの高度な惚気です」

「なんかあんたたちは試験前なのに楽しそうでいいわねぇ……」

ミリスの補足を聞きながら、アルマが呆れた表情と共に溜息をつく。

そして、改めて本題に入ることにした。

「それでまぁ、閣下の試験内容が変更《へんこう》になったのを伝えに来たんだけど」

「また何か変更があったのか？」

「ほら、閣下だと腕輪の魔具使えないでしょ？　それだと安全が保証できないってことになって、急遽《きゅうきょ》エルリアちゃんと同じように別の人間を評価対象にするって決まったのよ」

「ああ、やっぱりそんな感じか」

そうレイドは軽い調子で答えるが、明らかにレイドを妨害《ぼうがい》する意図が見える。

なにせ魔具や魔装具が使えない話は既《すで》に出ており、試験内容の概要《がいよう》は訓練が開始される前に作成されている。それが試験の直前に変更が通達されるなどあり得ないことだ。

それも魔法《まほう》が使えないレイドが他者に魔法を教えることができるはずもなく、試験の直前では代理の生徒に何かを教《おし》え込むこともできない。

しかし——既にレイドには代理を任せるに相応《ふさわ》しい人間がいる。

「というわけで俺の代理人として頑張れよ、ファレグの坊主」

笑いながらファレグの背中を軽く叩いてやる。

しかし、当の本人は怪訝《けげん》そうな表情を浮かべていた。

「……本当に、僕を代理の評価対象にするつもりか？」

「おう。俺が珍《めずら》しく他人に教えて、しかも剣術《けんじゅつ》を扱えるようになるまで鍛《きた》えたわけだから、お前を代理人にするってのが筋ってもんだろうよ」

「そういう意味じゃない。また……僕が前みたいに何もできなかったら、お前は一切の評価を受けられずに試験を終えることになるんだぞ」

　僅《わず》かに声音を強張《こわば》らせながらファレグは言う。

　レイドの代理として評価対象となるファレグが評価を落とせば、その非難は全てレイドに向かうことになる。

　そして……魔法を使えない者である以上、その評価次第では退学処分もあり得る。

　だが、レイドは気にした様子もなく答える。

「それじゃ聞くが、お前は試験で低い評価を出すつもりなのか？」

「そ、そんなわけないだろうッ⁉　誇《ほこ》り高きヴェルミナン家の長男として、情けない成績を出して家名に泥《どろ》を塗るようなことをしたら一生の恥《はじ》だッ‼」

「そうそう。だからお前でいいんだよ」

　楽しげに笑いながらレイドは言葉を続ける。

「見栄《みえ》とか自尊心を大切にする奴《やつ》ってのは大半がロクでもない奴だ。だが……そんなロクでもないものだろうと、口先だけじゃなく本気で実行して証明できるなら本物だ」

　だからこそ、ファレグを代理人として選んだ。

　その家名と誇りを重んじて、仲間たちを見捨てることなく救ってみせた。

「まぁ俺のことはオマケくらいに思っとけよ。少なくとも実戦で使える程度には教えたつもりだし、それで失敗したら俺の見る目が無かったってことで終わりだ」

「ハッ……バカを言うな。もう二度とあんな思いをするのは御免《ごめん》だ」

そう言って、ファレグは乾《かわ》いた笑い声を漏《も》らしてから——

「——ヴェルミナンの名において、しっかりと勝利をもぎ取ってきてやる」

そう憎《にく》らしい笑顔と共に答えた。

そんなファレグに対して頷き返してから、レイドは改めて告げる。

「ということで、俺の代理人はファレグ・ヴェルミナンだって伝えておいてくれ」

「はいはい。これは見物ねぇ……あの悪名高いヴェルミナン家の坊《ぼっ》ちゃんが代理人だって聞いたら、文句言っていた奴らもひっくり返りそうだわ」

「……待ってくださいカノス先生。僕はどんな評価を受けているのですか？」

「そりゃもう『魔法と態度だけは一人前』とか、『文句を言わせたら第十界層並み』とか、貴族出身の奴らが笑いながら話していたわよ？」

「ハハハハッ……それなら僕の実力を見せて黙らせてやらないとなぁ……ッ!!」

そんな怒《いか》りを原動力にして、ファレグが邪悪《じゃあく》な笑みを浮《う》かべながら炎《ほのお》を揺らしていた。

大半は自業自得《じごうじとく》だろうが、やる気が出たのなら何よりだろう。

「そういえば……どうしてカノス先生が下民のお前を閣下と呼んでいるんだ？」

「下民って言うな。あだ名っていうか、アルマ先生の祖父とチェス仲間って感じというか、そこそこ強かったから『閣下』って呼ばれるようになったみたいな感じでな？」

「そうそう。おじいちゃんから色々と話を聞いていたし、あたしにとっては優秀な弟分ってことで敬意を込めて閣下って呼んであげてるってことよ」

「ほう、そうなのか！　僕もチェスなら多少の心得はあるし、父上もチェスが好きで余暇《よか》に指していることが多いから、今度父上に紹介《しょうかい》してやろうじゃないかっ！」

二人の言葉を聞いて、ファレグが一切疑うことなく目を輝《かがや》かせていた。こういったところは良家の生まれらしいというか、いつか本当に騙《だま》されそうで心配になる。

「それで、二人に伝えることがあるから少し外に出てもいいかしらね？」

「はいよ。エルリア、ちょっと外に行くから起きろ」

「んぅー……」

目をこしこしと擦《こす》っているエルリアを立たせ、誘導《ゆうどう》しながら廊下《ろうか》に向かう。

そして……しばらく歩き、アルマは人気《ひとけ》がないのを確認してから口を開いた。

「で、前回の事件に関する調査内容だったわよね？」

「おう。エルリアも気になって眠れなかったみたいでな」

エルリアが遅《おそ》くなったレイドを待っていた理由は、アルマから調査結果の報告を受けていると思っていたらしく、その結果を聞くために無理をして起きていたようだった。

「なるほどね。あたしが試験の準備とかで調べるのが遅《おく》れちゃったってのもあるけど、それだったら早く報告しておけばよかったわね」

「んぅ……だいじょうぶ、調べてくれてありがと……」

「はいはい、どういたしまして」

少しだけ覚醒《かくせい》してきたエルリアがふにゃふにゃと頭を下げると、アルマは苦笑《くしょう》しながらその頭を軽く撫でる。

そして……表情を改めてから、アルマは報告を始めた。

「前回の事件に関してだけど……犯行方法については真っ先に召喚魔法《しょうかんまほう》が疑われたし、それで召喚魔法を一度でも使ったことがある魔法士は聴取《ちょうしゅ》を受けて、今でもセリオス出身の人間は調査協力という名目で継続的《けいぞくてき》に聴取を受けているわね」

「まぁ、いまだに規模さえ分かってないんだから妥当《だとう》か」

複数体の『武装竜』が同時に現れた以上、それが単独犯であるとは考えにくい。

魔獣の依代を作製するには膨大《ぼうだい》な魔力が必要となり、魔獣の大きさや数に比例して必要となる魔力量も上がってくる。

単独で『武装竜』という大型魔獣を十数体も召喚することは不可能に近く、可能であるとしても特級魔法士や一級魔法士といった身元が判然としている者たちになるため、複数犯による組織的な犯行が有力というものだろう。

「まぁ、そのせいでセリオス出身の魔法士には疑いが掛《か》けられているけれど……残骸《ざんがい》の一部が見つかってもいるから、容疑については早々に解消されるでしょうね」

召喚魔法によって作り出された依代は魔力が尽《つ》きれば消滅《しょうめつ》するため、その一部が現場に残っていた以上、召喚魔法ではなく別種の魔法という可能性も浮かび上がってくる。

だから現在は「継続的な聴取」という調査に移行しているのだろう。

「その『先生』って呼ばれている魔法士についてはありふれた呼び方だから分からなかったけど……まぁルフス・ライラス本人が関与している可能性は低いんじゃないかしら」

「ん……分かった。それなら少し安心できる」

懸念《けねん》が減ったこともあってか、エルリアがふんふんと頷いた。言葉や表情がシャキっとしているようにも見えるので、完全に目が覚めたのだろう。

「それで報告は以上かしらね。他に何かあったりする？」

「あー、俺って試験中は待機になるんだよな？　その間って何してればいいいんだ？」

「お茶でも飲みながら観戦すればいいんじゃない？」

「それでいいのかよ……」

「いいじゃない。あたしは閣下とエルリアちゃんについては何かあった時の戦力として数えてるし、自由だった方が閣下も動きやすいでしょ？」

「うん。わたしもレイドが万全《ばんぜん》の状態で待機している方が安心できる」

ふんふんと頷《うなず》きながら、エルリアがアルマの言葉に同意する。

「それに、レイドが見ていてくれる方がわたしも嬉しい」

「……嬉しい？」

「うん。だって、前に『もっとすごいのを見せてあげる』って言ったから」

そう言って、エルリアはくるりと身を翻《ひるがえ》してから――

「――久々に、わたしの本気を見せてあげる」

レイドに向かって、自信に満ちた笑みを向けて見せた。

◇

試験前には準備のために休日が設けられている。

今回はミリスも遊びに行こうと言い出すこともなく、各々《おのおの》が自分に合った形で休息を取るということに決まり、試験に備えて万全の状態に整えていた。

そうして迎《むか》えた――条件試験の当日。

レイドたちは訓練で訪《おとず》れていた渓谷《けいこく》に足を運んでいた。

「……なんか、何もしないのに送ってもらうのは申し訳なさすぎるな」

「大丈夫《だいじょうぶ》、これくらいなら魔法を使った内に入らない」

ぎゅーっと抱きついたまま、エルリアがふるふると首を横に振る。

そんな二人の様子を見て、ミリスが安堵《あんど》した表情を浮かべていた。

「いやぁ……この二人を見ていると普段通りって感じで緊張《きんちょう》が解《ほぐ》れますねー」

「まったくだ。これで試験中も平常心を保てそうだな」

「お前たちはあいつらが惚気ている姿を見て何を言っているんだ……？」

朗《ほが》らかに笑う二人とは対照的に、ファレグが怪訝そうな眼差《まなざ》しを向けていた。別に見世物というわけではないので勘弁《かんべん》してもらいたい。

「それじゃ頑張れよ。ちゃんとお前らの戦いっぷりは見させてもらうからな」

「うん、がんばってくる」

ふりふりと小さく手を振るエルリアに見送られながら、レイドは忙《せわ》しなく動いている教員や職員たちに交じって待機所のテントに向かっていく。

そして、アルマに割り当てられたテントの帳《とばり》を開くと――

「――お、閣下おはよー」

簡易ソファの上でだらしなく寝転がっているアルマに出迎《でむか》えられた。

「……いや、さすがにくつろぎすぎだろ」

「えー？　別に誰も見てないんだからいいじゃない」

そう言いながら、アルマがソファの上でぷらぷらと足を揺らしながら言う。しっかりと靴《くつ》まで脱《ぬ》いでくつろぎモードだ。

「担当教員としての実働はフィリアに任せてあるし、あたしは何事もなければ動くことだってないんだから、かわいい生徒たちが戦う姿をしっかり見てあげないとね」

「生徒たちを見るのにお茶と菓子《かし》が必要とは思わないけどな」

「まぁまぁいいじゃない。閣下もクッキー食べる？」

「いいから早く映像が見られるようにしてくれ」

「はいはい、分かったから急《せ》かさないでよ」

口を尖《とが》らせながら、アルマがのそのそと眼前にある魔具を操作する。

その瞬間《しゅんかん》――空中に無数の場面が映し出された。

その光景を見て、レイドは思わず息を呑《の》む。

「すげぇもんだな……これって全部参加している生徒の視点なのか？」

「そそ。我らが学院長エリーゼ・ランメルの結界内で動作する遠隔《えんかく》映写魔具で、腕輪を装着している生徒たちの座標を捕捉《ほそく》して姿を映し出しているそうよ」

「つまり学院長が作った機構ってことなのか？」

「ええ。エリーゼって戦闘関連の才能は一切ないけど、魔法と魔具の作成能力については正真《しょうしん》正銘《しょうめい》の天才、それこそ学院長になる前には魔具の技術水準を一気に数十年近く進めたっていう経歴を持つくらいなのよ？」

「……そんな人なのに泣きながら俺たちに土下座したのか」

「あの子は見た目通りの幼女メンタルだから仕方ないのよ。それもあって戦闘に向かないから学院長っていう立場に就《つ》いたわけだしね」

そんな学院長の意外な一面に驚《おどろ》く中、アルマは慣れた様子で魔具を操作する。

「さてと……それじゃ、注目株の問題児チームを見てみましょうかね」

そうして無数の映像の中から、見慣れた面々の姿が突出《とっしゅつ》して表示された。

「――うぁぁ……私が金色の腕輪つけるとか緊張で内臓出そうなんですけどぉっ⁉」

それと同時に、ミリスの間の抜《ぬ》けた声が映像に合わせて聞こえてくる。

そんなミリスに対して、エルリアがふんふんと頷き返した。

「だけど、ミリスがわたしたちの中で一番の適任だから」

「でも、強さで考えたらエルリア様かファレグさんの方がいいと思うんですけど……」

「ミリス、今回の試験で最悪の事態はなんだと思う？」

「それは……もちろん全滅《ぜんめつ》して、金の腕輪が発動することですよね？」

「そう。わたしとファレグは戦闘が多いから、腕輪が発動する可能性も高くなる。ウィゼルも状況によっては参戦するから、後方支援《しえん》のミリスが一番発動する可能性が低い。本当なら金の腕輪を持っている人は戦線から離脱《りだつ》させて隠《かく》すのが一番だと思う」

「だろうな。戦力を削ぐことになるが、その方法なら全滅だけは避《さ》けることができる。確実に評価点を守るために、おそらく他のチームも似たような方法を採るだろう」

「うん。アルマ先生は前回と違《ちが》って、今回の試験における明確な終了条件を言ってなかった。だけど『相手を倒したら加点される』っていう性質上、全員の戦闘不能は終了条件にはならない。だから終了条件は制限時間まで生存することって推測できる」

エルリアが語っている最中にアルマの顔をちらりと見ると、「うわぁバレてる」といった分かりやすい表情をしていた。この反応を間近で見られるのはなかなか面白《おもしろ》い。

「えーっと、つまり下手に相手を襲撃《しゅうげき》したりしない方が良いってことですよね?」

「ダメ、襲《おそ》える状況《じょうきょう》だったら確実に全滅させる」

「今日のエルリア様は殺意レベルが高いッッ!!」

「……そういうつもりで言ったわけじゃない」

エルリアが心外だと言わんばかりにぷくりと頬を膨《ふく》らませる。

その言葉を継《つ》ぐように、ウィゼルが頷きながら説明を加えた。

「要は戦闘を行うのが一つのチームとは限らないということだ。複数のチームが同盟を組んで行動する、残ったチーム同士で新たなチームを形成するといった状況の変化も想定できるので、可能なら人数を減らしておくべきだとエルリア嬢《じょう》は言いたいのだろう」

「ウィゼル、大正解」

手で小さく丸を作ったところで、エルリアはファレグに向き直る。

「ウィゼルが索敵《さくてき》した後、襲撃するかどうかの判断はファレグに任せる」

「……僕の判断で構わないのか?」

「うん。今回のリーダーはファレグだから、わたしが合わせる」

そして――エルリアは自身の魔装具を展開した。

「襲撃後は自分の中にある情報から判断していい。できる？」

「下民相手に啖呵《たんか》を切ったんだ。できないなんて言うわけないだろう」

「良い返事。それじゃ――」

そんなエルリアの言葉を、ウィゼルが手で制した。

「……早速《さっそく》だが遠方で複数の魔力反応を検知した。人数は十名、動きが同調している様子が見られるので、共闘《きょうとう》して一つのチームを確実に叩《たた》く方針と見て間違《まちが》いないだろう」

自身の眼鏡をいじりながら周囲の様子を探《さぐ》るように凝視《ぎょうし》する。

「ヴェルミナン卿《きょう》、襲撃の判断を頼《たの》む」

「ハッ……もちろん、この場で全員全滅させるぞ」

そう言って、ファレグは小剣《しょうけん》の魔装具を抜き放つ。

「――《抜剣》」

小さな呟《つぶや》きと共に、手にしていた小剣を両手で握《にぎ》り込んだ瞬間――

その刃《やいば》が煌々《こうこう》とした炎によって包まれていった。

その煌炎《こうえん》は長く、幅広《はばひろ》く膨れ上がって剣を形成していき、やがてファレグの体格を超《こ》えるほど大きな炎剣《えんけん》へと変貌《へんぼう》する。

それは――エルリアが作製した『魔剣《まけん》』のようであった。

その炎剣を両手で握り込みながら、ファレグは深く身体《からだ》を沈《しず》みこませる。

「それでは――手筈《てはず》通りに頼んだぞッ!!」

そう告げてから、ファレグが大地を勢いよく深く蹴《け》り上げた時――

周囲に爆発音《ばくはつおん》を轟《とどろ》かせながら、勢いよく反応がした方向へと飛んだ。

その爆音を耳にしたことで、進行していた生徒たちが一斉《いっせい》に顔を向ける。

「な、なんだ？　戦闘かッ⁉」

「いや――襲撃だッ!!　七時方向に敵影《てきえい》ッ！　全員で迎撃《げいげき》するぞッ!!」

リーダー格らしき生徒が怒号《どごう》を上げた瞬間、生徒たちが一斉に飛来するファレグに対して狙《ねら》いを定めて魔法を展開していく。

その様子を見たことで、ファレグは口元に笑《え》みを浮かべてから――

「お前たち如《ごと》きが――僕を撃《う》ち落とせると思うなッ!!」

相手の魔法が展開されるよりも早く、ファレグが身体を捻《ひね》って炎剣を振るう。

そして――その軌跡《きせき》を描《えが》くように、炎の幕が大きく広がった。

飛来するファレグを覆い隠すように広がった紅色の炎幕。

それによって相手は一時的にファレグの姿を見失う形となる。

「ッ……そのまま撃てッ！　姿を隠したところで空中では避けられないッ!!」

その号令に従って、生徒たちは展開していた魔法を炎幕に向かって射出した。

岩槍《がんそう》、風塊《ふうかい》、水刃……数多《あまた》の魔法が炎幕に向かって撃ち出され、その奥《おく》に潜《ひそ》んでいるであろうファレグを仕留めようとする。

だが――炎幕の先にファレグの姿はなかった。

しかし、だからこそ生徒たちは僅かに安堵してしまったのだろう。

自分たちの魔法を受け、腕輪が発動して転移したと思ってしまったのだろう。

だからこそ――

さらに上昇《じょうしょう》し、太陽を背にしていたファレグの存在に気づくのが遅れてしまった。

「まずは――一人もらっていくぞッ!!」

足元で生み出した爆風《ばくふう》と落下の速度を利用し、ファレグは急激に降下し――

着地と同時に振るった炎剣によって、その場にいた全員を炎波によって吹《ふ》き飛ばした。

そして……その爆心地《ばくしんち》にいたリーダー格の生徒が、光の粒子《りゅうし》に包まれて消える。

「クソッ……サントスがやられたッ!!　一旦《いったん》防護魔法で距離《きょり》を作ってくれッ!!」

「ちょっと待ってよッ！　こんな状態で防護魔法を張るなんて無理だってばッ!!」

飛び散った炎波によって周囲が燃えさかる中、悲鳴にも似た怒号が聞こえてくる。

炎によって視界が極端《きょくたん》に悪くなったことで、ファレグの姿はおろか、自分たちの味方の姿や位置さえも正しく把握《はあく》することができなくなっている。

それだけではない。

「いいから張ってくれッ！　このままじゃ全滅するぞッ!!」

「炎を先に消さないと無理だって!!　早く誰でもいいから炎を消してッ!!」

「相手は目と鼻の先にいるってのに、そんな悠長《ゆうちょう》なことしてる状況かよッ!?」

リーダー格の生徒を先に倒《たお》したことで、その指揮や判断に混乱が生じている。

そうして対処が遅れた分だけ――

「――これで、二人目だッ!!」

揺《ゆ》らめく炎の中からファレグが飛び出し、逆袈裟《ぎゃくけさ》に振るった炎剣が二人目の身体を確実に捉《とら》えて、腕輪が発動したことによって転移していく。

そんなファレグの戦いを見て、アルマが目を細めながら口を開いた。

「へぇ……これは本当に面白い感じに変わったわね」

「おう。あいつの魔法を見て、俺はこっちの方が合ってそうだと思ってよ」

そうレイドは嬉《うれ》しそうに笑いながら言う。

燦然《さんぜん》と輝く炎。

それは以前まで使っていた攻撃《こうげき》のための魔法としてだけでなく――相手の目を眩《くら》ませて、自身の姿を覆い隠すためにも使うことができる。

それは離《はな》れた位置から確実に接近戦へと持ち込む手段でもあり、接近後には炎に紛《まぎ》れて相手を攪乱《かくらん》しつつ急襲《きゅうしゅう》を掛けるという次の手にも繋《つな》がる。

そして炎による爆発《ばくはつ》と燃焼《ねんしょう》を移動手段にすることで、短時間で接近戦に持ち込むことができ、空中での方向転換《てんかん》や急降下といった多彩《たさい》な動きも可能にしている。

「ファレグの判断もいいわね。相手の魔法が炎に着弾《ちゃくだん》する瞬間に合わせて、爆炎による移動音を最小限に抑《おさ》えている。しかも相手から見える太陽の位置関係を把握して飛んでいるから、逆光で身を隠しながら一方的に相手のリーダーを捕捉できていたみたいだし」

だからこそ、ファレグは確実に相手の指揮系統を潰《つぶ》すことができた。

そして狙い通りに連携《れんけい》を乱したことで、炎に乗じて確実に一人ずつ潰す選択《せんたく》を採った。

「それにしても派手な戦い方ねぇ……」

「それも見栄っ張りなあいつにはピッタリだろ」

「どっちかと言えば、教えた人間の影響《えいきょう》だと思うけど」

そう言いながら、アルマがじとりと視線を向けてくる。実際のところレイドの戦い方は力任せで強引《ごういん》なところが多いので、それに炎が加わっているのだから豪快《ごうかい》で派手な戦い方になるのも当然といったところだ。

「だけど……派手に動きすぎたのと、仕留める順番については失敗かしらね？」

その後に三人目まで仕留めたファレグだったが、人数が減ったことで向こうも動きやすくなったのか、残った二人が防護魔法によって身を固めつつ反撃《はんげき》の機会を窺《うかが》っている。

そして――そんなファレグを挟撃《きょうげき》するように、背後から別のチームが動いていた。

おそらく最初に急襲した生徒たちと共闘を結んでいたチームであり、炎による派手な攻撃や爆音によって位置を捕捉したのか、ファレグの下に向かって急行している。

「爆炎による高速移動で接近戦に持ち込むことは成功したけど、エルリアちゃんたちとも離れて完全に孤立《こりつ》した状況にある。そして防護魔法が使える後方支援役を落とせなかったこともあって、このままだと時間を稼《かせ》がれて挟撃ってところだけど――」

そこまで語ったところで、アルマは別の映像に視線を向ける。

眼鏡型の魔具《まぐ》によって動きを観察しながら移動していたウィゼルの姿。

そして別チームに動きが起こった瞬間、小さく頷いてから報告を入れる。

「ヴェルミナン卿、予定通り別チームが動き出した。オレたちも動き始める」

『ああッ！　手加減して魔力を無駄《むだ》に減らしたくないから急いでくれよッ⁉』

「承知した。ミリス嬢、『壁《かべ》』の用意をしてくれ。位置はヴェルミナン卿から四時の方向、規模は三〇〇もあれば全員を捉えることができるはずだ」

「あいあいですよーッ‼」

威勢《いせい》よく返事をしたところで、ミリスが足を止めて魔装具を展開した。

先端《せんたん》が丸く湾曲《わんきょく》した、素朴《そぼく》で飾《かざ》り気《け》のない枝杖《ぎじょう》。

その枝杖を地面に突き刺《さ》した瞬間、先端に付いていた鈴《すず》が軽《かろ》やかに鳴り響《ひび》く。

「それでは――ちょいとお邪魔《じゃま》させていただきまぁーすッ‼」

地面に突き刺した枝杖に向かって、ミリスが勢いよく拳《こぶし》を殴《なぐ》りつけた瞬間――


生徒たちの進路を塞《ふさ》ぐように、地面から岩壁《がんぺき》がせり上がっていった。


自分たちの進路を阻《はば》むように形成されていく岩壁を見て、ファレグの下に急行していた生徒たちが一斉に足を止める。

「チッ……向こうの奴らを襲ったチームの仲間かッ⁉」

「だろうな。それとこっちにも一人向かってきている」

「ほんじゃ壁と向かってきている一人で足止めして、残っている人たちが向こうの助勢に行くって感じかな？」

「それなら向かってきている奴は無視して壁の破壊《はかい》を優先するぞ。そのまま突っ切って合流させずに分断し、各個撃破《げきは》で相手を全滅させる」

一度は足を止めたものの、別チームは構うことなく壁に向かって駆《か》けていく。

そんな生徒たちの様子を、ウィゼルは逐一《ちくいち》観察していた。

その挙動を一つとして見逃《みのが》さないように。

そして――一人の生徒が動きを見せた。

「壁の破壊は俺がやる。お前たちはそのまま突っ切れ」

槍型の魔装具を手にした生徒が足を止め、壁に向かって構えを取る。

それを目にした瞬間、ウィゼルは走りながら両腕《りょううで》を大きく開いた。

ウィゼルの両腕を覆っている篭手《こて》型の魔装具。

それを振りかぶったまま、構えを取る生徒に狙いを定め――

「――《絶縁《ぜつえん》》」

勢いよく、互《たが》いの拳を叩きつけた。

ギィンッと甲高《かんだか》い音が周囲に響き渡《わた》るが、目立った変化は何も起こらない。

しかし――

「…………ッ⁉」

ただ一人、その変化に気づいた人間がいた。

槍を構えていた生徒が目を見開いたまま硬直《こうちょく》する。

「おい、何ボサっと突っ立ってんだよッ⁉」

「待ってくれッ！　魔装具が動かないッ‼」

「はぁッ⁉　こんな時に動作不良とか何やってんだよッ‼」

槍を構えていた生徒に代わって、別の生徒が杖型の魔装具を構える。

「それなら代わりに俺がブッ壊《こわ》して――」

そうして杖を振るう動作を見せた瞬間、再びウィゼルは拳を打ちつけた。

その直後、先ほどまでの威勢が消えたように生徒の表情が青ざめる。

「な、なんで……さっきまでちゃんと使えてただろッ⁉」

魔装具が使えない状況下に陥《おちい》り、生徒たちが壁の前で立ち往生していた。

そうして時間を稼いだことによって、既にウィゼルは目前まで迫《せま》っている。

その距離を正確に見定め、拳を構えながら槍を持っている生徒を見据《みす》える。

「毎日、年下の少女に殴り飛ばされるという日々を送ってきたんだ」

そんな言葉を呟いてから、ウィゼルは脚絆《きゃはん》型の魔具を力強く踏《ふ》みしめ――

「――鬱憤《うっぷん》晴らしに、一発くらいは殴らせてもらおう」

急激な加速と共に接近し、その速度を伴《ともな》った掌底《しょうてい》を生徒の身体に叩き込んだ。

その衝撃《しょうげき》によって腕輪《うでわ》が発動し、生徒が光と共に転移していく。

仲間の一人がやられたのを見て、他の生徒たちがウィゼルに対して魔装具を向ける。

「全員であいつだけでも仕留めるぞッ！　こっちはまだ四人もいるんだ、一人を潰すくらいできるに決まって――」

そう言いながら再びウィゼルに視線を向けた時――

ウィゼルは背を向けて逃走《とうそう》していた。

「ああッ⁉　おいてめぇ殴るだけ殴って逃《に》げるつもりかよッ⁉」

「ああ。ちょっと魔装具の耐久性《たいきゅうせい》を確かめようと思って殴りにきただけだ」

そう背後に向かって言葉を返しながら、ウィゼルは僅かに視線を上げる。

「なにせ――オレの仕事はお前たちの足止めだけだからな」

襲撃してきたウィゼルに気を取られていたことで、足止めを食《く》らっていた生徒たちは目の前で起こっている違和感《いわかん》に気づくことができなかった。

それに気づいたのは――生徒たちの頭上に影《かげ》が差し掛かった時だった。

「おい……足止めが目的だったら、この『壁』はなんなんだ？」

今も音を立てながらせり上がっている岩壁。

それは進路を阻むように上へと昇《のぼ》っているように見えたが……その先端が弧《こ》を描くようにして生徒たちを包み込むようにして伸《の》びている。

そして、ビシィッと岩壁に大きな亀裂《きれつ》が入った。

「お、おいおいおい待てッ!!　誰《だれ》でもいいからあの壁をブッ飛ば――」

その言葉は最後まで続かなかった。

自重に耐《た》え切れなくなった『壁』が崩落《ほうらく》を始め、轟音《ごうおん》と土煙《つちけむり》を立てながら生徒たちの頭上に向かって降り注いでいく。

そうして……土煙の中で淡《あわ》い光が四つ灯《とも》り、やがて消えていった。

その反応が消えたところで、ウィゼルが満足そうに頷く。

「ふむ。予想以上に上手《うま》くいったぞ、ミリス嬢」

『いぇーいッ!!　こいつは見事に潰れましたねぇーッ!!』

「ミリス嬢、上手くいって嬉しいのは分かるが声からゲスさがにじみ出ているぞ」

『……わたしが出る前に終わっちゃった』

そんな三者三様の反応を眺《なが》めていた時、アルマが横からぐいぐいと引っ張ってきた。

「おぉーっ！　ねぇねぇ閣下、さっきウィゼルがやったのってなんなのっ⁉」

「俺《おれ》も詳《くわ》しい原理は分からないが、あの両腕の魔装具を殴りつけると微弱《びじゃく》な魔力《まりょく》波みたいなのが飛ばせるらしくてな。それで魔装具を一時的な機能不全に陥《おとしい》れるらしい」

「うっわー、なにそれエグぅ……」

レイドをぶんぶんと揺さぶりながら、アルマがげんなりとした表情を浮かべる。

一時的とはいえ、魔装具が機能不全に陥れば魔法は使えない。

だからこそ、壁を破ろうとした生徒たちは魔法を使うことができなかった。

「まぁ魔装具のことを知り尽くしている魔装技師ならではの技ってやつだな」

「というか、あんな形で魔法を無力化できるとか最強どころか反則じゃない？　あんな魔装具が世に出たら魔法士全員が廃業《はいぎょう》になるんだけど」

「実際は何でも無力化できるわけじゃないそうだけどな。魔力が魔装具に流れる瞬間を狙って魔力波を当てないと機能不全は起こせないし、既に発動している魔法には効果がない。無力化できる時間は五秒程度、魔力波が指向性だから対象は一人限定、おまけに乱発すると篭手の方が壊れるっていうリスクもある」

「へぇー……ああ、だからミリスに『壁』を立てさせたってことね」

足止めをするなら、目に見えて分かりやすい『岩壁』である必要はない。

それこそ防護や結界に長《た》けているミリスであれば、不可視の壁によって進行を阻むこともできただろうが、逆に見えているからこそ相手の注意を引くことができた。

そして岩壁を破壊するために相手は確実に魔法《まほう》を使ってくるため、その動きを注視していれば確実に魔法の発動を止めることができる。

そしてウィゼルは魔具の加速によって相手の懐《ふところ》に潜《もぐ》り込《こ》み、魔法の使用頻度《ひんど》を下げつつ時間を稼いで『壁』が崩落するのに合わせて離脱する。

最後には残った生徒をエルリアが仕留める予定だったのだろうが、魔法が使えないという状況によって想定以上の混乱を引き起こせたようで、そのまま相手は崩落に巻き込まれて戦闘《せんとう》不能に陥ったというわけだ。

「さっきファレグは『手加減している』って言ってたし、意図的に支援役を残して耐久《たいきゅう》させておいて、『足止めしている』っていう情報で他のチームを釣《つ》ったってわけねぇ……」

「だろうな。だから後から来たチームも『壁』の破壊を優先したんだろ」

「いやぁ……これはあたしから見ても評価高いわね。ファレグが初手から派手に目立って陽動、ミリスが足止めに出した『壁』も陽動、相手を封殺《ふうさつ》しているウィゼルも陽動、そして壁が崩《くず》れた後に本命のエルリアちゃんとか、こんなの学生の戦い方じゃないわよ」

「……まぁ、俺とエルリアが教え込めばそうなるよな」

レイドに関してはアルテインという一国の軍を率いていた将の一人であり、エルリアについても自身の部隊を持って作戦行動を指揮していた経験を持っている。

だからこそ、大局的な展望や方針についてはレイドが教え込《おし》み、実戦闘における細部の戦術や思考についてはエルリアが指導を行う形を取っていた。

実際に戦場を潜《くぐ》り抜けてきた二人が教導を行ったのだから、他の生徒たちと比べて練度や完成度が高いのは当然の結果と言えるだろう。

「ま、一番頑張《がんば》ったのはあいつら自身だけどな」

ファレグは今までの戦闘方法とは真逆の剣術《けんじゅつ》と近接戦闘の技術を身に付けようとして、文句を幾度《いくど》となく口にしながらもレイドからの稽古《けいこ》から逃げることはなかった。

ウィゼルは魔法を確実に無力化し、近接戦闘の際に回避《かいひ》できるように相手の挙動を見極《みきわ》める訓練を行い、幾度となくエルリアの手で投げ飛ばされながらも耐えていた。

ミリスも支援のタイミングを確実に図《はか》り、自身が扱《あつか》う魔法の所要時間を頭だけでなく感覚でも覚えるため、ウィゼルと同じようにエルリアから近接戦の教えを受けていた。

それらを実践《じっせん》できたのは、全《すべ》て当人たちの努力によるものだ。

「うーん……エルリアちゃんに制限が掛かっているとはいえ、ここまで連携と戦術を仕上げてきていると普通《ふつう》なら圧勝っていうところなんでしょうけど――」

そこまで語ったところで、アルマが言葉を止める。

「さすがに、セリオスの《竜姫《りゅうひめ》》が『護竜《ごりゅう》』を出してきたら無理かもしれないわね」

「……そんなに『護竜』ってのは強いのか？」

「んー……あたしも実際に戦ったことはないし、『護竜』って危害を加えたり縄張《なわば》りを荒《あ》らさなければ温厚《おんこう》な魔獣《まじゅう》でもあるから、あんまり戦闘記録も残っていないのよ」

ただ、とアルマは表情を歪《ゆが》めながら言葉を続ける。

「二百年前、特級魔法士がセリオスの『護竜』討伐《とうばつ》に派遣《はけん》された記録があるのよ」

「……特級魔法士が派遣されたのか？」

「ええ。観光に訪れていた旅行客がふざけ半分で縄張りに立ち入って、『護竜』の怒りを買って喰《く》い殺されたそうなのよ。しかもタチが悪いことに、その旅行客ってのがヴェガルタの貴族だったみたいで、セリオス側の反対を押《お》し切って『護竜』討伐を敢行《かんこう》したの」

「それで、結果はどうだったんだ？」

「もちろん壊滅《かいめつ》よ」

「……なるほどな。つまり特級魔法士と同等の実力がある魔獣ってわけか」

そうレイドが納得《なっとく》しかけた時、アルマは静かに首を横に振《ふ》った。

「五人よ」

「……………五人？」

「当時派遣された特級魔法士の人数よ。それに一級魔法士が三十名、二級魔法士の百名近くが動員された大規模討伐作戦だったけど――セリオスに派遣されたヴェガルタの魔法士団は、たった一匹《ぴき》の『護竜』に壊滅するっていう結果に終わったわ」

そう語ってから、アルマは軽く息を吐《は》く。

「もちろん二百年前と比べて今は魔法技術も魔装具も進歩しているし、あたし自身も絶対に勝てないとまでは言わないけどね」

「だけど……どこまでいっても相手は魔獣だろ？　どれだけ頑丈《がんじょう》な肉体があったとしても、当時の最高戦力だった特級魔法士たちが全滅するってのはおかしくないか？」

竜種として頑丈な肉体や強靭《きょうじん》な生命力を持っていようと、それらは『獣《けもの》』という領域を出ることはなく、魔法という技術を有する人間が為《な》す術《すべ》もなく壊滅するとは思えない。

そんなレイドの疑問に対して、アルマは小さく頷いてから答える。

「閣下はセリオスとヴェガルタの魔獣の違いって分かるかしら？」

「違いっていうと……確かヴェガルタよりも土地の魔力量が多いってことで、体格とか身体能力が一回り以上変わってくるってのは聞いたことがあるな」

「それに加えて、ヴェガルタの魔獣より『知能』が高いっていう特徴《とくちょう》もあるのよ」

「…………知能？」

「ええ。セリオスには魔獣言語っていう独自の言語文化があって、セリオスの魔獣たちは人間が発する魔獣言語を聞き取ることで、一定以上の思考能力と理解力を持つようになる。竜種の魔獣に至っては、通常の人間の言葉や感情の機微《きび》さえ理解できるほどになるわ」

「それでも知能が高いってだけで、回避や意図を読み取れるくらいで――」

そこまで口にしたところで、レイドはようやく理解した。

セリオスの魔獣たちは、人間の発する魔獣言語から知識と知能を習得する。

それならば――人間と同等以上の知能を持つ魔獣であれば、その仕組みを理解することができれば人間の『技術』さえも習得できるということになる。

そして、アルマは静かに頷いてから――

「――『護竜』たちは、魔獣でありながら『魔法』を使う種族なのよ」

かつて『護竜』に挑《いど》んでいった魔法士たちが敗北した要因を口にした。

◆

最初の二チームを撃破した後、エルリアたちは順調に勝利を重ねていた。

「ふっふーぅっ！　私たちこそが最強ぉーっ‼」

「はっはっはっ！　今回ばかりは僕《ぼく》も田舎娘《いなかむすめ》に同意してやろうじゃないかッ‼」

そして、ファレグとミリスが仲良く肩《かた》を組みながら調子に乗っていた。

そんな二人とは対照的に、ウィゼルが疲《つか》れ切った表情と共に溜息《ためいき》をつく。

「はぁ……二人とも、ずいぶんと元気が有り余っているようだな」

「ウィゼルが疲れるのは仕方ない。魔法を使うタイミングを見極めるのは神経を使うし、複数の魔具を使って索敵や戦況《せんきょう》の把握もこなしてるから、頭が疲れちゃったんだと思う」

そう言いながら、エルリアはウィゼルの肩をぽんぽんと叩いて労《ねぎら》う。

ここまで連携の練度を高められたのは三人の努力の賜物《たまもの》だが、その中で肉体的にも精神的にも負担が大きいのはウィゼルだ。

本人が望んだこととはいえ、接近戦で被弾《ひだん》を回避し続けるという緊張感、相手の魔法を確実に無力化するための集中力、そして戦闘前には魔具による索敵をこなすという複数の役割を担《にな》っているのだから当然だ。

そして……それはファレグとミリスにも言えることだ。

ファレグは襲撃の可否を判断して常に先陣《せんじん》を切っており、その後は敵の注意を引き続けることから、戦闘が完全に終了《しゅうりょう》するまでは一瞬《いっしゅん》の油断さえもできない。

ミリスは肉体的な負担こそ少ないが、ウィゼルと同様に支援のタイミングを見極める必要があり、決して落としてはならない金の腕輪という精神的負担が常に存在している。

それこそ元気なように振る舞《ま》っているが、どちらかと言えば勝利した多幸感によって疲《ひ》労《ろう》を誤魔化《ごまか》しているのだろう。

「だけど、ここまで頑張ったら大丈夫だと思う。わたしたちだけでも合計六チームを落としたし、後半は金の腕輪を確実に守っている人数の欠けたチームが多かった」

「そういえば、さっき私たちが見逃したチームも四人編成でしたよね？」

「うん。今も残っているチームは試験の意味を正しく理解している人たちだろうし、無理に評価点を稼ごうとしないで、制限時間まで安全を確保する動きを取ると思う。わたしたちも疲労してるから、無理に戦闘しない方がいい」

「そうだな。いくつかのチームは残っている僕たちの戦いを見て逃亡《とうぼう》しているし、接敵回数も減っている。それこそ出歩いているのは金の腕輪を失って損失を取り戻《もど》そうとしているチームくらいだろう」

ファレグが同意と共に深々と溜息をつく。ようやく緊張が解けたといった様子だ。

だが──まだ、戦いは終わっていない。

「三人は安全な場所まで退避《たいひ》して、制限時間まで隠れていて大丈夫」

「……待てカルドウェン、お前はどうするつもりだ？」

「わたしは、約束があるから一人で残ってる」

そうファレグに言葉を返してから、エルリアはその場でちょこんと座《すわ》り込んだ。

「というわけで、わたしはルフスを待つ」

「い、いやいや待てッ！　ルフス・ライラスと言えばセリオスの《竜姫》だろうッ⁉」

「うん。試験で戦うって約束したの」

「『うん』じゃないだろうッ⁉　いくらお前が賢者《けんじゃ》の生まれ変わりとまで呼ばれる人間だろうと、あの『護竜』たちを従えた奴《やつ》に魔法を制限されて勝てるはずないだろうッ⁉」

ヴェルミナン家は古くから魔獣討伐《まじゅうとうばつ》によって功績を立ててきた家柄《いえがら》であり、ヴェガルタ国内だけでなく他国の魔獣たちにも精通している。

そして……ヴェルミナン家は二百年前にあった『護竜』の討伐戦にも参加しており、その戦闘記録を記して『護竜』の脅威《きょうい》を後世に伝えている。

「奴らは土地や環境《かんきょう》によって生まれた魔力も吸収して糧《かて》にするんだッ！　その膨大《ぼうだい》な魔力を注《そそ》ぎ込んだ魔法の威力《いりょく》は第十界層に匹敵《ひってき》するんだぞッ⁉」

「すごい、ファレグは物知りさん」

「僕が必死に説明しているのにノンキな表情で拍手《はくしゅ》するなッ!!」

てちてちと手を叩いていたら、ファレグにものすごい剣幕《けんまく》で怒《おこ》られてしまった。素直《すなお》に褒《ほ》めているのに怒られるのは理不尽《りふじん》だ。

「それに試験用の腕輪だって『護竜』の魔法なんて想定していないはずだッ！　下手したら転移する前に消し飛ばされる可能性だって――」

「それでも、全力で勝負するって約束したから」

ファレグの言葉を遮《さえぎ》って、エルリアは静かに告げる。

「わたしは……レイドみたいに話すのが得意じゃないから、悩《なや》んでいるルフスにどんな言葉を掛《か》けてあげればいいか分からない」

他人がどちらか一方を選んであげるのは簡単だ。

そして、多くの人々は「友人を選ぶべきだ」と答えてくれるだろう。

母や国の期待を裏切ったとしても、母や国がいなくなるわけではない。

それならば友人と共に在り続けて、やがて時が流れて母と和解するという理想的な結末を迎《むか》えるべきだと勧《すす》めてくれるだろう。

だが、それは結局のところ他人の言葉でしかない。

助言をくれる人々はラフィカと一緒《いっしょ》に過ごしてきたわけでもなければ、ルフスの母が娘《むすめ》に対して抱《いだ》いてきた想《おも》いや愛情の全てを知っているわけでもない。

その全てを知っているルフスが抱《かか》えてきた悩みは他人に理解できるものではない。

そんな他人の言葉で選べる程度なら、ルフスも最初から思《おも》い悩んでいない。

「だから、わたしは戦うことを選んだの」

戦いの中であれば余計な言葉は必要ない。

ただ純然たる想いと誇《ほこ》りをぶつけ合うだけでいい。

その極限状態であれば、本当に大切なものを見出《みいだ》すことができるかもしれない。

「わたしはいっぱい戦って、たくさん大事なものを見つけることができたから」

魔法という技術を作り上げて、戦場でレイドと出会って、新しい魔法や技術を生み出して、それらを他の人でも使えるようにして、魔法を利用して国民が豊かな生活を送れるように考えて、五十年の時間を積み重ねて好きな人ができて――

数えきれないほど大事な物を戦いながら見出してきた。

「だから、ルフスも大切な物を見つけられるように全力で戦うって決めたの」

そう再び告げると、ファレグは呆《あき》れたように溜息をついた。

「……それなら好きにしろ。僕たちは邪魔にならないように安全な場所へ退避する」

「うん。先に戻って祝勝会の準備をしておいて欲《ほ》しい」

「ハッ……そうやって自分の勝利を疑わないで笑っているところも夫婦《ふうふ》でそっくりだ」

「まだ夫婦じゃない」

「知るか。さっさと戦闘狂《せんとうきょう》同士で結婚《けっこん》して好きなだけ戦っていろ」

面倒《めんどう》そうに顔を歪めてから、ファレグは背を向けて去っていった。

「それじゃエルリア様っ！　私も命が惜《お》しいので先に失礼しますッ!!」

「オレも巻き込まれる前に逃げるとしよう」

「二人は素直でよろしい」

そんな二人に対して手を振りながら別れてから、エルリアは開けた荒野《こうや》の真ん中で座って空を見上げ続ける。

試験中とは思えないほど、穏《おだ》やかで静かな時間だった。

どれくらいの時間が経《た》ったのかは分からない。

しかし——

最初に言葉を交《か》わした時と同じように、エルリアの上空に黒い影が差した。

太陽を背にして降りてくる黒竜の姿。

そして、風を浴びて揺れる鮮《あざ》やかな赤髪《あかがみ》。

「――エルリアちゃーんっ!!」

そうエルリアの名を呼び、ルフスが手を振りながら地面に降り立った。

「遅《おそ》くなってごめんねっ！　同じチームの子たちを安全なところまで送ってたのっ！」

「送ってあげるのは優《やさ》しい」

にぱりと笑うルフスに対して、エルリアは以前と変わらない様子で言葉を返す。

そして――

「エルリアちゃんとの約束、果たしにきたよ」

ルフスが表情を改めた瞬間《しゅんかん》、纏《まと》っていた雰囲気《ふんいき》が変わる。

「あたしね……やっぱり選べなかった。ラフィカはすごく大事な友達だし、おかーさんや国のみんなの期待も裏切りたくないし、あたしのことを選んでくれた『護竜』の子たちを失望させるようなことだってしたくない」

そう語りながらも、ルフスの表情には以前のような不安は見られない。

俯《うつむ》くこともなく、真《ま》っ直《す》ぐエルリアと対峙《たいじ》するように薄紅《うすべに》色の瞳《ひとみ》を向けている。

「だから――あたしは全部選ぶことにした」

ルフスが両手を合わせて、宝珠《ほうしゅ》のついた手袋《てぶくろ》型の魔装具を起動させた直後――

遠く離れた視界の向こうで、燦然と輝《かがや》く柱が立ち上った。

大地を巡《めぐ》り、あらゆる存在を焦土《しょうど》に変える灼熱《しゃくねつ》の溶岩流《ようがんりゅう》。

そんな獄炎《ごくえん》を喰い千切るように――巨大《きょだい》な顎《あご》が姿を現した。

溶岩流の中を悠然《ゆうぜん》と歩き、赤熱した外殻《がいかく》によって周囲を照らす巨竜《きょりゅう》。

《焔竜《えんりゅう》》

セリオスが誇る『護竜』の一種であり、火山地帯の魔獣たちの頂点に座す存在。

だが――それだけでは終わらなかった。

晴天を塗《ぬ》り潰すように生まれた雷雲《らいうん》の中で、雷光《らいこう》を纏いながら輝く白銀の《天竜《てんりゅう》》。

地面が吸《す》い込まれるように陥没《かんぼつ》し、湧《わ》き出《い》でた水面から姿を現した紺碧《こんぺき》の《溟竜《めいりゅう》》。

周囲の大地を持ち上げ、山のように雄大《ゆうだい》な巨体《きょたい》を誇示《こじ》する泥土《でいど》色の《峯竜《ほうりゅう》》。

その全てが悍《おぞ》ましいほどの魔力と威圧《いあつ》感を放っており、いまだ遠くに立つエルリアの肌《はだ》を貫《つらぬ》いてくる。

しかし、それ以上に――

「――――すごい」

その『護竜』たちを眺めながら、エルリアは感嘆《かんたん》の言葉を漏《も》らしていた。

セリオスの象徴《しょうちょう》たる四種の『護竜』たちが一堂に会する光景。

それは世界中どこを探しても、この場でしか見られない幻《まぼろし》の光景だろう。

「これがッ……あたしの全力だよ、エルリアちゃん……ッ!!」

その偉業《いぎょう》を成したルフスの表情は大きく歪み、額には玉のような汗《あせ》が滲《にじ》んでいる。

自身の限界を大きく超えた力。

それこそ――自身の命さえ削《けず》りかねない正真正銘《しょうしんしょうめい》の全力。

だからこそ、エルリアも応《こた》えなくてはいけない。

「うん――ルフスの全力、伝わった」

自身の魔装具を取り回し、地面を穿《うが》つように突《つ》き立てる。

「だから、わたしも絶対に負けない」

その杖を引き抜《ぬ》いた瞬間、石突《いしづ》きから『鎖《くさり》』が引き上げられる。

しかし、それは以前と違《ちが》って小さく細いものだった。

一本、二本、三本――次々と深淵《しんえん》から重々しい金属音と共に鎖が引き上げられていく。

金色の仮面を身に着けた大狼《たいろう》たちが現れ、その顎に金色の武具を噛《か》んでいる。

「モーシャ、ミビリ、タトゥン、ノンネ、タノン、シィータ、サビア、ナンネ、ティサン、クミル――ちょっと怖《こわ》い相手だけど、みんなでお母さんの分まで頑張ろうね」

立ち並んだ十四の大狼たちの名を呼びながら、エルリアは『護竜』たちを見据える。

そして――開戦を告げるように、大狼たちが高らかに遠吠《とおぼ》えを上げた。

一斉《いっせい》に駆け出した大狼たちを見て、ルフスは憔悴《しょうすい》しながらも笑《え》みを浮《う》かべる。

「いくら《魔喰狼》だって……あの子たちの魔法は食べられないよ……ッ」

そんなルフスの言葉に呼応するように――《焔竜》の顎が大きく開かれた。

その凶悪《きょうあく》な顎の奥に灯《とも》っている煌《きらめ》き。

竜種の巨体によって生成される膨大な魔力、魔獣たちが持つ特異な器官、そして人間と同等の知性によって学びを得た魔法。

それらを融合《ゆうごう》した一撃《いちげき》が解き放たれた瞬間――


煌々《こうこう》とした熱線が大地を焼き溶《と》かした。


咄嗟《とっさ》に顔を覆《おお》いながら防護魔法を張り、その熱波から身を守る。

だというのに、直撃《ちょくげき》すらしていない余波ですら防護魔法を突き破《やぶ》り、焼け焦《こ》げて熱された空気がエルリアの肌を炙《あぶ》るように襲《おそ》い掛かってくる。

「ッ――モーシャ!!」

エルリアの呼びかけに対して大狼が一鳴きする。

それは今の一撃を食らった仲間はいないという合図だ。

しかし……熱線によって大地は抉《えぐ》り溶け、焦土と化した地面には炎《ほのお》が散らばっている。

これで、大狼たちが唯一《ゆいいつ》勝っていた機動力が削《そ》がれてしまった。

それだけではない。


「魔法が使えるのは――《焔竜》だけじゃないよ」


雷雲を牽引《けんいん》する《天竜》の周囲に展開された無数の雷槍《らいそう》。

噴出《ふんしゅつ》する水源の中で《溟竜》の咆哮《ほうこう》と共に生成されていく巨大な氷弾《ひょうだん》。

周囲の地面や岩石を纏いながら《峯竜》の尻尾《しっぽ》に組み上げられていく剛堅《ごうけん》な岩剣《がんけん》。

その全てが……先ほど《焔竜》が放った一撃と同等以上の威力を持っている。

体格で劣《おと》る大狼たちでは直撃どころか掠《かす》るだけで致命傷《ちめいしょう》を負い、その余波を受けるだけでも相当な体力を持っていかれることになる。

そして以前ラフィカを倒した時のように魔力を喰らおうとしても、『護竜』たちの膨大な魔力を喰らい尽《つ》くすことはできず、それどころか『護竜』たちを取り巻く地形や環境によって大狼たちは接近することさえもできない。

それはエルリアの魔法も同様だ。

たとえ制限が無くても生半可な防護魔法では防ぎ切れず、接近のために壁や足場を作り上げたとしても、『護竜』たちは厭《いと》うことなく各々《おのおの》の魔法で薙《な》ぎ払《はら》ってくるだろう。

唯一の勝機は時間切れによってルフスの魔力切れを狙《ねら》うことだが、その間に大狼が回避に失敗すれば『魂《たましい》』そのものが致命傷を負うことになる。

攻撃や反撃の機会すらもない。

防御《ぼうぎょ》や回避を続けることもできない。

『護竜』たちの攻撃は一度で留《とど》まらず、無限に等しい魔力によって放たれる。

まともな勝機すら見えない絶望的な状況下《じょうきょうか》で——

「——みんな、シェフリと同じで勇敢《ゆうかん》な子」

大狼たちは『護竜』と対峙しながらも、怯《おび》えや恐怖《きょうふ》を一切《いっさい》見せない。

その鋭牙《えいが》を剥《む》いて、自分たちの勝利を信じている。

母であるシェフリと契約《けいやく》し、自身たちを従えている主の勝利を。

だからこそ——

「——その誇りに懸《か》けて、己《おのれ》に与《あた》えられた役割を果たしなさい」

そう厳《おごそ》かな言葉を聞き届け、大狼たちが再び『護竜』たちに向かって駆けた。
己に与えられた金色の武具を噛み締め、与えられた役割を果たすために駆ける。
そんな大狼たちに向けて——《天竜》による雷槍が放《し》たれた。
それを目にした大狼たちは一斉に散開したが、一匹だけが雷槍へと立ち向かっている。
そして——すれ違い様に、大狼は自身が噛み咥《くわ》えていた武具を投げ放った。
金色に輝く幅広《はばひろ》の大剣。
しかし大剣は《天竜》の放った雷槍に耐え切れず、黒煙《こくえん》を上げながら地に落ちる。
その雷槍が大狼の身体《からだ》を貫こうとした直前、エルリアは自らの意思で依代《よりしろ》を分解した。
光の粒子《りゅうし》に変わった大狼が雷槍によって貫かれ、瞬《また》く間《ま》に霧散《むさん》して消えていく。
「——捧《ささ》げるべきは、勇猛《ゆうもう》と戦勝を示す金色の武具」
再び一匹の大狼が飛来してきた氷弾の中を掻《か》いくぐっていく。
その飛び散った氷片《ひょうへん》が身体を貫こうとも大狼は足を止めない。
己が噛んでいた大槍《おおやり》を地面に突き刺し、地面を抉りながら駆け続ける。
「その軌跡《きせき》は、天上へと昇るための階《きざはし》」
他の大狼たちも自身の武具によって周囲を駆け巡る。
《峯竜》が振り抜いた剛堅な岩剣を跳躍《ちょうやく》によって回避する。

しかし、その衝撃と跳《は》ね上がった土石が大狼の身体を容赦《ようしゃ》なく打ちつけた。

それでも大狼たちは足を止めない。

その身体が傷を負うことも厭わない。

その身体から血が流れることとさえ厭わない。

そして仲間が倒《たお》れた時には、別の大狼がその役目を引き継《つ》いでいく。

一匹、また一匹と……傷を負った大狼たちの依代が解除されて消えていく。

「我らが天上へと示す対価は、気高き誇りと不屈《ふくつ》の魂」

大狼たちの勇姿を見届けながらエルリアは言葉を紡《つむ》ぐ。

そんなエルリアの言葉を聞いて——ルフスはその言葉たちが持つ意味を理解した。

「——詠唱《えいしょう》？」

魔力回路に置き換《か》えられたことで、現代では失われてしまった詠唱法。

それらは太古から存在し、数多《あまた》の奇跡《きせき》を生み出してきた。

しかし——その術は新たに生み出された『魔法』によって失われてしまった。

それは個々の技術によって左右されるために継承《けいしょう》が困難であり、星の数ほどもある条件や道具を揃《そろ》える必要があったことから、賢者の生み出した『魔法』という技術に取って代わられて淘汰《とうた》されてしまった。

「《渾天に遍《あまね》く数多の星々よ。我らが示した対価によって願いを聞き届けたまえ》」

謳《うた》うように言葉を紡ぎながら、エルリアは魔装具《まそうぐ》を振るう。

かつて、儀礼《ぎれい》として用いられていた時のように。

「《勇猛たる御身《おんみ》の朋友《ほうゆう》たちを天上へと迎え、その願いを聞き届けたまえ》」

大仰《おおぎょう》な動作で手足を振り、星々が瞬《またた》く天上に向かって謳う。

かつて、奇跡を司《つかさど》る人智《じんち》を超《こ》えた存在たちに舞踊《ぶよう》を奉《ほう》じたように。

「《我らに仇為《あだな》す大敵に、御身の牙によって威光《いこう》を示したまえ――》」

救いを求めるように、エルリアは自身の手を天高く突き上げる。

それは賢者と呼ばれていた者が最初に身に付けた技術。

太古の人々が奇跡を願い、様々な技法によって祈《いの》りを捧げた原初の魔法。

自身の魔力だけでなく、自然の中に溢《あふ》れる魔力を集約し、遥《はる》か天上で輝く星々の力を借りて執《と》り行われる奇跡を起こすための術法。

それが――かつて『魔術《まじゅつ》』と呼ばれていたものだ。

「――――《天狼の星裁》」

囁《ささや》くような言葉と共に拳《こぶし》を握《にぎ》り、勢いよく振り下ろした瞬間――

眼前にいた『護竜』たちに向かって、天上から『星』が降り注いだ。

やがて『星』は空中で砕《くだ》け散り、大小様々な形へと変わる。

そんな星の欠片《かけら》たちが『護竜』たちの身体を貫き、抉り、穿ち、押し潰《つぶ》していく。

星の欠片たちが轟音と共に周辺を薙ぎ払い、その全てを奪《うば》い取っていく。

まるで、狼たちが牙や爪《つめ》によって獲物《えもの》を引き裂《さ》くように。

そして戦果を示すように、立ち込めていた土煙が晴れた時――

「――――あ」

目の前に広がっている光景を見て、ルフスは力無く膝《ひざ》を落とした。

そこに『護竜』たちの姿はなかった。

焼け焦げていた地面も、地面から湧き出た水も、立ち込めていた雷雲も、山のように隆《りゅう》起《き》していた地面もない。

その全てが跡形《あとかた》もなく『無』に帰っていた。

「これで――わたしたちの勝ち」

そんなルフスに向かって、エルリアは笑みを浮かべながら静かに告げる。

そして、ぱたりと地面に倒れ込んだ。

「やっぱり……魔法と違って効率悪すぎる……」

魔法は魔力回路や魔装具によって魔力の消費を抑《おさ》えているが、当然ながらそれらの技術が一切使われていない魔術では膨大な魔力を消費することになる。

しかも、これほどの大規模魔術となるとエルリアの魔力も空っぽになる。

一度きりしか使えない全身全霊《ぜんしんぜんれい》の一撃。まさしく『全力』と言えるものだ。

「わたしの全力はどうだった、ルフス」

そうルフスに向かって尋《たず》ねると――

「うん――全力で、負けちゃった」

ラフィカの背から降り立ち、全てが消え去った眼前を見つめながら呟《つぶや》く。

「全部、出し切っても負けちゃった……っ」

くしゃりと顔を歪め、涙《なみだ》を流しながら嗚咽《おえつ》を漏らし始める。

「ごめん……ごめんね……っ!!」

大粒《おおつぶ》の涙を流しながら謝罪の言葉を口にする。

それは誰に対する謝罪なのか分からない。

自分を信じて育ててきた母親に対してか、期待をしてくれていた国に対してか、傷をつけてしまった『護竜』に対してか、共に戦うことができなかった友人に対してか、全力を出しても届かなかった自分に対してか――

それはルフスにしか分からない。

それはルフスという少女にしか理解できない。

だが、きっとそれでいい。

今抱いている全ての感情はルフス・ライラスという少女だけのものであり、他人が軽々しく口を出していいものではない。

だからこそ、エルリアから掛けられる言葉は一つしかない――

「――ルフスは、すごく強かった」

そう笑い掛けながら、全力を賭《と》した相手として言葉を贈《おく》った。

その言葉を聞いて、ルフスは泣きじゃくりながら目元を拭《ぬぐ》う。

「……うんっ！　だってエルリアちゃんに全力を出させたんだもんっ!!」

「うん。わたしが全力を出した相手としてルフスは誇っていい」

「すごく上から目線だっ！」

「もちろん。それが勝者の特権」

「だけど、勝ったのにフラフラだからカッコよくないよ？」

満身創痍《まんしんそうい》で格好をつけたエルリアに対して、ルフスがおかしそうに笑う。

そうして、二人で穏やかに笑い合っていた時――


不意に、ルフスの身体が横に傾《かし》いだ。


力無く、その小さな身体が地面に向かって倒れる。

「あ……れ……？」

自分が倒れていることに初めて気づいたように、ルフスが間の抜けた声を上げる。

「…………ルフス？」

「あはは……ごめん、なんか身体が熱くて、動かなくて――」

怪訝《けげん》そうな表情を向けるエルリアに対して、そんな弱々しい声で返事をした時だった。

遠く離《はな》れた場所から――空気を打ち震《ふる》わす咆哮が上がった。

「――え」

その光景を目にした瞬間、エルリアが思わず声を上げる。

視界の先には……倒したはずの『護竜』たちの姿があった。

依代である肉体が魔力《まりょく》の光によって包まれ、再び肉体を形成していく。

「――かはッ」

直後、ルフスが咳《せ》き込みながら血の塊《かたまり》を吐き出した。

「なん、で……あたし、何もしてないのに……っ⁉」

「ルフスっ！　今すぐ召喚魔法《しょうかんまほう》を止めてッ‼　そうじゃないと魔力が尽きて――」

そこまで口にしたところで、エルリアは違和感《いわかん》を覚えた。

ルフスは先ほどの『護竜』たちだけでなく――今もラフィカを召喚している。

ラフィカも竜種の魔獣である以上、『護竜』ほどではないとはいえ、その依代を作るだけでも膨大な魔力を消費するはずだ。

それだけではない。

ルフスは四体の『護竜』を召喚するために、その魔力を限界まで使って『不完全な依代』を作り上げたのだとエルリアは思い込んでいた。

そうでなければ、『護竜』という強大な依代を四体も作り出せないからだ。

しかし、先ほどの戦闘《せんとう》でルフスは完全に『護竜』たちを使役《しえき》していた。

不完全な依代であれば、『護竜』たちは怒《いか》り狂《くる》い、その場にいる『護竜』同士で戦闘を行ったり、主人であるルフスに対しても攻撃《こうげき》を行っても不思議ではないからだ。

だが、『護竜』たちは同士討《どうしう》ちをすることもなく、エルリアが召喚した《魔喰狼》たちを敵と認識《にんしき》して攻撃していた。

「ルフス……あなた、何をしたの？」

倒れ込《こ》んでいるルフスに問い掛けると、再び咳き込みながら弱々しく答える。

「先生、が……魔力が足りないなら、未来のあたしから借りればいいって……ッ」

「それって――」

その言葉を聞いた瞬間、エルリアは意識を集中させてルフスの魔力を見る。

そこには――毒々しい色合いの魔力が流れていた。

まるでルフスの全身に纏わりつくように、紫黒《しこく》色の魔力が全身を巡っている。

「なに、これ……」

それは、エルリアでさえ見たことがない魔力色だった。

その魔力は心臓に色濃《いろこ》く根付いており、ルフスの身体に魔力を供給し続けている。

そして、魔力の流れが大きくなった瞬間――

「――げほっ」

苦悶《くもん》の表情を浮かべながら、小さな口から血の塊を吐き出した。

その魔力がルフスの身体を蝕《むしば》んでいるのは間違《まちが》いない。

しかもルフスの意思とは関係なく、その命を搾《しぼ》り取るように魔力を生み出している。

「まさか……寿命《じゅみょう》を削って、魔力を生成してるの？」

先ほど聞いたルフスの言葉から、そうエルリアは類推した。

念のために身体の中を魔力で探《さぐ》ってみるが、内臓などに異常は見当たらない。

出血しているのは口腔《こうこう》内のようで、先ほどから吐き出していた血は飲《の》み込むことを身体が拒否《きょひ》して吐き出していたのだろう。

魔力は血の巡りによって生成される。

だからこそ――身体の限界を超えた量の血液を生成し、魔力を生成し終えて邪魔《じゃま》になった血液を出血という形で体外に排出《はいしゅつ》して、新たに血液を生み出している。

そうして……寿命を削って魔力を生み出し、『護竜』たちの依代を作り上げた。

そして、異変が起こっているのはルフスだけじゃない。

再び依代を手にして、咆哮を上げている四体の『護竜』たち。

その怒りに満ちた瞳が――エルリアたちに向けられている。

「な、んで……？」

不意に、ルフスがそんな言葉を口にする。

「どうして、そんなに怒ってるの……？」

虚《うつ》ろな瞳を『護竜』たちに対して向けながら問い掛ける。

そして――


「――なんで、エルリアちゃんを殺さないといけないの……？」


そんな言葉を口にした。

だが、その言葉に疑問を覚えている暇《ひま》はない。

もうすぐ、依代の生成が終わって『護竜』たちが動き始める。

この状態で『護竜』たちに襲われたら、エルリアに為す術《すべ》はない。

既《すで》に魔力は底を突きかけており、立っているのが限界といった状態だ。

魔《ま》法《ほう》制限を無視したとしても、今の状態で四体の『護竜』を倒すことはできない。

そして仮に倒せたとしても、再びルフスの寿命を削って依代が再生されてしまう。

エルリア一人では、もはや何もできない。

『護竜』たちを相手にすることも、目の前で苦しんでいるルフスを救うこともできない。

だが――今のエルリアは一人じゃない。

この世でただ一人、自分と同じ以上に信じている存在がいる――

「あとは任せる――レイド」

その名を口にした直後。

エルリアたちの眼前に、巨大な鉄柱が突き刺《さ》さった。

荒《あ》れ狂う風の中で揺《ゆ》らめく漆黒《しっこく》の旗。

その隣《となり》に悠然と立つ、誰《だれ》よりも大きい背中。

「おう、全部任せておけ」

決して違《たが》うことのない、頼《たの》もしい言葉を口にしてくれる人物。

どんな状況であろうと、絶えることのない笑顔《えがお》を向けてくれる人物。

そして、握り締めた鉄柱を力任せに打ちつけてから――

「――俺《おれ》がいる限り、この『黒旗』から先には越えさせせねぇよ」

そんな懐《なつ》かしい言葉と共に、レイドは不敵な笑みを浮かべて見せた。

突如《とつじょ》として現れたレイドを見て、『護竜』たちの注意が向き始める。

その隙《すき》を見て、レイドが通信魔具と魔力活性薬を放《ほう》り投《な》げてきた。

「悪いな。俺じゃ使えないからお前の方でアルマと繋《つな》いでくれ」

「ん、わかった」

小さく頷《うなず》いてから、通信魔具を入れた瞬間――

『――よっしゃーッ!! 特級魔法士なら狙いだって正確ってわけよーッ!!』

そんな嬉《うれ》しそうなアルマの声が聞こえてきた。

「……レイド、どうやってここに来たの?」

「ああ、アルマが使う《亡雄の旅団》の中にデカイ奴がいただろ? そいつが鉄柱を全力でブン投げて、俺はそれに掴《つか》まって来たってわけだ」

レイドが平然と黒旗を指しながら言う。本当にめちゃくちゃというかデタラメな人だ。

「それでお前らの戦いは見ていたが、詳細《しょうさい》が分からねぇから簡潔に指示だけくれ」

「『護竜』は倒しちゃダメ。ルフスがよく分からない方法で寿命を削りながら魔力を生成しているから、倒したらルフスの寿命が余計に削れちゃう」

「なるほどな。それなら俺は『護竜』たちと遊んでおけってことだな」

「うん。ルフスの方はわたしがなんとかしてみせる」

「それじゃ――そっちは任せるからなッ!!」

そう返してから、レイドは一息に跳躍した。

駆《か》け出したレイドを目にした瞬間、『護竜』たちが一斉に咆哮を上げた。

それは、おそらく『嘲笑《ちょうしょう》』なのだろう。

自分たちよりも遥かに劣る人間が一人増えたところで、魔獣《まじゅう》たちの頂点に君臨している自分たちの前では無力でしかない。

そんな自信に満ちた咆哮だった。

そして――《天竜》が周囲に雷槍を展開した。

圧縮された雷撃《らいげき》が白光を放ちながら、接近するレイドに向けて放たれる。

それは、本来であれば人間が避《さ》けることのできない一撃だった。

周囲を歪《ゆが》ませるほど高熱を持ち、光に等しい速度を持つ雷槍は人間が知覚する前に身体を貫き、雷撃によって内外を焼き尽くす必殺の一撃だった。

だが――『護竜』たちは知らない。

かつて英雄《えいゆう》と呼ばれていた人間が存在していたことを。

どのようにして賢者と渡《わた》り合ってきたのかを。

そして、レイドは自身に放たれた雷槍を確かに目で捉《とら》えてから――

その雷槍を半身で避け、伸《の》ばした右手によって力強く『掴み上げた』。

「なかなか――良い魔法持ってんじゃねぇかッ!!」

そのまま掴み上げた雷槍を取り回し、続けて飛来する雷槍を叩《たた》き落としていく。

雷槍同士がぶつかり合って爆《は》ぜ散る音が高らかに響《ひび》き渡る。

最初に掴んだ雷槍が消失すれば次の雷槍を捕《と》らえて、それが使い物にならなくなった後には別の雷槍を掴み、降り注いでくる槍の雨を一つ残らず捌《さば》いている。

その様子を見て、『護竜』たちも自分たちに向かってきた人間が異質な存在であることに気づいたのだろう。

雷槍の雨を捌いて足を止めているレイドに向けて、《焔竜》が喉奥《のどおく》を光らせる。

受け止めることさえ許さない、全《すべ》てを灰燼《かいじん》へと変える熱線。

その熱線が放たれた瞬間、レイドは横目でちらりと見てから――

「そっちは――まだ遊ぶ時間じゃねぇよッ!!」

左手を握り込み――その熱線を勢いよく『殴《なぐ》りつけた』。

熱線の軌道《きどう》が強引《ごういん》に変わり、空気を焦がしながら天上の雷雲を真っ二つに引き裂く。

これこそが、かつて賢者と渡り合ってきた英雄の戦い方だ。

レイドは魔法によって放たれた存在に『触《ふ》れる』ことができる。

それが強靭《きょうじん》な肉体によるものか、魔力による中和なのかは分からないが……そうして魔法に触れることができるため、下手な方法では当てることさえ敵《かな》わない。

それどころか……放った魔法が強ければ強いほど消失する時間が遅《おく》れ、それを利用して自身の武器として扱《あつか》ってくる始末だ。

そうして相手の使う魔法を利用することによって、相手の魔法を制限するような戦いをしてくるため、エルリアも千年前に勝ちきることができなかった。

魔法を扱う存在にとって――まさに『天敵』とでも呼ぶべき存在だ。

そして雷槍を捌き終えたところで、咆哮を上げる《峯竜》に向き直る。

周囲の岩や地面によって形成されていく巨大な砲岩《ほうがん》。

それを目《ま》の当たりにしてもレイドは一切揺《いっさいゆ》るがない。

「そっちは泥《どろ》遊びか。さすがにこの歳《とし》でやるもんでもないから――」

レイドの言葉より早く、《峯竜》がレイドに向けて砲岩を放った。

それでもレイドは一切怯《いっさいひる》むことなく笑みを浮かべ――

「――そっちの奴《やつ》に付き合ってもらえ」

射出された巨大な砲岩を軽々しく受け止め、《溟竜》に向かって蹴《け》り飛ばした。

射出された以上の速度を持った砲岩を避けることができずに、《溟竜》は身体の一部を砲岩に擂《す》り潰されて悲鳴に似た甲高《かんだか》い叫《さけ》び声《ごえ》を上げる。

あまりにもデタラメな光景。

しかし――『英雄』の名に相応《ふさわ》しい豪快《ごうかい》な戦い方とも言える。

完全に『護竜』たちの注意がレイドに向いているのを確認《かくにん》したところで、エルリアは通信魔具を使ってアルマに呼びかける。

「アルマ先生、聞こえる？」

『あ、エルリアちゃん？　とりあえず閣下が暴れているのは見てるけど――』

「魔具か何かで見てるなら、アルマ先生もルフスの様子を見て欲しい」

そうエルリアが告げると、僅《わず》かな沈黙《ちんもく》の後にアルマが答える。

『なにこれ……それ、本当に魔力なの？』

「ルフスの身体に触れて確認したから間違いない。わたしの見解では寿命を使って魔力を生成する術式だと思うけど、わたしも知らない魔力だから下手なことができない」

ルフスの身体を蝕んでいる魔力を発散させたとしても、その魔法術式によってルフスの寿命を削って魔力が供給されてしまう。

そして魔法術式の解除も絶望的だ。

未知の魔力が組み込《く》まれた魔法術式であるため、それらを読み解いているだけの時間がなく、その間にルフスの寿命が先に尽きて命を落としてしまう。

だからこそ、エルリアが採った選択《せんたく》は――

「――ルフスの身体に別の魔力を流《なが》し込んで、その術式ごと洗い流すしかない」

『別の魔力ってことは……エルリアちゃんの魔力を使うってこと？』

「それだとダメ。今のルフスだと異種魔力の拒絶《きょぜつ》反応に耐《た》え切れない」

自身の魔力系統と異なる魔力では、ルフスの体内に入った瞬間に拒絶反応が起こってしまい、弱っているルフスの肉体が耐え切れるかどうか分からない。

ルフスと魔力系統が一致《いっち》する人間を探し出している時間もない。

だが――今、この場にルフスと同じ魔力を持っている存在がいる。

「――――ラフィカ」

心配そうに主へと寄り添《そ》っている黒竜に向かって、エルリアは呼びかける。

《あなたの依代にはルフスが元々持っていた魔力が流れている。それを使えば、この状況からルフスを救うことができるかもしれない》

そう魔獣言語で語り掛《か》けると、ラフィカがゆっくりと首をもたげた。

《だけど――もしかしたら、あなたの『魂』が壊《こわ》れるかもしれない》

これから行うのはエルリアにとっても賭《か》けに近い。

ラフィカの依代を形成している魔力を抽出《ちゅうしゅつ》して、その魔力を直接ルフスの身体に流し込むことによって術式ごと強引に洗浄《せんじょう》する。

レイドの一件があって理論そのものは考察していたが、人間同士ならともかく契約を交《か》わしている魔獣という特殊《とくしゅ》な条件下は想定していない。

そしてルフスと契約を交わしていることから、その魔力と『魂』の繋がりは通常の人間以上に深く……それに引き寄せられ、ラフィカの『魂』に影響《えいきょう》が出るかもしれない。

最悪の場合は『魂』が壊れ、ラフィカの本体は抜《ぬ》け殻《がら》となってしまうだろう。

そして、ラフィカは静かに首をもたげてから――

《――――構わない》

そう、短い言葉を発した。

《……あなた、魔獣言語が話せるの？》

魔獣言語とは、端的《たんてき》に言えば魔力を用いた会話だ。

声帯による発声ではないため、人間と身体構造が異なる魔獣であっても魔力さえあれば会話することは可能だが……通常の魔獣は聞き取って意味を理解こそできるが、発話するまでに至ったという報告は少数しかない。

それこそ――魔獣自身が契約者《けいやくしゃ》と言葉を交わしたいと、心から願うほどに深い関係性が無ければ為《な》し得《え》ないことだ。
《どうか、彼女《かのじょ》を救って欲《ほ》しい》
倒れているルフスを見つめながら、ラフィカは言葉を紡ぐ。
《ルフスは、いつも私と共に居てくれた》
魔力の込められた言葉がエルリアの頭の中で響き渡る。
《いつも、私のことを気に掛けてくれていた》
ルフスのことを傍《そば》で眺《なが》め続けてきた者としての言葉。
《私のことを――『最愛の友《ラフィカ》』と呼び続けてくれた》
それは、セリオスに伝わる古《いにしえ》の言葉だ。
魔獣と言葉を交わし、共生の道を歩む際にセリオスの人間が贈った言葉。
その言葉を、ルフスは一度として違えなかった。
『護竜』という強大な存在との契約を果たしながらも、血の繋がった母親から誹《そし》りを受けようとも、その名を与えた『最愛の友』と共に在り続けてきた。
《どうか――私の『最愛の友』を救って欲しい》

懇願《こんがん》するように、エルリアに向かって跪《ひざまず》くように頭を垂れる。

「……うん。絶対に助けるって約束する」

その頭を軽く撫《な》でてから、エルリアは魔装具を展開する。

魔力を紡ぎ、二人を繋ぎ合わせるように張り巡《めぐ》らせる。

魔力とは、その存在が持っている生命の証だ。

それと同時に——エルリアは『魂』であるとも考えている。

その血と共に体内を駆け巡り、その存在が生きてきた軌跡を全身全霊に刻《きざ》み込み、その存在を象徴する唯一無二《ゆいいつむに》の『魂』という存在へと変わる。

今からエルリアが行うのは、そんな『魂』を無理やり引き抜くことに等しい。

その『魂』を引き抜くことで、どのような結果を生み出すかも分からない。

それによって『魂』が行き場を失い、抜け殻となった肉体は朽《く》ち果てるかもしれない。

だからこそ——エルリアは、その魔法にせめてもの願いを込めて名付けた。

たとえ肉体は朽ち果てようとも、せめて『魂』は新たな生へと転ずるように——

「——《魂転》」

静かな呟きの直後、ラフィカが悲痛な咆哮を上げる。

その身に刻まれた『魂』が引き裂かれる耐え難《がた》い感覚。

そうして抜《ぬ》き出された『魂』が互《たが》いを繋いでいる糸を伝い、ルフスの中に流れ込んでいく。

その者が生きてきた軌跡という膨大《ぼうだい》な情報量によって、ルフスの身体を蝕んでいる存在を洗い流して浄化《じょうか》していく。

そして――ルフスの身体から、紫黒の魔力が完全に浄化された時、遠くにいる『護竜』たちが一斉に咆哮を上げた。

紫黒の魔力が消えたことによって、その魔力によって形成されていた『護竜』たちの依代が崩《くず》れ出し、悲痛と怨嗟《えんさ》に満ちた咆哮を上げながら光の粒子となって消えていく。

「――ラフィカ？」

倒れていたルフスが、薄《うす》く目を開けながら友の名前を口にする。

ルフスと寄り添うように身体を横たえている黒竜。

その身体が……『護竜』たちと同じように、光の粒子に変わっていく。

「ラフィカ……返事してよ……」

そんな友人の言葉に対して、黒竜は消え入りそうな細い声を上げた。

その声を聞いて、ルフスは小さく笑《え》みを浮《う》かべた。

「よかった……あたしたち、ずっと一緒《いっしょ》だって言ったもんね」

消えていく黒竜に向かって、ルフスは必死に手を伸ばそうとする。

「勝手にあたしの傍から離れたら……絶対に、許さないんだからね」

しかし、その手が黒竜に触れることは敵わない。

完全に魔力を失ったことで、その依代は既にこの世界から消え掛かっている。

それでも、ルフスは失いつつある輪郭《りんかく》をなぞるようにして黒竜の頭を撫でる。

既に黒竜の声はルフスには届かない。

だからこそ――


「だって――あなたは『最愛の友』なんだから」


いつも友人に対して向けていた笑顔。

そんなルフスの笑顔を見届けてから――

光の粒子となって、黒竜は星々が瞬く空へと消えていった。

終章

条件試験での出来事は、ルフスが召喚した『護竜』の暴走として片づけられた。

それはある意味で正しい。

実際にルフスが召喚した『護竜』たちは制御《せいぎょ》を失っていたことから、今回の一件は「生徒が魔法の制御に失敗した」というだけの話でしかない。

強《し》いて挙げるならば、セリオスの『護竜』たちが現代でも脅威《きょうい》であると再認識《さいにんしき》されたことによって、セリオス連邦国《れんぽうこく》に対しての評価は結果的に上がった。

それらは暴走に至ったとはいえ『護竜』との契約を果たしたルフス・ライラスに加えて、その強大な力を持つ『護竜』たちと共生しているセリオス連邦国の七島、それらを使役できる可能性を秘《ひ》めた召喚魔法の有用性などに関するものだ。

おそらく当人たちが思《おも》い描《えが》いていたものとは異なっていただろうが、それでもセリオスという国の威光を示すという意味では十分な成果だと言えるだろう。

そして、アルマは幼女学院長ことエリーゼからお叱《しか》りをもらった。

それは特級魔法士という立場でありながら、『護竜』が暴走した際に生徒であるレイドを先行させたというのが主な理由だ。

それに対してアルマは「レイドが『護竜』を仕留めるための方法を知っていたこと、そして特級魔法士であるアルマ自身も有用な方法であると判断したことから、レイドを現場に先行させて救助対象であるエルリアとルフスの保護を優先した」と、珍《めずら》しく真面目《まじめ》な口調でなんとなくそれっぽい理由を長々と並べ立てることで説《と》き伏《ふ》せていた。

ちなみに、エルリアもお叱りを受けた。

それは魔法制限を掛けていたにもかかわらず、大規模魔法を発動させたという理由だ。

それに対してエルリアは「『護竜』が暴走する可能性は事前に考慮《こうりょ》していた。その兆候が見られる前に対処すべきだと考えた。あと使ったのは魔法じゃなくて魔術」と普段《ふだん》通り淡々《たんたん》と言葉を返して、「魔術もダメっ！」と新しい制限が追加されるだけに終わった。

そんな二人のついでと言わんばかりに、レイドもお叱りを受けた。

いくら『護竜』の対処方法を知っていたり、自身の能力に自信を持っていたとしても、現在置かれている立場や学生という身分を弁《わきま》えるべきだといった内容だった。

それに対してレイドは「それでは自分の立場を優先し、人命救助を怠《おこた》ることが学院の掲《かか》げる魔法士の理念なのでしょうか」と言葉を返したところで、エリーゼは泣いた。

それはもうワンワンと声を上げて泣いていた。

行き場のない怒《いか》りなどを床《ゆか》に向かって叩きつけながら、「まーたボクが怒られるっ！　ボクだって魔法士協会の人たちは何か起こったらすぐボクのせいって言ってくるっ！　ボクだって色々と頑張《がんば》ってるんだから少しくらい褒《ほ》めてくれてもいいじゃんっ!!」と本当に悲しそうに嘆《なげ》いていたので、お叱りを受けた三人で頭を撫でながら褒めちぎっておいた。

そうして、試験後に与《あた》えられた休日の朝――

「――うわぁ……なんか色々とすごいことになってるな」

寝室《しんしつ》に入った瞬間《しゅんかん》、レイドはそんな言葉を口にした。

ベッドの上で身体を丸めながら穏《おだ》やかな寝息《ねいき》を立てているエルリア。

そして――そんなエルリアを囲むように寝《ね》ている十一匹《ぴき》の犬たち。

もうベッド全体がモフモフ状態だ。

これらは『護竜』たちとの戦いで《魔喰狼《ましょくろう》》たちに無理をさせてしまったので、エルリアがお詫《わ》びということでシェフリ一家と一緒に寝てあげると提案した結果だ。

その提案に対して、シェフリ一家はテンション爆上がりといった様子でエルリアの周囲を嬉しそうにぐるぐる駆け回り、エルリアに飛びついて抱《だ》っこしてもらったり、顔や手足を舐《な》め回したりと、狼の威厳《いげん》とか誇《ほこ》りをどこかに捨て去って全力で甘《あま》えていた。

そして遊《あそ》び疲《つか》れた結果、ベッドの上に毛玉の山ができたといったところだろう。

「んぅー……」

そんな毛玉たちに埋《う》もれながら、エルリアがふにゃふにゃと口元を動かす。

しかし、今日は用事があるので早急にエルリアを起こさなくてはいけない。

起こさなくてはいけないのだが――

「今起こしたら、シェフリたちが起きるもんなぁ……」

もちろん、それは寝ているところを起こしてしまうという罪悪感だけではない。

綺麗《きれい》に丸まっている犬、そのまま横にコテンと倒《たお》れている犬、背中を大きく反らせて横たわっている犬、お腹《なか》を天井《てんじょう》に向けている犬、ペターンと四肢《しし》を放りだしている犬――

色んな姿で寝ている、もっふもふの犬たちを見てレイドは揺らいでいた。

なにせ普段はどれだけ願っても動物たちに逃《に》げられる身だ。

そんなレイドとしては、こんな光景は二度と見られないかもしれない。

「まぁ……まだ時間に余裕《よゆう》はあるしな？」

そう自分に言い訳をしながら、頬《ほお》を緩《ゆる》ませて犬たちを眺めていた時――

がばりとエルリアが勢いよく起き上がった。

「………暑い」

そんな言葉を口にしてから、エルリアが寝ぼけた目でぽむぽむと犬たちを叩くと、魔法が解除されて犬たちが光の粒子《りゅうし》となって消えていった。

「俺のワンコ天国が……消えた……ッ!?」

「……レイド、朝から何言ってるの？」

くぁぁと大きな欠伸《あくび》をしてから、エルリアがこくんと首を傾げる。

そんなエルリアの反応を見て、レイドも思わず首を傾げた。

「……もしかして、ぽけってないのか？」

「うん。今日はぽけぽけしてない」

はっきりとした口調と共に、エルリアがふんふんと頷く。

魔術《まじゅつ》によって魔力を大量に消耗《しょうもう》したこともあって、『ぽけぽけ』状態に陥《おちい》ると思っていたが……今日のエルリアは目覚めたばかりなのに口調や足取りがシャキッとしている。

「だから、急いで準備してくる」

待ちきれないといった様子で、エルリアはぱたぱたと手を動かしてから――

「――今日は、ルフスのお見舞《みま》いに行くんだから」

そう、嬉しそうに笑いながらレイドに向かって告げた。

◆

『護竜』たちが暴走した後、ルフスは王都にある病院に運《はこ》び込まれた。

ルフスは意識を取り戻《もど》したものの、体内にある魔力が著《いちじる》しく減少していたこと、そして一時的に異なる魔力が流れていた状態による異種魔力の拒否反応が見られたため、検査のために入院することが決まった。

そして――

「――あっ！　エルリアちゃんだっ！」

ベッドに身体を横たえていたルフスが、病室に入ってきたエルリアを見て身体を起こす。

「ルフス、身体は大丈夫《だいじょうぶ》？」

「うんっ！　お医者さんからはまだ寝てなきゃダメって言われたけど、朝ごはんをいっぱい食べたら元気になったっ！」

「うん。すごく元気いっぱい」

にぱりと晴れやかに笑うルフスを見て、エルリアも小さく笑みを浮かべる。

「あとね、あとね――ほらっ！」

ルフスが膝元《ひざもと》に掛かっていたシーツを静かに下ろすと――

そこには、小さな黒竜が身体を丸めて眠《ねむ》っていた。

「………ラフィカ？」

「うんっ！　ちっちゃいラフィカっ！」

「ちっちゃくてかわいい」

そんなラフィカに向かって指先を近づけると、ぱちりと目を開いてクルルと喉《のど》を鳴らす。

「エルリアちゃんから話を聞いた時は、ラフィカがいなくなっちゃったと思って不安だったけど……ちゃんと戻ってきてくれたのっ！」

そう、僅かに薄紅色《うすべに》の瞳《ひとみ》を潤《うる》ませながらルフスは言う。

ルフスとラフィカに対して行った事については、意識が戻った時に伝えておいた。

それを聞いたルフスは自分の身体のことを差し置いて、泣きながらラフィカの安否について何度も尋《たず》ねてきた。

それは――エルリアが「失敗した」と答えてしまったからだ。

《ラフィカ、身体の調子は大丈夫？》

そう魔獣言語で語り掛けると、ラフィカが小さく首をもたげる。

《以前のようには動かせなくなった。おそらく依代でも同じだ》

《………そう》

ルフスの持っていた魔装具《まそうぐ》の情報をウィゼルに読み取ってもらい、そこからラフィカの状態を確認してみた時……ラフィカの『魂《たましい》』は消失こそ免《まぬが》れていたものの、やはり契約《けいやく》によって深く根付いていたせいか、ラフィカの『魂』は半分以上が失われてしまった。

ルフスの魔力が回復して、時が経《た》てばルフスを乗せられる程度の大きさは取り戻せるだろうが、セリオスにある本体では不自由を強いられることになるだろう。

そして、そんな失われた『魂』の行き先は——

「大丈夫っ！　あたしが一生ラフィカの面倒《めんどう》を見てあげるもんっ！」

そうルフスが自分の胸に手を当てながら言う。

紫黒の魔力を生成していた術式も『魂』に作用するものだったのか、魔力の生成によって失われた寿命を補填《ほてん》するようにラフィカの『魂』が流れ込んでしまった。

「……本当に、体に何も変化はない？」

「うーん……まだ分かんないけど、これから翼《つばさ》とか尻尾《しっぽ》とか生えちゃうのかな？」

見た目こそ変化はないが、人間と魔獣の『魂』が混在している状況《じょうきょう》である以上、何かしらの変化が起こったとしても不思議ではない。

「でも……あたし嬉しいんだ」

膝《ひざ》の上に乗るラフィカを撫でながら、ルフスは小さく笑みを浮かべる。

「何があっても、ずっとラフィカはあたしと一緒にいるってことだもん」

互いの『魂』が混在している状況下で、ラフィカとの契約を解除すればルフスの身体に何が起こるか分からない。

それこそ、再び寿命を失って早々に命を落とす結果になるかもしれない。

そしてルフスが命を落とした時には、ラフィカの本体にも影響が出るかもしれない。

そうして、二人は一蓮托生《いちれんたくしょう》の運命を負うことになってしまった。

しかし――

「だから――ありがとう、エルリアちゃんっ！」

満面の笑みと共に、エルリアに対して感謝の言葉を告げた。

「それに、翼とか尻尾が生えたらラフィカとお揃《そろ》いになるしねっ！」

《……私は、そんなルフスは見たくない》

「あっ！　それならラフィカにリボンとか付けてあげるっ！　前は身体が大きかったから諦《あきら》めちゃったけど、今の小さい姿だったら女の子らしくオシャレできるよっ！」

《…………………》

ルフスが楽しそうにはしゃぐ中、ラフィカは呆《あき》れるように首を寝かせて丸くなる。

そんな二人の様子を眺めながら、エルリアも笑みを浮かべていた時——

背後から「こほんっ」と咳払《せきばら》いが聞こえてくる。

そこには——レイドとアルマが壁《かべ》を背にして立っていた。

「それじゃルフスちゃんの状態を確認できたことだし——一応、事情聴取《ちょうしゅ》っていう名目で面会を取り付けているから、話を聞かせてもらってもいいかしらね？」

そうアルマが切り出すと、ルフスが僅かに表情を強張《こわば》らせながら頷く。

「それで、あなたに術式を教えたのは誰なの？」

「えっと……あたしの先生だよ？」

「それはあなたの担当教員ってわけじゃないわよね？」

「うん。先生はセリオスにいた時に会った人で、『護竜』の研究をしているから話を聞かせて欲しいって言われて声を掛けられて、それであたしに魔法を教えてくれたり、色々な魔獣の話を聞かせてくれたり、『護竜』と契約する時にも一緒について来てくれたの」

ルフスの言葉が徐々《じょじょ》に弱々しいものへと変わっていく。

それが当然の反応といったところだろう。

自身が信頼《しんらい》し、慕《した》っていた恩師にルフスは裏切られた。

それは決して許されるべきことではない。

「それじゃ、その先生っていう人の名前を教えてくれるかしら？」

「うん、えっとね――」

アルマの言葉に対して、ルフスは意気揚々《いきようよう》と返事をしたが――

「……あれ」

すぐに、その表情が訝《いぶか》しげに歪んだ。

「あれ……あれ？」

「……どうしたの？」

「たしか……一回、先生に名前を書いてもらったことがあったはずなんだけど……」

ルフスが必死に思い出そうとして俯《うつむ》く中、エルリアたちは互いに視線を交わす。

困惑《こんわく》した表情を浮かべているルフスが嘘《うそ》をついているようには見えない。

そして、レイドがルフスに向かって尋ねる。

「ルフスは、その先生の名前を呼んだりしてなかったのか？」

「えっと……うん。珍しい名前で恥《は》ずかしいからって、その時も紙に書いてこっそり見せてくれて、だからあたしも『先生』って呼ぶようにしていて……」

そこまで詳細が出ているのに、その名前だけが出てこない。

「だけど、さすがに見た目とかは覚えているだろ？」

「うんっ！　先生はエルフだったから覚えてるっ！」

「……それは良い話を聞けたわね。他に何か覚えてる特徴《とくちょう》はあるかしら？」

「んっと……先生はレイドさんと同じくらいの身長で、エルリアちゃんみたいな銀色の髪《かみ》で……あと、見た目とか雰囲気《ふんいき》はすっごく弱そうで頼《たよ》りない感じっ！」

「……意外と容赦《ようしゃ》ないこと言うわね」

しかし、この情報は進展があったと言っていい。

容姿や背格好だけでなく――『エルフ』という決定的な情報を得ることができた。

だが、まだ疑問は残っている。

ルフスが紫黒《しこく》の魔力《まりょく》に蝕《むしば》まれた時に発した言葉。

「『護竜』が怒っているって言った時、ルフスは彼《かれ》らから何を聞いたの？」

そうエルリアが尋ねると、ルフスは悲しげに表情を歪ませる。

「えっと……それは……」

「大丈夫。わたしは何を聞いても怒らないし、その話が何かに繋がるかもしれない」

ルフスを真《ま》っ直《す》ぐ見つめながら、エルリアは言葉を促《うなが》す。

そして――意を決したようにルフスは『護竜』たちの言葉を語り始めた。

「正確には言葉じゃなくて、魔力を通じて聞こえてきたっていうか……いつもの子たちとは違《ちが》う別の子たちが入ったような感じで、すごく怒ってたの」

「……それは、わたしに対して？」

「うん……何度も、何度もエルリアちゃんの名前を呼んでた。それで……エルリアちゃんのことを殺さないといけないって、怒りながら叫んでた」

そこで、ルフスは一度言葉を切ってから――

「それが――『英雄』から与えられた使命だ、って」

そんな言葉を、ぽつりと口にした。

あとがき

平素よりお世話になっております、藤木《ふじき》わしろでございます。

大変ありがたいことに『英雄と賢者の転生婚』二巻を出すことができました。

これもお読みいただいた皆様方のおかげであり、今後も楽しんでいただけるように誠心誠意を込めて筆を取らせていただく所存であります。

また流行の兆しが出ているアレのせいで外に出にくくなっておりますので、体調に注意しながら「せっかくだし本でも読むかぁー」といった気分の時にでも、気軽に今作を楽しんでいただければと考えております。

さて突然ですが、皆さまは『犬』や『猫』という存在はお好きでしょうか。

私は常日頃から猫のお腹を吸って生きています。もはや猫を吸わなければ生きていくことができないほどのレベルです。

しかし、世の中には当然ながら猫派だけでなく、犬派、鳥派、ウサギ派、ハムスター派、爬虫類派、淡水魚派、タスマニアデビル派、ミナミコアリクイ派と多種多様な派閥が存在していることかと思います。

そんな数多の派閥の中で唯一共通していることがあります。

それは『かわいい』という真理です。

そこで次に、今作のかわいい代表ことエルリアちゃんを持ってきます。

そして『かわいい+かわいい=超かわいい』という頭の悪い公式に当てはめます。

あとは「合体ッッ!!」と雄々しい叫び声と共に両者を合体します。

こうして「ケモミミのかわいいエルリアちゃん」が爆誕しました。

かわいい女の子にかわいい耳や尻尾が生えると世界は平和になるというわけです。

今作も平和な結末を迎えることができればいいという祈願として、私はエルリアちゃんにケモミミを生やしたというわけですね。

はい、ウソですね。

本当は「二巻の内容はですねッッ!!」と鼻息荒げて語ろうかと思っていたんですが、今回は物語部分に触れている場面が多くなっております。

そんな真面目な空気の中、私はエルリアちゃんにケモミミを生やしました。

なんならエルリアちゃんかわいい成分を増やすために、普段よりもページ数を増やして執筆しておりました。かわいい成分は大事です。

今作は「過去と現代と未来が錯綜する転生恋愛ファンタジー、そして賢者ちゃんかわいい」なので、謎を追うのも良し、二人の恋路を見届けるも良し、賢者ちゃんを愛でるだけでも良し、お好みに合わせて用法容量を守って摂取していただければと思います。

戯言によってページを埋め終わったので、ここから謝辞に入ります。

担当様。今回は〆切の数時間前というスライディング初稿を決めさせていただきましたが、おそらく私は今後もギリギリに入稿するかと思います。犯行予告というやつです。次は本気でシバかれそうなので余裕を持って提出したいと思います。

イラスト担当のへいろー様。今回も素晴らしいイラストの数々をありがとうございます。まさかのメインキャラに昇格したファレグくんのイケメンっぷりに私は右手を天上に突き上げながら静かに涙を流していました。感無量でございます。

そして今作に携わっていただいた方々、手に取ってお読みいただいた読者の方々に最大の謝辞を送らせていただきます。

藤木わしろ

HJ文庫 https://firecross.jp/
1032

英雄と賢者の転生婚 2
~かつての好敵手と婚約して最強夫婦になりました~

2022年9月1日　初版発行

著者——藤木わしろ

発行者—松下大介
発行所—株式会社ホビージャパン

〒151-0053
東京都渋谷区代々木2-15-8
電話　03(5304)7604（編集）
　　　03(5304)9112（営業）

印刷所——大日本印刷株式会社

装丁——木村デザイン・ラボ／株式会社エストール

Printed in Japan

ISBN978-4-7986-2920-9　C0193

ファンレター、作品のご感想お待ちしております
〒151-0053 東京都渋谷区代々木2-15-8
(株)ホビージャパン HJ文庫編集部 気付
藤木わしろ 先生／へいろー 先生